# 峨眉县志所载景点题咏汇编校注

王　斌　主编
李云凤

从左到右：彭雨薇、蔡骁、王斌、李云凤、黄文潇

  本书是四川省哲学社会科学重点研究基地四川旅游文化发展研究中心委托项目、国家级大学生创新项目"峨眉县志中的景点题咏研究"（202110649004）的最终成果，同时得到乐山师范学院学科建设经费专项支持。

主　　编：王　斌　李云凤
项目成员：黄文潇　彭雨薇　蔡　骁

# 前　言

## 一、选题缘起

2015年，中共中央政治局常委、国务院总理李克强对全国地方志系统先进模范座谈会作出重要批示："各级政府都要关心和支持地方志事业发展，也希望地方志工作者继续发扬方志人精神，志存高远，力学笃行，直笔著信史，彰善引风气，为当代提供资政辅治之参考，为后世留下堪存堪鉴之记述。"

2019年，新冠肺炎疫情悄然来袭，旅游业进入了百年难遇的"寒冬"。此次强制停摆，是危机也是机遇。各部门、各市场主体应积极促进旅游业危中寻机，寻求高质量发展路径，借此机会改变旅游产品同质化的现状，补充地方文化内涵，提升旅游核心竞争力，提高本地旅游资源的独创性，重拾地方文化，重建地方特色。

峨眉山位于四川盆地西南边缘，以"雄、秀、奇、险、幽"的自然风光、丰富的生物资源和厚重的历史文化底蕴成为人类的瑰宝。作为中国佛教四大名山之一，这里长久以来积累了大量佛教文物、寺庙建筑、书画碑刻等历史遗存。1996年峨眉山－乐山大佛景区被联合国教科文组织批准列为世界文化与自然遗产。

峨眉山丰富的历史文化和佛教文化遗存吸引来名人学士、墨客骚人的咏赞。著名诗人李白、苏东坡就留下了不少赞美峨眉山的诗篇，至今脍炙人口。但在大诗人的光辉映照下，方志中许多不知名诗人的景点题咏则难以得到重视，未能获得公允的评价，其价值也常常被忽略。

《峨眉山志》中收录了许多关于峨眉山的诗歌文赋，《峨眉县志》中亦有诸多遗珠，弃之甚是可惜，故而借此机会，汇编县志中的景点题咏，以期补充缺漏。综合以上种种原因，我们申报了"峨眉县志中的景点题咏研究"项目，成功获批为国家级项目，这也证实了该选题的正确方向与重大意义。

《峨眉县志所载景点题咏汇编校注》希望能为峨眉山开发打造新旅游景点与产品提供文化支撑，为峨眉山旅游开发"补血"，让峨眉山在后疫情时代展现出独特的旅游吸引力，并为后世留下堪存堪鉴之记述。

## 二、研究对象

据商务印书馆出版的《中国地方志综录》和中华书局出版的《中国地方志联合目录》记载，我国现存四种峨眉县旧志。包括清房星著修，杨维孝纂康熙《峨眉县志》八卷（以下简称康熙志）；清文曙修，张弘昳纂乾隆《峨眉县志》十二卷（以下简称乾隆志）；清王燮修，张希缙、张希珩纂嘉庆《峨眉县志》十卷（以下简称嘉庆志）；清李锦成修，朱荣邦等纂宣统《峨眉县续志》十卷（以下简称宣统志）。

康熙志有康熙二十四年刻本，乾隆志有乾隆五年刻本，嘉庆志有嘉庆十八年刻本与宣统三年李锦成补刻本。宣统志有宣统三年刻本与民国二十四年补刻本（原版于民国十八年被毁百余片，民国二十四年赵明松补辑重刻）。

本课题即以此四种旧志所收景点题咏为研究对象。

## 三、研究思路与过程

本课题按照以下研究思路进行：

首先，将这本县志中与景点相关的题咏摘录出来。其次，将这些题咏以景点归类，按照诗、赋、游记的顺序编排，同景点诗及同景点文大致以作者时间为序进行编排。最后对所录诗文进行校对注释。

在项目课题推进过程中，我们走了许多弯路。前期因我等阅读文献能力及校对能力较弱，蜿蜒摸索，未见成效，浪费了大量宝贵的时间。幸而未曾放弃，及时勒转马头，利用寒假，日夜奋战，在王斌老师的指导下，重新将筛选出的景点题咏整汇成集，按照康熙志、乾隆志、嘉庆志、宣统志的顺序，依次校对、注释。对疑难字词进行音义注释，并追溯题咏中的典故。校对过程中对多本县志重复收录的诗歌，逐字对比作注，力求展示该题咏的原貌与变化。题咏作者大都不甚出名，少有传记文集，我们尽力从各地方志及其他文献中探寻作者生平，但仍有几位作者生平难以考证，是一大缺憾。最后，我们按照景点对所录诗文再次进行归纳整理，检查缺误，并罗列目录及参考文献，以待读者查证。

### 四、研究发现与致谢

在整理、校对、注释过程中，我们对于县志中的景点题咏也有如下发现：

（一）四本县志皆有漫漶、残缺之处。从所录诗歌数量看，康熙志所录诗歌量最少，且少有与乾隆志、嘉庆志、宣统志重合的。

（二）康熙志、乾隆志、嘉庆志在所录诗文处大都只有对作者职位籍贯的简单介绍。宣统志则将作者置于诗前，并大都有人物小传。所载题咏作者中有大量不知名诗人，还有相当数量的僧侣诗人。

（三）诗歌题咏中既包含有佛教元素，也包含有道教元素，反映了儒道释三教融合的历史状况。

（四）所录名人题咏，在其别集中都能找到，尚未查到别集所录缺漏之诗。部分诗文《峨眉山志》中亦有收录，但有些文字记载差别较大，作者也有出入。

（五）县志中所收录之诗良莠不齐，有精品之作，亦有诗律都不清的作品。除峨眉山外，关于伏虎寺与万年寺的题咏数量最多，分别为23与18首。

县志题咏所涉景点今有部分已难觅踪迹，因时间限制，才学匮乏，原计划景点注释只能暂时搁浅。地方志中的景点题咏研究对于当地旅游文化资源的开发具有极高的价值，能为现存景点提供文化支撑，也能为开发新景点提供文献材料。《峨眉县志》中景点题咏的研究是对峨眉山旅游文化资源开发的重要补充，也是对峨眉县史志文献研究的有力补充；能够为乐山市和峨眉山市打造推广峨眉山旅游资源提供重要的文献支撑；为峨眉山新景点开发提供思路及文化土壤，增强峨眉山的旅游影响力，借此带动乐山旅游城市建设。

　　本书是我们在母校的重大收获。本课题能得以完成，除团队成员的通力合作外，最离不开的是王斌老师的指导帮助，在此我们表示衷心的感谢；更感谢文新学院全体领导对本项目出版的支持与关心！

# 凡 例

一、本书以康熙《峨眉县志》、乾隆《峨眉县志》、嘉庆《峨眉县志》、宣统《峨眉县续志》所收景点题咏为整理对象。分别省称康熙志、乾隆志、嘉庆志、宣统志。每一篇的题目之下，罗列在相关志书中的卷次，均以较早版本为底本，其他收录作品之书为参校本。

二、景点编排按照山川、寺观、祠庙、津梁、亭台、楼阁、林木、光灯进行分类，同名景点之题咏以作者时间为序进行编排。

三、本书所收题咏包括诗、赋、游记三类，每一个景点之下的所有作品，亦按照诗、赋、游记的顺序进行编排。

四、所有作品均全面参校相应的别集和总集，撰写校勘记，每一篇的题目之下均注明录文来源、参考对象。

五、对所有题咏略作注释，包括作者简介、诗歌用典、疑难词语。

六、本书用简体字排版，避讳字、通假字皆改为本字，出校说明。

七、某些作者可能有不同题材、体裁的作品分散在不同门类之下，本书只在第一次出现时进行作者介绍，余者省略。

# 目 录

## 山 川

**峨眉山** ·············································· （003）

 登峨眉山 ·························· 李白（003）

 峨眉山月歌 ······················ 李白（004）

 峨眉山月歌送蜀僧晏入中京 ··· 李白（004）

 峨眉东脚临江听猿怀二室旧庐 ··· 岑参（005）

 峨眉山 ···························· 郑谷（006）

 送张炼师还峨眉山 ············ 司空曙（006）

 峨眉山 ·························· 冯时行（007）

 峨山 ······························ 赵抃（007）

 游峨杂咏 ························ 白约（008）

 又 ································ 白约（008）

 又 ································ 白约（009）

 过燕渡望大峨，有白气如层楼，拔起丛云中 ··· 范成大（009）

 初入大峨 ······················ 范成大（010）

 平羌道中望峨眉山慨然有作 ··· 陆游（011）

 游峨 ···························· 黄镇成（012）

游峨眉 …………………………………… 方孝孺（012）

山中对景书怀 ……………………………… 方孝孺（014）

又 …………………………………………… 方孝孺（014）

又 …………………………………………… 方孝孺（015）

骖鸾篇寄王玉垒诸君子 …………………… 余承勋（015）

眉山天下秀 ………………………………… 周洪谟（017）

入山 ………………………………………… 安磐（018）

下山 ………………………………………… 安磐（018）

登峨眉 ……………………………………… 杨伸（019）

登峨 ………………………………………… 刘余谟（019）

眉山天下秀 ………………………………… 解缙（020）

无痕吟其六 ………………………………… 来知德（021）

峨眉山歌 …………………………………… 赵贞吉（022）

下峨从云中行 ……………………………… 龚懋贤（025）

峨眉山歌金陵为松谷上人作 ……………… 曹学佺（026）

游峨眉山歌 ………………………………… 曹学佺（027）

峨眉山 ……………………………………… 黄辉（029）

和胡宗伯菊潭梦游峨眉山 ………………… 柳寅东（029）

纪梦游有序 ………………………………… 胡世安（030）

和陈实庵同年续峨游梦八首录三 ………… 胡世安（031）

登峨山 ……………………………………… 杨维孝（032）

望峨眉 ……………………………………… 王曰曾（032）

游峨眉遇雨和程序弘原韵 ………………… 王曰曾（033）

登峨访可闻禅师 …………………………… 王曰曾（033）

## 目录

| | |
|---|---|
| 登眉山 | 房星著（034） |
| 峨眉歌 寄华阳山人 | 曹礼先（034） |
| 赋得峨眉天半落空青 | 冀霖（035） |
| 初发嘉定望峨眉山 | 窦铜（036） |
| 望峨咏怀 | 瞿庸（036） |
| 雪霁望峨 | 文曙（037） |
| 登峨和眉岩韵 | 段允持（038） |
| 峨岭云 | 禅明福㠁（038） |
| 峨眉早春 | 海源可闻（039） |
| 峨岭秋 | 照裕与峨（039） |
| 初发嘉定望峨眉山 | 窦玉奎（040） |
| 登峨 | 超铠平雪（040） |
| 登峨山礼大士 | 杨展（041） |
| 登峨眉 | 刘道开（041） |
| 游峨眉山歌 | 许缵曾（043） |
| 峨眉山月歌送许时庵使蜀 | 吴苑（044） |
| 忆峨眉 | 王用仪（045） |
| 峨山松歌赠德新上人 | 吴树萱（046） |
| 壬戌六月望日同王云浦观察、雷静夫明经游峨眉山，至万年寺返道，欲登绝顶不果，归途云浦有作，依韵和之 其五 | 宋鸣琦（047） |
| 登峨眉山 | 宋鸣琦（047） |
| 望峨眉 | 刘潪（049） |
| 云京阁望峨眉有感 | 彭舒英（050） |

游峨眉 ············· 潘之彪（050）

峨眉行 ············· 傅为霖（051）

游峨 ··············· 赵熙（053）

峨眉留别 四首录一 ······· 李宝元（053）

九盘望峨眉 ·········· 王士祯（054）

望峨山积雪 ·········· 张于铭（054）

峨眉月 ············· 张志远（056）

大峨山 ············· 饶桂阳（056）

登峨赋 ············· 张能鳞（057）

峨眉山行纪 ·········· 范成大（058）

游峨眉山记 ·········· 窦錪（067）

## 峰顶 ················· （074）

峰顶 ··············· 冯时行（074）

淳熙四年六月二十七日，登大峨之巅，一名胜峰山，佛书以为普贤大士所居，连日光相大现，赋诗纪实，属印老刻之，以为山中一重公案
·················· 范成大（075）

宿峰顶 ············· 安磐（076）

峰顶 ··············· 安磐（077）

峰顶 ··············· 杨伸（077）

登峨顶 ············· 彭元吉（078）

登峨顶 ············· 冯睿（078）

峨眉绝顶 ············ 窦容恂（079）

峨眉绝顶 ············ 窦錪（079）

登峨峰绝顶怀仲兄 仲兄趋庭嘉郡,时怀游峨之志,未遂。 ……… 窦铜 (080)

绝顶 ……………………………………… 方觐 (080)

陟峨顶 …………………………………… 贯之性一 (081)

峨眉绝顶 ………………………………… 窦玉奎 (081)

峨眉绝顶 ………………………………… 窦玉奎 (082)

奉酬彭田桥峨眉绝顶寄怀之作 ………… 张问陶 (083)

登峨眉绝顶戏作 ………………………… 黄云鹄 (084)

登峨山金顶 ……………………………… 唐淮源 (084)

峨眉山普贤金殿碑 ……………………… 傅光宅 (085)

## 玉女峰 ……………………………………………… (088)

玉女峰 …………………………………… 窦铜 (088)

## 天柱峰 ……………………………………………… (089)

天柱峰 …………………………………… 徐文华 (089)

天柱山赠峨眉田道士 …………………… 施肩吾 (090)

## 七宝台（独尊台）………………………………… (090)

七宝岩作 ………………………………… 安磐 (090)

无痕吟 其五 ……………………………… 来知德 (091)

## 普贤船 ……………………………………………… (092)

普贤船 …………………………………… 窦绘 (092)

## 大峨石 ……………………………………………… (092)

登大峨石隐窝题赠高鼎厓 用韵 ………… 来知德 (092)

大峨石 …………………………………… 杨伸 (094)

## 天门石 ……………………………………………… (094)

天门石 …………………………………… 冯续 (094)

005

天门石 ·············· 王鼎（095）

　　天门石 ·············· 涌泉寂汇（095）

孙真人洞 ················ （096）

　　真人洞 ·············· 范镇（096）

　　真人洞 ·············· 安磐（096）

三仙洞 ················ （097）

　　三仙洞 ·············· 顾禄（097）

九老洞 ················ （097）

　　无痕吟 其四 ·············· 来知德（097）

　　望九老洞 ·············· 窦绘（098）

　　峨山十景 九老仙府 ·············· 谭钟岳（098）

　　绘图纪胜杂诗三十六首 并序录四 ·············· 谭钟岳（099）

龙门洞 ················ （099）

　　龙门峡 ·············· 范成大（099）

　　龙门洞祷雨 ·············· 文曙（100）

　　龙门洞 ·············· 释德果昙见（101）

　　龙门洞 ·············· 费贡（101）

紫芝洞（猪肝洞） ·············· （102）

　　紫芝洞 ·············· 尹宗吉（102）

　　过紫芝洞 ·············· 俞志虞（103）

　　猪肝洞 ·············· 钟之绶（103）

　　游紫芝洞怀五口山人 内有石芝、丹井、药臼 ·············· 文曙（104）

　　寻紫芝洞纯阳祖师影堂 ·············· 实如眉岩（105）

　　紫芝洞题壁 ·············· 失名（105）

鱼洞 ································································· (106)
　　鱼洞 ································· 蒲仲一 (106)
解脱坡 ······························································· (106)
　　无痕吟 其一 ··························· 来知德 (106)
　　解脱坡 ································· 徐文华 (107)
顶心坡（观心坡） ············································ (107)
　　万年寺冒雨躡顶心坡 ··············· 龚懋贤 (107)
梅子坡 ······························································· (108)
　　梅子坡 有序 ·························· 胡世安 (108)
洪椿坪 ······························································· (108)
　　洪椿坪 ································· 窦銅 (108)
　　洪椿坪 ································· 窦羟 (109)
　　重建椿坪志感 有序 ··············· 实如 (109)
　　峨山十景 洪椿晓雨 ················· 谭钟岳 (110)
　　绘图纪胜杂诗三十六首 并序录四 ··· 谭钟岳 (111)
长老坪 ······························································· (111)
　　长老坪 ································· 罗钟玉 (111)
雷洞坪 ······························································· (112)
　　雷洞坪 ································· 范成大 (112)
桫椤坪 ······························································· (112)
　　婆罗坪 ································· 范成大 (112)
　　桫椤坪 在千佛顶后 ················· 余承勋 (113)
　　桫椤花 ································· 窦銅 (113)

007

## 宝现溪 ································································ （114）

宝现溪 ·································· 胡世安（114）

## 神水池 ································································ （114）

神水 ······································ 杨慎（114）

大峨神水 ······························ 董明命（115）

## 洗象池 ································································ （116）

峨山十景<sub>象池夜月</sub> ············ 谭钟岳（116）

## 白龙池 ································································ （116）

白龙池 ·································· 杨世珍（116）

## 山潮 ···································································· （117）

山潮记 ···································· 高光（117）

# 寺　观

## 光相寺 ································································ （121）

光相寺 ·································· 范成大（121）

重修光相寺碑记 ···················· 张德地（121）

## 大佛寺 ································································ （123）

大佛寺记 ······························ 范醇敬（123）

## 西坡寺 ································································ （125）

西坡寺 ································ 九嶷山人（125）

雨宿西坡寺 ·························· 程启充（125）

西坡寺联句 ···························· （126）

游西坡寺 ······························ 周元懋（126）

**圣积寺** ································································· (127)

　　圣积寺 ··························································· 胡世安 (127)

　　圣积寺 ································································ 毛起 (127)

　　峨山十景<sub>圣寺晚钟</sub> ··········································· 谭钟岳 (127)

**伏虎寺** ································································· (128)

　　伏虎寺 ··························································· 冯时行 (128)

　　又 ······························································· 冯时行 (128)

　　伏虎山房 ························································· 白约 (128)

　　伏虎寺次韵 ······················································· 安磐 (129)

　　伏虎寺 ··························································· 张子仁 (129)

　　游伏虎寺 ······················································· 龙眠江皋 (130)

　　伏虎寺 ··························································· 王宣 (130)

　　伏虎寺 ··························································· 王咏 (131)

　　暮春游伏虎寺 ··················································· 窦容恂 (131)

　　访伏虎寺昆谷禅师 ··············································· 朱昇 (132)

　　春日游伏虎 ······················································· 文曙 (132)

　　伏虎寺 ··························································· 窦絅 (133)

　　伏虎寺 ··························································· 窦绘 (133)

　　雨中游伏虎寺 ··················································· 窦玉奎 (133)

　　访华阳山人，于伏虎志别 ········································· 郑日奎 (134)

　　舟中怀华阳山人用贻上韵 ········································· 郑日奎 (135)

　　别峨眉 ··························································· 郑日奎 (136)

　　伏虎寺佛阁即事兼吊蒋虎臣先生 ··································· 彭蕙支 (137)

壬戌六月望日同王云浦观察、雷静夫明经游峨眉山，
　　至万年寺返道，欲登绝顶不果，归途云浦有作，
　　依韵和之<sub>其一</sub> ················· 宋鸣琦（138）

步题伏虎寺文峰回文韵 ············· 程仲恩（138）

重游伏虎寺别可闻和尚 ············· 邱履程（139）

游伏虎寺 ····························· 张熙宇（139）

峨山十景<sub>罗峰晴云</sub> ················· 谭钟岳（140）

壬戌六月望日同王云浦观察、雷静夫明经游峨眉山，
　　至万年寺返道，欲登绝顶不果，归途云浦有作，
　　依韵和之<sub>其六</sub> ················· 宋鸣琦（140）

峨眉山伏虎寺碑记 ··················· 龙眠江皋（141）

# 华严寺 ································· （143）

华严寺 ································ 范成大（143）

华严寺 ································ 方孝孺（143）

华严寺 ································ 简霄（144）

华严寺 ································ 安磐（144）

# 中峰寺 ································· （145）

中峰寺 ································ 胡世安（145）

中峰寺 ································ 安磐（145）

# 黑水寺 ································· （146）

黑水永明华藏寺七笑 ················· （146）

绘图纪胜杂诗三十六首<sub>并序录四</sub> ····· 谭钟岳（149）

大峨山永明华藏寺新建铜殿记 ········· 王毓宗（150）

**牛心寺** …………………………………………………（153）

　　牛心寺 ………………………………… 冯时行（153）

　　牛心寺 ………………………………… 魏　瀚（154）

**万年寺（白水寺）** ……………………………（155）

　　白水寺 ………………………………… 方孝孺（155）

　　又 ……………………………………… 方孝孺（155）

　　六月访峨顶憩白水寺易春衣 ………… 俞志虞（156）

　　宿白水寺 ……………………………… 安　磐（156）

　　白水寺 ………………………………… 赵贞吉（157）

　　白水寺 ………………………………… 舒其志（158）

　　白水寺 ………………………………… 安　磐（158）

　　峨眉山万年寺送费此度往荣经省亲 … 范文光（159）

　　访太白听蜀僧濬弹琴处 ……………… 顾光旭（159）

　　白水寺访琼目和尚 …………………… 实　如（160）

　　峨山十景<sub>白水秋风</sub> ……………………… 谭钟岳（160）

　　白水寺 ……………………… 释德果昌见（160）

　　万年寺 ………………………………… 窦容恂（161）

　　万年寺 ………………………………… 窦　銅（162）

　　万年寺 ………………………………… 窦　絟（162）

　　万年寺 ………………………………… 窦玉奎（162）

　　万年寺 ………………………………… 顾光旭（163）

　　壬戌六月望日同王云浦观察、雷静夫明经游峨眉山，
　　　　至万年寺返道，欲登绝顶不果，归途云浦有作，
　　　　依韵和之<sub>其四</sub> ……………………… 宋鸣琦（163）

011

重修万年寺碑记 …………………………… 张德地（164）

## 灵岩寺 ……………………………………………（165）

灵岩寺 ………………………………… 章寓之（165）

游灵岩寺 ………………………………… 王宣（165）

游灵岩寺 ……………………………… 张凤翮（166）

游灵岩寺 ………………………………… 安磐（166）

游灵岩寺 ……………………………… 彭汝实（166）

灵岩寺 ………………………………… 徐文华（167）

峨山十景<sub>灵岩叠翠</sub> …………………… 谭钟岳（167）

## 古化城寺（木皮殿）…………………………（168）

古化城寺 ……………………………… 刘光第（168）

## 飞来寺（花洋山馆）…………………………（169）

暮春偕友人游飞来寺<sub>花洋山馆</sub> ………… 张熙宇（169）

花洋山馆题词<sub>花洋山馆</sub> ………………… 朱庆镛（170）

## 归云寺 ……………………………………………（171）

幼年梦句未有所属，今举似归云寺 ……… 胡世安（171）

## 报恩寺 ……………………………………………（171）

报恩寺 ………………………………… 尹东郊（171）

## 大峨寺 ……………………………………………（172）

大峨寺 …………………………………… 窦絟（172）

壬戌六月望日同王云浦观察、雷静夫明经游峨眉山，
　　至万年寺返道，欲登绝顶不果，归途云浦有作，
　　依韵和之<sub>其三</sub> ……………………… 宋鸣琦（172）

古今寺 …………………………………………… (173)
　宿古今寺楼 …………………………… 文曙 (173)
净土庵 …………………………………………… (173)
　峨山十景 大坪霁雪 ……………………… 谭钟岳 (173)
卧云庵 …………………………………………… (174)
　卧云庵 ………………………………… 杨慎 (174)
　宿卧云庵 ……………………………… 舒其志 (174)
　卧云庵 ………………………………… 窦辂 (175)
　卧云庵 ………………………………… 通醉 (175)
文殊庵 …………………………………………… (176)
　文殊院 ………………………………… 蒋超 (176)
呼应庵 …………………………………………… (176)
　呼应庵 ………………………………… 杨慎 (176)
孙真人庵 ………………………………………… (177)
　孙真人庵 ……………………………… 范成大 (177)
萝峰庵 …………………………………………… (177)
　访萝峰庵和韵 ………………………… 顾光旭 (177)
学士堂（祖师殿）……………………………… (178)
　学士堂 即今祖师殿 …………………… 张商英 (178)
会宗堂 …………………………………………… (179)
　创造会宗堂记 ………………………… 徐良彦 (179)
古柏堂 …………………………………………… (181)
　古柏堂 ………………………………… 文曙 (181)

013

**揖山堂** ·········································································· (182)
    揖山堂记 ································· 房星著 (182)
**纯阳殿** ·········································································· (183)
    壬戌六月望日同王云浦观察、雷静夫明经游峨眉山，
        至万年寺返道，欲登绝顶不果，归途云浦有作，
        依韵和之<sub>其二</sub> ····························· 宋鸣琦 (183)
**初殿** ············································································ (184)
    初殿 ············································· 范镇 (184)
**七宝殿** ·········································································· (184)
    七宝殿 ········································· 范成大 (184)
**峨山书院** ······································································ (185)
    峨山书院碑记<sub>今游府箭道是其旧址</sub> ········· 范醇敬 (185)

## 祠　庙

**文庙** ············································································ (191)
    谒文庙 ··········································· 冀霖 (191)
    竖棂星门纪胜 ··································· 冀霖 (191)
    棂星门碑记 ······································ 冀霖 (192)
    改建文庙碑记 ································· 张弘昳 (194)
**关帝庙** ·········································································· (195)
    谒关帝庙 ········································ 冀霖 (195)
**徐公报德祠** ···································································· (196)
    徐公报德祠记<sub>隆庆己丑，祠在治东文昌祠旁</sub> ····· 赵可怀 (196)

**陆隐君祠** ·················································· (198)
    陆隐君祠堂记 ·························· 彭汝实 (198)

**许将军祠** ·················································· (201)
    过许将军宗祠<sub>将军即邑之许超其人者</sub> ·············· 秦象曾 (201)

**城隍祠** ···················································· (202)
    宿城隍庙 ······································ 冀霖 (202)
    重修城隍祠碑记 ···························· 杨世珍 (202)

## 津　梁

**双飞桥** ···················································· (207)
    双飞桥 ········································ 冯时行 (207)
    双飞桥<sub>二首</sub> ································ 王敕 (207)
    留别双飞 ······································ 安磐 (208)
    代双飞赠别 ···································· 安磐 (208)
    双飞桥 ········································ 安磐 (208)
    双飞桥 ········································ 富好礼 (209)
    无痕吟<sub>其三</sub> ································ 来知德 (209)
    双飞桥 ········································ 窦峒 (210)
    双飞桥 ········································ 窦絟 (210)
    双飞桥 ········································ 窦玉奎 (211)
    双飞桥 ········································ 程仲愚 (211)
    峨山十景<sub>双桥清音</sub> ·························· 谭钟岳 (211)

**解脱桥** ···················································· (212)
    解脱桥 ········································ 胡世安 (212)
    绘图纪胜杂诗三十六首<sub>并序录四</sub> ················ 谭钟岳 (212)

## 龙门桥·····················(212)
龙门桥老虎尾道中口占 ············ 文曙(212)
## 平远桥·····················(213)
新建平远桥纪事 ················· 杨世珍(213)
## 高桥······················(215)
重建高桥碑记 ·················· 张弘昳(215)
## 铁桥······················(217)
重修铁桥记 ···················· 杨世珍(217)
## 猢狲梯·····················(219)
猢狲梯 ······················· 安磐(219)

## 亭 台

## 闲闲亭·····················(223)
闲闲亭记 ······················ 冀霖(223)
## 思佛亭·····················(224)
思佛亭晓望 ···················· 范成大(224)
## 歌凤台·····················(224)
歌凤台 ························ 杨慎(224)
无痕吟 其二 ····················· 来知德(225)
歌凤台 ························ 尹伸(225)
歌凤台 ························ 安磐(225)
歌凤台怀古 ···················· 袁维(226)
楚狂旧隐 ······················ 黄云鹄(226)
隐君堂 ························ 王钧(227)

金刚台 ························································ (227)
　　金刚台 ···································· 刘光第 (227)
巨钟 ·························································· (228)
　　巨钟 ······································ 王曰曾 (228)

## 楼　阁

瞻峨楼 ························································ (231)
　　瞻峨楼 ···································· 张子仁 (231)
归云阁 ························································ (231)
　　归云阁 二首 ································ 杨慎 (231)
　　归云阁 ···································· 朱子和 (232)
黑龙溪山阁 ···················································· (232)
　　宿黑龙溪山阁 ······························ 文曙 (232)
请佛阁 ························································ (233)
　　请佛阁晚望，雪山数十峰如烂银，晃耀暑光中
　　　······································· 范成大 (233)
尊经阁 ························································ (233)
　　登尊经阁 ·································· 文曙 (233)
　　新建尊经阁碑记 ···························· 杨世珍 (234)

## 林　木

老僧树 ························································ (239)
　　老僧树偈 ·································· 钟之绶 (239)
　　老僧树 ···································· 冀应熊 (239)

017

**古柏** ·················································· (240)
 峨署古柏 ······················· 陶振(240)
 古柏 ·························· 马人倬(240)
 咏峨署古柏二首柬刘石渠明府 ········· 王用仪(241)
 馆县署咏左庑古柏 ················· 张志远(241)
**古德林** ················································ (242)
 古德林 ························ 紫芝性藏(242)
**木莲花** ················································ (242)
 木莲花 ·························· 顾禄(242)

## 光　灯

**圣灯** ·················································· (245)
 峨眉圣灯 ························· 薛能(245)
 阅圣灯夕口占一律 ················· 袁子让(245)
 观佛灯独尊台一律纪胜 ·············· 袁子让(246)
 圣灯 ··························· 窦綗(246)
 圣灯 ························ 禅明福呉(247)
 圣灯 ·························· 窦玉奎(247)
 佛灯 ·························· 宋家蒸(248)
**佛光** ·················································· (249)
 佛光现 ·························· 范醇敬(249)
 峨山十景金顶祥光 ·················· 谭钟岳(249)

**参考文献** ·············································· (250)

山川

# 峨眉山

## 登峨眉山①

**【唐】李白②**

蜀国多仙山，峨眉邈难匹。
周流试登览，绝怪安可悉？
青冥倚天开③，彩错疑画出。
泠然紫霞赏，果得锦囊术④。
云间吟琼箫，石上弄宝瑟⑤。
平生有微尚，欢笑自此毕。
烟容如在颜，尘累忽相失。
倘逢骑羊子⑥，携手凌白日。

---

① 按，此诗见乾隆志卷一〇、嘉庆志卷九，又见《李太白全集》卷二一。
② 李白：字太白，号青莲居士，生于唐武后长安元年（701），卒于肃宗宝应元年（762）。少有逸才，志气宏放，飘然有超世之心。李白一生经历了唐代的开元盛世和安史之乱，在其死后的次年，安史之乱才告平定。其诗风雄奇豪放、清新飘逸，代表作有《蜀道难》《行路难》《梦游天姥吟留别》等。《旧唐书·文苑传下》《新唐书·文艺传中》《唐才子传校笺》卷二皆有传。
③ 青冥：青而暗昧之状。《楚辞补注》卷四《悲回风》："据青冥而摅虹兮。"王逸注："玄冥，舒光耀也。"盖谓天也。太白借用其字，此处指山峰。
④ 锦囊术：成仙之术。传说中仙人多以锦囊盛仙经，如《太平御览》卷六七二引《真诰》："《宝神经》，裴清虚锦囊中书也。侍者常所带者，裴昔从紫微夫人受此书也。"又卷六七六引《茅君内传》："太元真人有一人带篆章囊，又一人带绣章囊，一人带锦囊书。"后世因以锦囊术指仙术。
⑤ "上"，乾隆志误作"土"，据嘉庆志及别集改。
⑥ 骑羊子：葛由。《列仙传校笺》卷上："葛由者，羌人也。周成王时，好刻木羊卖之。一旦，骑羊而入西蜀，蜀中王侯贵人追之，上绥山，在娥媚山西南，高无极也。随之者不复还，皆得仙道。故里谚曰：'得绥山一桃，虽不得仙，亦足以豪。'山下立祠数十处云。"

## 峨眉山月歌①

**【唐】李白**

峨眉山月半轮秋，影入平羌江水流。
夜发清溪向三峡，思君不见下渝州。

## 峨眉山月歌送蜀僧晏入中京②

**【唐】李白**

我在巴东三峡时，西看明月忆峨眉。
月出峨眉照沧海，与人万里长相随。
黄鹤楼前月华白，此中忽见峨眉客。
峨眉山月还送君，风吹西到长安陌。
长安大道横九天③，峨眉山月照秦川。
黄金狮子乘高座④，白玉麈尾谈重玄⑤。

---

① 按，此诗见康熙志卷七、乾隆志卷一〇、嘉庆志卷九，又见《李太白全集》卷八。历来关于此诗的研究颇多，比较关注的在于"清溪"具体所指，如罗孟汀《〈峨眉山月歌〉的地名谈》（载《乐山市志资料》1982年第1期，第6—10页）、邓小军《李白〈峨眉山月歌〉释证》〔载《北京大学学报（哲学社会科学版）》2006年第5期，第80—85页〕等，皆可参看，此处从略。
② "峨眉山月歌送蜀僧晏入中京"，康熙志卷七作"登峨眉山"，据乾隆志卷一〇、《李太白全集》卷八改。◎中京：唐肃宗至德二年（757），改西京长安为中京。
③ "横"，康熙志作"还"，乾隆志漫漶，据别集改。
④ "乘"，康熙志、乾隆志误作"承"，据别集改。◎黄金狮子：《法苑珠林校注》卷二五："龟兹王造金狮子座，以大秦锦褥铺之，令什（鸠摩罗什）升而说法。""狮子"，后写作"狮子"。后泛指高僧坐处。
⑤ 重玄：《老子》第一章："玄之又玄，众妙之门。"此处代指老庄哲学。

◎ 山川

我似浮云滞吴越，君逢圣主游丹阙①。
一振高名满帝都，归时还弄峨眉月。

## 峨眉东脚临江听猿怀二室旧庐②
### 【唐】岑参③

峨眉烟翠新④，昨夜秋雨洗⑤。
分明峰头树，倒插秋江底。
久别二室间，图他五斗米⑥。
哀猿不可听，北客欲流涕。

---

① 丹阙：赤色宫门。《文苑英华》卷一七二唐太宗《秋日即目》："爽气浮丹阙，秋光澹紫宫。"此处代指皇宫。
② 按，此诗见乾隆志卷一〇、嘉庆志卷九，又见《岑嘉州诗笺注》卷一。◎听猿：猿，似猴而大，今通称长臂猿。《山海经·南山经》："堂庭之山，多棪木，多白猿。"郭璞注："今猿似猕猴而大，臂脚长，便捷，色有黑、有黄，鸣甚哀。"长臂猿，古时长江三峡多有之。《水经注》卷三三广溪峡："此峡猿，猿不生北岸。"又卷三四新崩滩："每至晴初霜旦，林寒涧肃，常有高猿长啸，属引凄异，空谷传响，哀转久绝。故渔者歌曰：巴东三峡巫峡长，猿鸣三声泪沾裳。"今长江三峡已无猿鸣。据此诗，则唐时峨眉山亦有猿也。◎二室旧庐：谓太室、少室之旧居也。岑诗有"隐于崇阳""崇阳旧草堂"，又有"少室居止"，则早年曾居于二室，非仅一室。有说仅居少室，据此诗可知非也。
③ 岑参：唐荆州江陵人，祖籍南阳棘阳，岑文本曾孙，天宝初进士。曾入高仙芝幕，任掌书记，至安西、武威；又入封常清幕，任安西北庭节度判官。肃宗时杜甫荐为左补阙，出为嘉州刺史，后客死于成都。工诗，多写边塞风光，与高适齐名，并称"高岑"。《唐才子传校笺》卷三有传。
④ 烟翠：青蒙蒙的云雾。《苏轼全集校注》卷一四《次韵周邠寄〈雁荡山图〉》其一："眼明小阁浮烟翠，齿冷新诗嚼雪风。"
⑤ "秋"，乾隆志、嘉庆志作"风"，据《岑嘉州诗笺注》卷一改。
⑥ 五斗米：《晋书·隐逸传·陶潜》："郡遣督邮至县，吏白应束带见之，潜叹曰：'吾不能为五斗米折腰，拳拳事乡里小人邪！'义熙二年，解印去县。"后用以指微薄的官俸。

## 峨眉山①

**【唐】郑谷**②

万仞白云端，经春雪未残。
夏消江峡满，晴照蜀楼寒。
造境知僧熟，归林认鹤难。
会须朝阙去，只有画图看。

## 送张炼师还峨眉山③

**【唐】**虞部郎**司空曙**广平人④

太一天坛天柱西，垂罗为幌—作挽石为梯。
前登灵境青霄绝，下视人间白日低。
松籁万声和管磬，丹光五色杂虹—作云霓。
春山一入寻无路，鸟响烟深—作深林水满溪。

---

① 按，此诗见乾隆志卷一〇、嘉庆志卷九。
② 郑谷：字守愚，郑史子，唐末袁州宜春人。幼颖异，七岁能诗，见赏于马戴。僖宗光启中擢进士第，昭宗乾宁中为都官郎中，人称"郑都官"。尝赋鹧鸪警绝，又称"郑鹧鸪"。后隐退仰山书堂，卒于北岩别墅。有《云台编》《宜阳集》。《唐诗纪事》卷七〇、《唐才子传校笺》卷九皆有传。
③ 按，此诗见嘉庆志卷九。
④ 司空曙：字文初，广平人。曾任洛阳主簿，后迁长林县丞，累官左拾遗，终水部郎中，《唐才子传校笺》卷四有传。

◎ 山川

## 峨眉山①

【宋】冯时行②

岩峦皆创见,草木半无名。
翠削山山玉,光摇树树琼。
岭云随客袂,谷响答僧行③。
清绝浑无寐,空山月正明。

## 峨山④

【宋】赵抃⑤

蜀山天下奇,三峨压岷右。
谁为孤剑外,名出嵩华后⑥。

---

① 按,此诗见乾隆志卷一〇、嘉庆志卷九。
② 冯时行:字幼学,重庆璧山人。宋绍兴六年(1136)进士。官知彭州,先后在今重庆、四川崇庆、仪陇、汉源等地当过州县官吏,著有《缙云文集》。冯时敏、冯时可、冯时行系同胞兄弟。其父冯羽仪,其祖父冯谷,均是进士。《钦定四库全书总目》卷一五八《缙云文集》提要云:"时行字当可,璧山人。绍兴乙卯(1135)、丙辰(1136)间为丹棱令。罢归后,出守蓬、黎州,终于提点成都刑狱公事。尝居县北缙云山授徒,因以为号。"有《易论》《缙云集》。
③ "行",乾隆志、嘉庆志作"声",据《缙云文集》卷三改。
④ 按,此诗见乾隆志卷一〇、嘉庆志卷九。《清献集》内无此诗,最早见于《明一统志》卷七二。
⑤ 赵抃:字阅道,号知非子,衢州西安人。仁宗景祐间进士,仕州县,以治绩召为殿中侍御史。弹劾不避权幸,人称"铁面御史"。有《清献集》。《宋史》卷三一六及《名臣碑传琬琰集·上集》卷八有传。
⑥ 嵩华:嵩山和华山的并称。《庚子山集注》卷二《哀江南赋》:"禀嵩华之玉石,润河洛之波澜。"

## 游峨杂咏①

【宋】白约②

祥光非实相，灵异只虚夸。
岩静长留雪，山寒故放花。
云川千万里，灯火两三家。
荷蓧人何处③，悠悠步落霞。

## 又

【宋】白约

树倒因成路，林开忽见村。
鸟音传木杪，梵语出云根。
雪色连春夏，风声接晓昏。
徘徊幽兴极，回首谢烦喧。

---

① 按，此诗见乾隆志卷一〇、嘉庆志卷九，本诗以乾隆志为底本。
② 白约：同治《嘉定府志》卷四〇称其为宋仁宗皇祐五年（1053）进士，荣州人，其余事迹不详。
③ 荷蓧人：语本《论语·微子》："子路从而后，遇丈人，以杖荷蓧。"后多喻隐者。此处则代指楚狂接舆，即陆通，曾隐居峨眉山。

## 又[①]
【宋】白约

文公太华游[②],惆怅无与共。
翁从二三子,泉石恣披弄。
草木被芳鲜,山岩落飞动。
朝市足纷华,不入幽人梦。

## 过燕渡望大峨,有白气如层楼,拔起丛云中[③]
【宋】文穆公 范成大 吴郡人[④]

围野千山暑气昏,大峨烟霭亦缤纷。
玉峰忽起三千丈,应是兜罗世界云[⑤]。

---

[①] 按,乾隆志未录以下诗句,据嘉庆志补。
[②] 文公:韩愈,曾游华山,登绝顶,度不可下而恸哭。《唐国史补》卷中云:"韩愈好奇,与客登华山绝峰,度不可返,乃作遗书,发狂恸哭。华阴令百计取之乃下。"
[③] 按,此诗以嘉庆志为底本,见嘉庆志卷九,又见《范石湖集》卷一八,文字皆同。
[④] 范成大:字致能,号石湖居士,苏州吴县人。高宗绍兴二十四年(1154)进士,累官礼部员外郎兼崇政殿说书。素有文名,尤工于诗,有《石湖集》《揽辔录》《吴船录》《吴郡志》等。《宋史》卷三八六有传。
[⑤] 兜罗:兜罗绵,喻云或雪。《吴船录》卷上:"兜罗绵云复布岩下,纷郁而上,将至岩数丈辄止,云平如玉地。"

## 初入大峨①

**【宋】范成大**

烟霞沉痼不须医②,此去真同汗漫期③。
曾款上清临大面④,仍从太白问峨眉。
山中缘法如今熟,世上功名自古痴。
剩作画图归挂壁,他年犹欲卧游之。

---

① 按,此诗以嘉庆志为底本,见嘉庆志卷九,又见《范石湖集》卷一八,文字皆同。
② 烟霞沉痼:同"烟霞痼疾"。《旧唐书·隐逸传·田游岩》:"臣泉石膏肓,烟霞痼疾,既逢圣代,幸得逍遥。"
③ 汗漫:渺茫不可知。《淮南子·道应训》:"吾与汗漫期于九垓之外。"高诱注:"汗漫,不可知之也。"
④ 大面:此乃青城山后山大面山,范成大曾游此山,记于《吴船录》卷上。《蜀中广记》卷六:"大面山在三溪北。"

◎ 山川

## 平羌道中望峨眉山慨然有作①

【宋】宝章阁待制 陆游 山阴人②

白云如玉城，翠岭出其上。
异境忽堕前，心目久荡漾。
别来二百日③，突兀喜无恙④。
飞仙遥举手，唤我一税鞅⑤。
此行岂或使，屏迹事幽旷。
何必故山归，更破万重浪⑥。

---

① 按，此诗以嘉庆志为底本，见嘉庆志卷九，又见《剑南诗稿校注》卷六，以之参校。又，此诗淳熙元年十月作于嘉州道上。
② 陆游：字务观，号放翁，越州山阴人。少有文名，高宗绍兴二十四年（1154）应礼部试，名列前茅。因论恢复，遭秦桧黜落。孝宗即位，任枢密院编修官，赐进士出身。乾道六年（1170），起为夔州通判。后入四川宣抚使幕，复任四川制置使司参议官。工诗、词、散文，与尤袤、杨万里、范成大并称为南渡后四大家。有《剑南诗稿》《渭南文集》《南唐书》《老学庵笔记》等。《宋史》卷三九五有传。
③ 别来二百日：陆游于淳熙元年（1174）三月离嘉州，至是冬十月，约二百日。
④ "无"，《剑南诗稿校注》作"亡"，通。
⑤ 税鞅：解脱束缚、羁绊之意。税，通"脱"，解下之意。◎鞅：套在牛马颈上的皮带，一说在马腹上。《左传·僖公二十八年》："晋车七百乘，韅、靷、鞅、靽。"杜预注："在腹曰鞅。"陆德明释文："鞅，《说文》云：'颈皮也。'"
⑥ 更破万重浪：《宋书·宗悫传》："叔父炳，高尚不仕。悫年少时，炳问其志。悫曰：'愿乘长风破万里浪。'"

011

## 游峨①

【元】黄镇成②

峨眉楼阁现虚空，玉宇高寒上界同。
茶鼎夜烹千古雪，花幡晨动九天风。
云连太白开中夏，日绕重玄宅大雄③。
师去想无登涉远，只应飞锡验神通。

## 游峨眉④

【明】方孝孺⑤

楚客求丹梯⑥，溯流三峡逾五溪⑦。

---

① 按，此诗见宣统志卷九。
② 黄镇成：字元镇，邵武人。以圣贤之学自励，授江西儒学提举，未仕而卒。自号存存子，学者称为存斋先生。著有《尚书通考》《秋声集》。乾隆《大清一统志》卷三三二及乾隆《福建通志》卷五一有小传。
③ "玄"，原作"元"，清人避讳而改者，今据文献用例回改。按，重玄，指天空。《文选·陆机〈汉高祖功臣颂〉》："重玄匪奥，九地匪沉。"李善注："重玄，天也。"
④ "游峨眉"，康熙志卷七、乾隆志卷一○、宣统志卷九作"光相寺"，据《逊志斋集》卷二四改。按，此诗以康熙志为底本，余者参校，同时参考别集。又按，此诗仿李白《梦游天姥吟留别》而作，但又未全部遵循原诗格式。"风霆荡潏，云树模糊，虎豹接迹，猿猱斗呼"之上，当有两句六言，李白原文为"云青青兮欲雨，水澹澹兮生烟"。
⑤ 方孝孺：字希直，一字希古，浙江宁海人，明朝名臣，世称正学先生。官至文学博士。建文壬午（1402），燕王篡位，抗节不屈而死。有《逊志斋集》。事迹详今人胡梦琪《方孝孺年谱》。该谱称洪武二十五年（1392）方孝孺应蜀王之聘为世子师，但并未对游峨眉系列诗作进行系年，盖难以确定也。方孝孺，《峨眉县志》偶有作"方孝儒"者，今统一用"孺"字，不详出校。
⑥ "求"，原作"随"，据别集改。按，从浙江到四川，沿长江而上，需经过楚地，故方孝孺自称楚客。
⑦ 五溪：雄溪、樠溪、无溪、酉溪、辰溪。一说指雄溪、蒲溪、酉溪、沅溪、辰溪。汉属武陵郡，为少数民族聚居地，在今湖南西部和贵州东部。《水经注·沅水》："武陵有五溪，谓雄溪、樠溪、无溪、酉溪，辰溪其一焉。"

◎ 山川

浙僧访佛祖,一锡凌空向西土。
江左儒生寻谪仙,相逢共上峨眉巅。
峨眉山高气磅礴,万朵莲开青插天。
天高地远望无极,海东日出扶桑赤[1]。
气冲衲衣举,光摇角巾明[2]。
眼底汪洋巨鳌动[3],耳边仿佛天鸡鸣[4]。
龙宫对月窟[5],曾闻谪仙游。
霞光凝不散,履迹今尚留。
千崖崩催势欲堕,羽流缁侣参差坐。
七宝岩留供佛灯,万松灶起烧丹火。
风霆荡潏[6],云树模糊,虎豹接迹,猿猱斗呼。
星汉当头手可摘,灵芝甘露无时无[7]。
云漏日兮光一线,金莲白象兮纷纷而来见。
万籁动兮天乐和,仙之人兮夜经过。
忽神惊而目眩,岂事幻而说颇。
睹谪仙而无有[8],杳凤管与鸾车[9]。

---

[1] 扶桑:《楚辞补注》卷二《九歌·东君》:"暾将出兮东方,照吾槛兮扶桑。"王逸注:"日出,下浴于汤谷,上拂其扶桑,爰始而登,照曜四方。"
[2] 角巾:方巾,有棱角的头巾,为古代隐士冠饰。《晋书·王导传》:"则如君言,元规若来,吾便角巾还第,复何惧哉!"
[3] 巨鳌动:传说中大地由巨鳌承载,故鳌动则云海波涛翻滚。《博物志》卷一云:"天地初不足,故女娲氏炼五色石以补其阙,断鳌足以立四极。"
[4] 天鸡:《述异记》卷下:"东南有桃都山,上有大树,名曰桃都。枝相去三千里,上有天鸡。日初出照此木,天鸡则鸣,天下鸡皆随之鸣。"《李太白全集》卷一五《梦游天姥吟留别》亦云:"半壁见海日,空中闻天鸡。"
[5] 月窟:边远之地。《李太白全集》卷二二《苏武》:"渴饮月窟水,饥餐天上雪。"
[6] "潏",原作"潆",据别集改。
[7] "甘",康熙志误作"井",据乾隆志、宣统志及别集改。
[8] "睹",康熙志误作"观"。
[9] "车",原作"珂",据别集改。

尘心未断怀乡土，青鞋复踏来时路。
行行回首语青山，石室无锁门无关，重来有日当跻攀。
肯效趑趄嗫嚅徼名势，坐令尘土涸朱颜。

## 山中对景书怀①

【明】方孝孺

乌靴脱却换青鞋②，踏遍名山惬素怀。
虎啸石头风万壑，鹤眠松顶月千岩。
云开面面峰如削，谷转行行树欲排。
湖海故交零落尽，烟霞清趣几人偕。

## 又③

【明】方孝孺

山头月出天初露，江面风生水欲波。
正是胜游新得意，片云相引入峨眉。

---

① "山中对景书怀"，乾隆卷一〇、宣统志卷九作"入山"，据《逊志斋集》卷二四改。按，本诗以乾隆志为底本，余者参校，同时参考别集。
② "却"，宣统作"脚"。◎乌靴：古代官员所穿的黑色靴子。《宣和奉使高丽图经》卷七《庶官服》："庶官之服，绿衣、木笏、幞头、乌靴。"◎青鞋：草鞋。《苏轼全集校注·诗集》卷二九《赠李道士》："故教世世作黄冠，布袜青鞋弄云水。"
③ 按，以下二首宣统志不载。

◎ 山川

## 又
**【明】方孝孺**

出郭凉风入抱清,乱山遮马似相迎。
宁知待诏金门客①,忽作看山听水行。

## 骖鸾篇寄王玉垒诸君子②
**【明】余承勋**③

玉垒何年栖谪仙,远骑白鹤登峨巅。
岷峨落手化双笔,裁剪秀色人所怜。
凌云隐侯卧惊起④,骖鸾济胜饶双美。
鸟道泉回石尽喧⑤,仙都气妙云俱紫。

---

① 金门客:汉代扬雄。《文选·扬子云〈解嘲〉》:"历金门,上玉堂。"李善注引应劭曰:"待诏金马门。"
② 按,此诗以康熙志卷七为底本,参校嘉庆志卷九。◎王玉垒:陕西盩(zhōu)厔(zhì)县人王元正,号玉垒山人,与杨慎等相善,曾协同纂修嘉靖《四川总志》。雍正《四川通志》卷三八之二《流寓·茂州》下列其小传云:"王元正,陕西盩厔人。正德辛未(1511)进士,仕为翰林检讨。初号三溪,嘉靖间以议礼谪戍茂州卫。前在京系狱时,有玉垒山之梦,遂改号玉垒。后过茂山,叹曰:'今何至此耶!'遂徘徊不去。兵宪孙公即于玉垒山下筑室置之,命曰玉垒行窝。元正寄兴诗酒,寓止晏如。"据此,可知王元正贬茂州,在嘉靖三年(1524),其游峨眉应在此年之后。
③ 余承勋:雍正《四川通志》卷三八之一列其小传云:"青神人,进士,官至翰林修撰。嘉靖间,议大礼被杖。锦衣百户王邦奇又假以建言边情诬兵部主事杨惇,惇子与承勋友善,复挂诬被逮。后复职还家,著书三岩山中四十余年。前后抚按屡为荐剡,卒不起。今三岩深处犹有方池道院云。"
④ 隐侯:南朝梁沈约谥号隐侯。《梁书》本传云:"约性不饮酒,少嗜欲。虽时遇隆重,而居处俭素。立宅东田,瞩望郊阜。"此处应是比喻曾在凌云山读书之苏轼。
⑤ "回",原作"冈",据嘉庆志改。

入谷初登歌凤台,虹桥喷雪双飞来。
归云阁下龙耕草①,白水殿前僧渡杯②。
从此扶筇历飞级,七盘九折惊猿泣。
岩槎溜雨木皮皱③,石叶凝澌梅子涩。
一上桫椤欢喜坪,俯视齐州九点明④。
佛光欲动白象影,香界初闻青鸟鸣。
夜傍金天宿岩栋,历历白榆星可种⑤。
月堕刚风板树号⑥,玲珑铁瓦如飞动。
胜地佳人倘再逢⑦,旧人入梦思扬雄。
九霄塌羽不得意⑧,群公此意将无同⑨。
嗟余缟带临禽壑⑩,未许携壶负初约。
可信烧丹访列仙,只缘产瑞求灵药。
君不见,孙龙鼎在黑水峰⑪,砂斑绣出金芙蓉。

---

① "下",原作"一",据嘉庆志改。
② 僧渡杯:神僧以杯渡水。《太平御览》卷六五六引《高僧传》云:"杯渡者,不知姓名。常以木杯渡水,因而为目。不修细行,神力卓越,世莫测其由来。"
③ "雨",原作"与",据嘉庆志改。
④ "齐",原作"高",据嘉庆志改。"州",原作"烟",据嘉庆志改。齐州九点:用李贺诗语,言在峨眉山上看下界,齐州如九点烟,反衬峨眉山之高。《李贺诗歌集注》卷一《梦天》云:"遥望齐州九点烟,一泓海水杯中泻。"注云:"九州辽阔,四海广大,而自天上视之,不过点烟杯水。"
⑤ 白榆:星。《乐府诗集》卷三七《陇西行》:"天上何所有,历历种白榆。"
⑥ "板",原作"枝",据嘉庆志改。
⑦ "人",原作"辰",据嘉庆志改。
⑧ 塌(dā)羽:犹塌翼,垂下翅膀,比喻受挫,意志消沉。《杜诗详注》卷一五《毒热寄简崔评事十六弟》:"林下有塌翼,水中无行舟。"
⑨ "无",嘉庆志作"毋"。◎将无同:《晋书·阮籍传附咸字瞻》:"见司徒王戎,戎问曰:'圣人贵名教,老、庄明自然,其旨同异?'瞻曰:'将无同。'戎咨嗟良久,即命辟之,时人谓之'三语掾'。"
⑩ 缟带:《礼记·玉藻》:"居士锦带,弟子缟带。"孔颖达疏:"弟子缟带者,用生缟为带,尚质也。"此句乃余承勋自言身为读书人,难以抛弃俗世,归隐山林。
⑪ 孙龙:隐居峨眉山的孙思邈。

◎ 山川

吸将玉液煮石髓①，一滴入口衰颜童。
归来洞口传清啸②，虎溪丽藻应同调。
怪底诗筒满眼飞③，六月峨山几登眺。

## 眉山天下秀④

【明】周洪谟⑤

大峨两山相对开，小峨迤逦中峨来。
三峨之秀甲天下，何须涉海寻蓬莱。
昔我登临彩云表，独骑白鹤招青鸟。
石龛石洞何参差，时遇仙人拾瑶草。
丹崖瀑布连天河⑥，大鹏图南不可过⑦。
昼昏雷雨起林麓，夜深星斗栖岩阿。

---

① "石"，原作"芝"，据嘉庆志改。按，煮石髓犹煮石为粮。《神仙传校释》卷一"白石生"条："常煮白石为粮，因就白石山居。"
② "啸"，原作"诵"，据嘉庆志改。
③ 诗筒：盛诗稿以便传阅之竹筒。《白居易集笺校》卷二四《秋寄微之十二韵》："忙多对酒榼，兴少阅诗筒。"自注云："此在杭州，两浙唱和诗赠答，于筒中递来往。"按，此联言余氏收到了王元正寄来的诸多诗作，可以想见王元正曾多次登眺峨眉山。
④ "眉山天下秀"，康熙志卷七、嘉庆志卷九作"眉山天下秀"，乾隆志卷一〇、宣统志卷九作"三峨"。按，本诗见康熙志卷七、乾隆志卷一〇、嘉庆志卷九、宣统志卷九，以康熙志为底本。
⑤ "周洪谟"，原作"范成大"，显误，《范石湖集》并不载此诗，亦暂未见他书引此诗而题作者为范成大者，今据嘉庆志、《全蜀艺文志》卷八、《明诗纪事·乙签》卷一七改。按，周洪谟，字尧弼，宜宾长宁人。正统十年（1445）进士及第，授编修，事迹见《明史》本传及《明诗纪事》小传。
⑥ "崖"，康熙志、嘉庆志作"崖"，乾隆志、宣统志作"岩"。
⑦ 图南：往南方飞。《庄子·逍遥游》："风之积也不厚，则其负大翼也无力。故九万里则风斯在下矣，而后乃今培风，背负青天而莫之夭阏者，而后乃今将图南。"

四时青黛如绣绘①，岷嶓蔡蒙实相对。
昔生三苏草木枯②，但愿再出三苏辈。

## 入山③

【明】安磐给事中④

昨宵风雨晓来晴，径路无尘自在行。
石角乱云回马首，树头残雾湿莺声。
笑寻丘壑消春梦，喜共山灵有旧盟。
才过小桥东北望，六乡烟火一孤城。

## 下山⑤

【明】安磐

笑拂衣裳半有苔，可能结屋傍书台。
谁云绝顶无人到⑥，我向西峰看月来。
袖里石光惊魍魉⑦，杖头云气接蓬莱。
与君还办登山屐，来听龙门半夜雷。

---

① "绣"，乾隆志、宣统志作"彩"。
② 昔生三苏草木枯：《古今合璧事类备要·后集》卷一〇"眉山生三苏"条云："苏洵生苏轼、辙，以文章名。其后二子继之，故时人谣曰：'眉山生三苏，草木尽皆枯。'"
③ 按，此诗见乾隆志卷一〇、嘉庆志卷九。
④ 安磐：字公石，嘉定州人。据乾隆《峨眉县志》卷首尹宗吉之序，有"安子松溪磐氏有郡邑志"一语，可知安磐号松溪。弘治十八年（1505）进士，改庶吉士，正德时历吏、兵二科给事中。事迹详《明史》本传。
⑤ 按，此诗以嘉庆志为底本，见嘉庆志卷九，亦载《译峨籁·诗歌纪》，以之参校。
⑥ "顶"，《译峨籁》作"境"。
⑦ 袖里石光：峨眉山上产一种放光石，游客下山时多会带回去做纪念。详蒋超《峨眉山志》卷六。

◎ 山川

## 登峨眉①

【明】吏部郎中 杨伸 邓州人

赤日争蔽亏,青岚竞走射。鸟路入重霄,攀跻穷杖策。
浑不辨苍旻,俯仰但一白。麋鹿无高踪,貙貐有夜迹。
绝壁叫山翁,阴岩啸木客②。樛枝百十围,剥落古苔积。
石门何巉巉,冰雪堆盈尺。峰情清削胜,独立自标格。
不与日月谋,时露孤光赤。中有绝粒僧,冷冽到魂魄。
霜磬不能鸣,炊烟风雨隔。不至心如灰,其能共晨夕。

## 登峨③

【明】刘余谟 庶吉士、给事中 ④

峨眉四大境,奇秀九州闻。

---

① 按,此诗见嘉庆志卷九。
② 木客:传说中的深山精怪,实则可能为久居深山的野人。因与世隔绝,故古人多有此附会。《太平御览》卷八八四引晋邓德明《南康记》:"木客,头面语声亦不全异人,但手脚爪如钩利,高岩绝峰然后居之。"
③ 按,此诗见乾隆志卷一一。
④ 刘余谟:字良弼,号灞柱,安徽安庆府怀宁县人。康熙《安庆府志》卷一五小传云:"字良弼,号灞柱。方伯尚志之孙。崇祯壬午(1642)登贤书,癸未(1643)成进士,读书中秘。顺治初,擢用贤能,授刑科给谏。凡经国要务,疏屡千言,详载《艺文》。后因廷诤放归,侨寓白门。凡台宪郡邑兴利剔弊之事,有关民瘼者,咸造访其庐。余谟博学嗜古,晚年不倦,所著诗文甚富。康熙庚申(1680)春归皖,省叔父若宜之病,亲尝汤药。宜易箦后,躬事含殓,卜窀穸为葬。毕,谓其子侄曰:'余心忽忽欲动,四大分张,了了如此,吾将从吾叔父游矣。'无疾而终。"

参井山河戒①,阴晴上下分。
遥瞻太古雪,幻出大千云。
一合乾坤相,孤峰自绝群。

## 眉山天下秀②

【明】解缙③

峨眉春月斗婵娟,雷坪夜响空中泉。
江南客子喜空翠,踏遍平羌江水边。
归来梦寐绕岩壑④,千花烂锦明帏幄⑤。
起来如在峨眉巅,画史新图为君作。
陇西太白去不还⑥,浣花草堂苔石斑。
西川风景世间少,令人长忆峨眉山。

---

① 山河戒:山河两戒。关于"两戒"之说,肇自唐人僧一行,《新唐书·天文志一》云:"而一行以为,天下山河之象存乎两戒。北戒,自三危、积石,负终南地络之阴,东及太华,逾河,并雷首、厎柱、王屋、太行,北抵常山之右,乃东循塞垣,至濊貊、朝鲜,是谓北纪,所以限戎狄也。南戒,自岷山、嶓冢,负地络之阳,东及太华,连商山、熊耳、外方、桐柏,自上洛南逾江、汉,携武当、荆山,至于衡阳,乃东循岭徼,达东瓯、闽中,是谓南纪,所以限蛮夷也。"
② "眉山天下秀",康熙志卷七作"雷洞坪",乾隆志卷一〇作"题峨山图",据《文毅集》卷四改。按,此为组诗《西川四景》之二,乃题画诗,解缙未曾到峨眉山。
③ 解缙:字大绅,江西吉水人。洪武二十一年(1388)进士,深为太祖爱重。《明史》卷一四七有传。
④ "岩",康熙志卷七、乾隆志卷一〇作"虚",据《文毅集》卷四改。
⑤ "帏",康熙志卷七作"惟",据乾隆志卷一〇、《文毅集》卷四改。
⑥ "还",康熙志卷七、乾隆志卷一〇作"来",据《文毅集》卷四改。

## 无痕吟其六[1]

**【明】来知德**[2]

一登成一笑,一笑成一吟。
未登百年前,笑我无此身。
既登百年后,笑我空此名。
有名竟如何,不如了无痕。
长揖当途客,从此少逢迎。
因号无痕子,一啸卜瑶岑[3]。

---

[1] "吟",原作"咪",据《来瞿唐先生日录》改。按,此诗以嘉庆志为底本,见嘉庆志卷九,亦载《四库全书存目丛书·子部》第八六册《来瞿唐先生日录》外篇第三卷,以之参校。又,诗共六首,所吟为不同之景,故分而置于各景点条目之下,不另作注释。此诗为其六,系总结之诗,故置于"峨眉山"总咏条目下。
[2] 来知德:字矣鲜,号瞿唐,重庆梁山人。幼有孝行,举为孝童。嘉靖三十一年(1552)举人。以双亲相继卒,终身麻衣素食,誓不见有司。万历三十年(1602)特授翰林待诏,力辞,诏以所授官致仕。其学以致知为本,尽伦为要。有《周易集注》《瞿唐日录》等。《明史》卷二八三有传。
[3] 瑶岑:美丽的山丘。《杨万里集笺校》卷一八《碧落洞》:"碧落诸峰是碧簪,忽于平地插瑶岑。"

## 峨眉山歌①

【明】文肃公 赵贞吉 内江人②

余辛丑之春游峨眉，到京语诸人，有劝余作歌者，秋杪作此③。

白帝昔禀鸿蒙匠④，铸错江山排罔象⑤。
赤髓溶成巴字流⑥，青棱幻出峨眉状⑦。
峨眉两片翠浮空，日月跳转成双瞳。
美人西倚映碧落，昆仑东向悬青铜⑧。

---

① 按，此诗以嘉庆志为底本，见嘉庆志卷九，亦见万历十三年刊本《赵文肃公文集》卷二、《译峨籁·诗歌纪》《补续全蜀艺文志》卷五、康熙《四川总志》卷三六等，《译峨籁校注》已经参校诸本，故此次主要参考《译峨籁》。据诗前小序，赵贞吉于嘉靖二十年（1541）游峨眉山，此文亦作于是年。◎"峨眉山歌"，原作"游峨眉山歌"，据《译峨籁》改。按，《赵文肃公文集》作"眉山歌"，实非有误，乃赵氏对峨眉山之习称也。同卷《送眉山高进士令陇西》亦以眉山称峨眉山，中有"我踏眉山太古雪"为证。
② 赵贞吉：字孟静，号大洲，四川内江人。以博洽闻，最善王守仁学，文章雄快。嘉靖十四年（1535）进士，授编修，迁国子司业。俺答薄京城，大言不可订城下之盟，当宣谕诸将，监督力战。贞吉合帝旨，立擢左谕德，监察御史，奉旨宣谕诸军，为严嵩所中伤，廷杖谪官，后累迁至户部侍郎，复忤嵩夺职。隆庆初起官，历礼部尚书，文渊阁大学士。颇思改弦易辙，而与高拱不协，遂乞休归，卒谥文肃，有《文肃集》。《明史》卷一九三有传。
③ 按，小序原脱，据《译峨籁》补。
④ 白帝：五方配五帝，西方为白帝。据后文"赤髓溶成巴字流，青棱幻出峨眉状"及"鸿蒙"指天地未开之混沌状态，似用盘古开天辟地之后血液化为江河、骨骼变为山陵之事，此句应是指峨眉山乃西方白帝所造化。
⑤ "铸错"，嘉庆志互倒，据《赵文肃公文集》乙正。
⑥ 巴字流：《太平寰宇记》卷一三六引《三巴记》云："阆、白二水东南流，曲折三回如巴字，故谓三巴。"此以巴江代指蜀地江河。
⑦ "状"，嘉庆志作"壮"，据《译峨籁》改。
⑧ 按，此两句将峨眉山比作美人，而将昆仑山比作手捧青铜镜之奴，盖用昆仑奴之事也。

◎ 山川

嘉陵黛色何窈窕，暮雨朝云青未了。
力士空埋玉冶魂，王孙暗转琴心调①。
可怜烟霭下汀洲，望望行人芳意留②。
香象渡河春泯泯，碧鸡啼晓思悠悠③。
归来怅恨高唐趾④，不愿封侯愿游此⑤。
锦绣洪都羡画图⑥，神明壮宅嗟疑似⑦。
忆昨路绕犍为中，褰裳遥指白云峰。
蟠霄拓落开南纪，鼍吼鲸訇追巨踪。
此山疑有真灵住，此地遥疑接玄圃⑧。
天上年年种白榆，人间岁岁飞红雨。
白榆红雨异凡仙，放光台上一茫然⑨。

---

① 按，上句言蜀王派五丁力士迎美女，路过梓潼时遇大蛇，五丁拔蛇而山崩，与美女皆死，详《华阳国志》卷三；下句言司马相如琴挑卓文君之事，详《史记·司马相如列传》。
② 按，此处上句或演齐己《白莲集》卷八《荆州新秋寺居写怀诗五首上南平王》之三"虚负岷峨老僧约，年年雪水下汀洲"。下句演《王右丞集笺注》卷七《山居秋暝》"随意春芳歇，王孙自可留"。
③ 按，上句谓普贤菩萨乘象而至也，赵贞吉别集卷三《宿大峨峰顶》其二有句云"谁骑六牙象，来坐七天中"，亦是此意。今峨眉山万年寺有普贤骑象雕塑。下句谓汉宣帝时方士言蜀地有金马碧鸡之祠，故遣王褒往祭之，详《汉书·郊祀志下》及《王褒传》。◎"晓"，嘉庆志作"晚"，据《译峨籁》改。
④ "恨"，底本与《译峨籁》作"望"，据《赵文肃公文集》改。
⑤ 按，此句用东坡《送张嘉州》"少年不愿万户侯，亦不愿识韩荆州。颇愿身为汉嘉守，载酒时作凌云游"之意。
⑥ 按，此处或用李白《上皇西巡南京歌》其二"九天开出一成都，万户千门入画图。草树云山如锦绣，秦川得及此间无"。所谓"洪都"者，大都也，非豫章之别称。
⑦ "壮"，嘉庆志作"此"，据《译峨籁》改。
⑧ "玄"，嘉庆志作"元"，据《译峨籁》改。
⑨ 放光台上一茫然：《蜀中广记》卷八五云："赵州礼峨眉于放光台，不登宝塔顶。僧问：'和尚云何不到至极处？'州云：'三界之高，禅定可入；西方之旷，一念而至，惟有普贤，法界无边。'"

百千万劫仅弹指①,七十二君皆比肩②。
雪岭星桥何小小③,铜梁玉垒何渺渺。
西拈优钵影团团④,东钓珊瑚光杲杲⑤。
苍颜灏气有谁同？羞落襄王一梦中⑥。
尘心只会题红叶⑦,素业先须访赤松⑧。
白龙吐雾成海水⑨,青鸟衔花供寸晷⑩。
我来踏遍八十盘,一洗灵山少年耻。
长卿多病在临邛⑪,倾心缥缈玉芙蓉。

① "千",嘉庆志作"年",据《译峨籁》改。
② 七十二君:《史记·封禅书》引管仲言:"古者封泰山禅梁父者,七十二家。"此即指封禅泰山的古帝王。
③ "何",嘉庆志作"殊",据《译峨籁》改。
④ 优钵:优钵罗花,雪莲花也。《五灯会元》卷一"七佛·释迦牟尼佛"条云:"世尊在灵山会上拈花示众,是时众皆默然,唯迦叶尊者破颜微笑。"并未言所拈为何花也。
⑤ 东钓珊瑚光杲杲:曹学佺所编《石仓历代诗选》卷四二四录明人吕愬《钓雪图为文选乔希大题》有句云"霓竿本解钓珊瑚,俗情大笑何曾顾",或即赵贞吉所本。此两句言心意相通之难也,故下文云"苍颜灏气有谁同？羞落襄王一梦中"。
⑥ 按,此句言楚襄王与宋玉游于云梦泽之事。《太平御览》卷八八二引宋玉《神女赋》:"楚襄王与宋玉游于云梦之浦,使玉赋高唐之事。其夜玉寝,与神女遇,其状甚丽。玉异之,明日以白王。王曰:'其梦若何?'曰:'晡夕之后,精神恍惚,若有所喜。见一妇人,状甚奇异。'王曰:'状如何也?'玉曰:'茂矣美矣,诸好备矣。盛矣丽矣,难测究矣。不可胜赞。其始来也,耀乎若白日初出照屋梁;其少进也,皎若明月舒其光。须臾之间,美貌横生。其盛饰也,则罗纨绮缋盛文章。'王曰:'若此,试为寡人赋之。'"
⑦ 题红叶:《类说》卷四一引唐人范摅《云溪友议》之"题红叶"条云:"卢渥临御沟见一红叶,上有绝句曰:'流水何太急,深宫尽日闲。殷勤谢红叶,好去到人间。'后宣宗省宫人,渥获一人,乃昔年题红叶者。"
⑧ 赤松:神仙赤松子,事迹载《新辑搜神记》卷一。
⑨ 按,此句比喻峨眉山处在云海之中,如蓬莱仙山一般。《赵文肃公文集》卷六《宿石门驿思大峨题》亦云:"矖视万里成海水,我在蓬莱顶上行。"
⑩ 青鸟:本为西王母信使,此处当是喻指佛现鸟,此鸟为佛光来临之信使也。
⑪ 长卿多病:司马相如病消渴,详《史记》本传。

◎ 山川

抽毫拟作《大人赋》①，折简应招无是公②。

### 下峨从云中行③

【明】河南观察 龚懋贤 内江人 ④

#### 其一

海气如云一抹空，洞云醉杀白猿公⑤。
临行却赠山中物，几簇寒烟裹雪风。

---

① "拟"，嘉庆志作"为"，据《译峨籁》改。
② 按，此句谓长卿若欲作类似《大人赋》者以美峨眉山，当传信召《子虚赋》中之无是公为代言人也。《子虚赋》里，"相如以子虚虚言也，为楚称；乌有先生者，乌有此事也，为齐难；无是公者，无是人也，明天子之义。故空借此三人为辞"。
③ 按，此诗见嘉庆志卷九。
④ 龚懋贤：四川内江人。《天启新修成都府志》卷二一载其小传云："龚懋贤，字晋甫，内江人。性敏学博，有倚马才。隆庆丁卯（1567），与兄懋赏同举于乡；戊辰（1568），进士。令庐陵，奏最，选授御史。按东粤，惩贪训廉，海忠介公深服之。京师大旱，诏求直言。乃上五少三多疏，谓天下任事之臣少，皇上心膂之臣少，兵少，财少，公论少，为五少；天下刑狱多，冗费多，议论多，为三多。疏入，报闻，寻观察河南。为忌者所中，遂坚意求归。著书有《明发堂稿》《学业通》《古本参同注疏》，皆卓可传云。"
⑤ 白猿公：传说古代善剑术的人。《太平广记》卷四四四"白猿"条引《吴越春秋》云："越王问范蠡手战之术，范蠡答曰：'臣闻越有处女，国人称之。愿王请问手战之道也。'于是王乃请女。女将北见王，道逢老人自称袁公，问女曰：'闻子善为剑，得一观之乎？'处女曰：'妾不敢有所隐也，唯公所试。'公即挽林杪之竹，似枯槁，末折堕地。女接取其末，袁公操其本而刺处女，处女应节入之三，女因举杖击之，袁公飞上树，化为白猿。"

## 其二

惭无道气配闲瓢①,冲破烟林下碧霄。
若到人间相问讯,袖中云片尽堪消。

## 峨眉山歌金陵为松谷上人作②

【明】四川右参政 曹学佺 侯官人③

峨眉山上月,千里若为看。
峨眉山上雪,万古逼人寒。
山青如黛雪如粉,明月镜中何隐隐。
双峰缥缈谁画眉,挂在长空不可尽。
西域雪山绝嶙峋,此中应见西方人。
普贤菩萨行具足,三千徒众皆应真。
始信峨眉自惆怅,不作巫山神女身。
八十四盘桫椤树,花开如绘复如素④。
一间板屋千重岭,正值行人问山路。
登山路转难,投寺日已晚。古苔如发长,新松学盖偃。

---

① 此句,用许由弃瓢手捧水而饮之典,诗人意在借此表达自己还未达到此种清节境界的惭愧。《太平御览》卷五七一:"许由者,古之贞固之士也。尧时为布衣,徒步不与方远交通,衣食财得自足,夏则巢居,冬则穴处。无杯杅,每以手捧水而饮之。人有见其饮无杯,以瓢遗之。许由受以操,饮毕辄挂于树枝。风吹树瓢摇动,历历有声。许由尚以为繁扰,取而弃之。"
② 按,此诗以嘉庆志为底本,见嘉庆志卷九,又载《蜀中广记》卷一一、《石仓诗稿》卷二,皆用以参校。
③ 曹学佺:字能始,号石仓,福建侯官人。万历二十三年(1595)进士,授户部主事。万历三十七年(1609)任四川右参政,万历三十九年(1611)升任四川按察使。有《蜀中广记》《石仓集》等。事迹详《明史·文苑传四》本传及陈超《曹学佺研究》。
④ "绘",《石仓诗稿》作"雪",义逊。

◎ 山川

冰窟炊不成，雷洞眠难稳。真僧入定久，行脚乞食远。
钵里龙形小，岩前鸟声啭。雨气沉如墨，云光疾似电。
应有千化身，故作百宝现。桥梁宛虹架，楼台疑蜃变。
天竺皆骑象，星光尽散燕。奕奕九微灯，梦梦五色线①。
人人为摄受，各各睹颜面。欲知色是空，色即空中灭。
世间如泡影②，讵必叹奇绝。依旧峨眉山，明月照清彻。
君来白门秋，山月几圆缺。浩浩江水流，尚带峨眉雪。

## 游峨眉山歌③

【明】四川右参政 曹学佺 侯官人

君不见，太行诚险阻，西蜀峨眉羞与伍。
又不见，雪岭长晶莹，来映峨眉一段青。
《禹贡》蒙山此称首④，梵语胜峰传日久。
洞天列在位之七，秀色甲乎州有九。
君不见，轩辕氏跪谒皇人叩玄旨⑤；
又不见，鬼谷子著书《珞琭》藏洞里。

---

① "梦梦"，原作"芬芬"，形近而误，据《蜀中广记》《石仓诗稿》改。
② "泡"，《蜀中广记》《石仓诗稿》作"幻"。
③ "游峨眉山歌"，原作"又歌"，据《蜀中广记》卷一一、《石仓诗稿》卷二改。◎按，此诗以嘉庆志为底本，见嘉庆志卷九，又载《蜀中广记》卷一一、《石仓诗稿》卷二。
④ 此句，《方舆胜览》卷五二《嘉定府·山川》下"蒙山"条注文："《禹贡》，梁州之山四：岷、嶓、蔡、蒙，西山背岷，北山背嶓，南山背蒙，峨眉之在《禹贡》，则蒙山之首也。"
⑤ "玄旨"，原误作"元首"，据《蜀中广记》《石仓诗稿》改。按，据蒋超《峨眉山志》卷七，天真皇人授黄帝《三一经》。

陇西仙人宿山图①，采药山中颜色殊。
葛由卖羊从此去，接舆歌凤胡为乎。
君不见，子规啼处窦谊悲②，夜啼竹裂人不归。
又不见，昆仑伯仲未可分，逸少曾询周抚军③。
唐家子昂称词伯，青莲居士李太白。
往往见诸吟咏间，白头欲返青山宅。
岂是峨眉善妒人，江水茫茫来问津④。
我今来游亦偶尔⑤，不然惆怅蜀国将三春。
三春花已谢，木冰犹未嫁⑥。五月披重裘，四时无一夏。
桫椤斗雪开，松枝受风亚。山僧如故常⑦，客子惊云乍。
乍见甚迟回，人生不再来。足篆符文水，身居光相台。
井络金茎下，天门玉蕊开。愿言献北极，千秋万岁杯。

---

① 山图：传说中的仙人名。《列仙传校笺》卷下："山图者，陇西人也。少好乘马，马踢之折脚，山中道人教令服地黄当归活独活苦参散，服之一岁，而不嗜食，病愈身轻，追道士问之，自言：'五岳使，之名山采药，能随吾，汝便不死。'山图追随之六十余年，一旦归来，行母服于家间，期年复去，莫知所之。"
② 窦谊：雍正《四川通志》卷三八之二《流寓·直隶嘉定州》载："汉，窦谊，居蜀之峨眉县，放浪不羁，月夜子规啼竹上，谊曰：'竹裂，吾可归峨峰。'是夕竹裂，黎明遁于峨峰，武帝三征，不起。"
③ 逸少：晋王羲之，字逸少，一生慕峨眉之胜，但无缘一登览。《全蜀艺文志》卷六〇录王羲之《与周益州书》，有句云："要欲及卿在彼，登汶领、峨眉而旋，实不朽之盛事，但言此，心以驰于彼矣。"《蜀中广记》卷七："又与谢安书云：'周益州书述蜀山川如岷山，夏含霜雹，校之所闻，昆仑之伯仲也。'"按，周益州，周抚，字道和，永和中为蜀郡太守。
④ "来"，《蜀中广记》《石仓诗稿》作"难"。
⑤ "尔"，原作"耳"，据《蜀中广记》《石仓诗稿》改。
⑥ "嫁"，原作"稼"，形近而误，据《蜀中广记》《石仓诗稿》改。按，嫁犹遣也，谓木上之冰犹未去。
⑦ "山"，与《石仓诗稿》同，《蜀中广记》作"仙"，义逊。

◎ 山川

## 峨眉山①

**【明】**讲读 黄辉 南充人 ②

剑外名山聚，峨眉不可名。
只疑盘古雪，化作佛光明。
我且歌凤去，谁当骑象行。
兜罗空世界③，说法了无声。

## 和胡宗伯菊潭梦游峨眉山④

**【明】**进士 柳寅东 梓橦人 ⑤

八十四盘道，悬崖撒手行。
将回西日驭，欲践北山盟。
见雪知盘古，因风问广成⑥。
缅怀王逸少，未至已驰情⑦。

---

① 按，此诗见嘉庆志卷九。
② 黄辉：《明诗纪事·庚签》卷一六列其小传云："辉字昭素，一字平倩，南充人。万历己丑（1589）进士，改庶吉士，授编修，历中允、谕德、庶子、少詹事，兼侍读学士。有《铁庵集》八十卷，《平倩逸稿》三十六卷。"《明史·文苑传四·焦竑》后有附传。
③ "空"，《补续全蜀艺文志》卷八作"云"。
④ 按，此诗见嘉庆志卷九。
⑤ 柳寅东：据《明清进士题名碑录索引》知其为四川梓橦人，明崇祯四年（1631）进士。雍正《广东通志》卷二七载其崇祯十五年（1642）曾任广东巡按御史。
⑥ 广成：据蒋超《峨眉山志》卷二，天真皇人又名广成子，居峨眉山。
⑦ 未至已驰情：王羲之并未到过峨眉山，但非常向往。《全蜀艺文志》卷六〇录王羲之《与周益州书》，有句云："要欲及卿在彼，登汶领、峨眉而旋，实不朽之盛事，但言此，心以驰于彼矣。"

## 纪梦游 有序①

**【明】**大学士 胡世安 井研人

别峨眉几十稔，一夕入梦，尘襟豁然。同杖屦者，宜兴陈太史实庵②。世故屡更，心契仍在。所到题识③，俾于身经，未能遗惰，以笔相逮。时丁亥秋七月念七之辰。韵次陶靖节《桃花源》诗，句则捃摭唐人也④。

清气在园林，探幽非遁世。历历余所经，滔滔俯东逝。
凤想疲烟霞，十年兹赏废。胡乃在峨眉，津亭暂临憩。
贪玩水石奇，摈落文史艺。万里秋景焯⑤，星驾无安税。
悦洽鸟来驯，野间犬时吠。松篁尚葱蒨，别业闲新制。
青萝拂行衣，元老欣来诣。白云余故岑，逸翮思凌励⑥。
谁知林栖者，悠然不知岁。自可狎神仙，兼欲看定慧。
卷舒形性表，心照有无界。从此得玄珠⑦，有美不自蔽。
眷言同心友，善物遗方外。长怀通夜魂，萧然叶真契。

---

① 按，此诗见嘉庆志卷九，又载《译峨籁·诗歌纪》，今以《译峨籁》参校。
② 陈实庵：陈于鼎，字尔新，号实庵，江苏宜兴人。崇祯元年（1628）进士，官至南明弘光朝翰林院左春坊左庶子掌院事。《文献》1991年第2期载柯愈春《〈北西厢古本〉校订者陈实庵》一文，同年第3期复刊孙金振《陈于鼎生平事迹证补》一文，可参看。
③ "识"，原作"议"，据《译峨籁》改。
④ "则"，原脱，据《译峨籁·诗歌纪》补。
⑤ "焯"，原作"悼"，形近而误，据《译峨籁》及《文苑英华》卷三一四《和崔侍御日用游开化寺阁》改。
⑥ "励"，原作"厉"，据《译峨籁》改。
⑦ "玄"，原作"元"，清人避讳而改者，据《译峨籁》回改。

◎ 山川

## 和陈实庵同年续峨游梦八首录三①
【明】胡世安

客尘赊日月,未替紫芝心。
回忆光明界,横披左右襟。
壑幽岚子雨,天旷雪宾岑。
绮夏前身侣②,悠然订远寻。

三游有《译籁》,夙缔亦殷勤。
灵构非私我,幽探若待君。
阴晴山态易,黑白水情分。
到此无他侣,逢迎只素云。

西峤乘风便,寒潭濯魂澄。
山潮闻静岭③,僧树引苍藤。
蜥蜴充龙号,貔貅学犴登。
同人随降陟,济胜具偏增。

---

① 按,此诗见嘉庆志卷九。
② 绮夏:绮里季与夏黄公,商山四皓之二,见《史记·留侯世家》,此处喻指隐者。
③ 山潮:峨眉山中之风声如潮,故称山潮。蒋超《峨眉山志》卷九胡世安《登峨山道里纪》:"此间去西南山,遥闻有声溯湃,疑挟风雨而来,移时乃息。及履其地,全无水踪,土人名曰'山潮'。久晴必雨,久雨必晴,此其验也。至潮之迟暂大小,又以卜岁入盈缩,亦异矣!"

## 登峨山①

【清】杨维孝 邑人②

梵宫开胜地③，绀殿结殊因④。
校饰兼三品，庄严化亿身。
洗池神象浴⑤，饮钵毒龙驯⑥。
不是灵山子，谁乘大愿轮。

## 望峨眉⑦

【清】江左 王曰曾 上南副使⑧

峨眉天半烟霞锁，侧岭横峰连万朵。

---

① 按，此诗见乾隆志卷一一。
② 杨维孝：光绪《奉节县志》卷二六称其为岁贡，任峨眉训导。
③ 梵宫：原指梵天的宫殿，后多指佛寺。《广弘明集》卷一六南朝梁沈约《瑞石像铭》："永言鹫室，栖诚梵宫。"
④ 绀殿：佛寺。《艺文类聚》卷七六载隋江总《幡赞》曰："光分绀殿，采布香城。"
⑤ 洗池神象浴：言普贤浴象于峨眉山上洗象池之事。蒋超《峨眉山志》卷九释彻中《大峨山记》："上为洗象池，相传普贤浴象于此。"
⑥ 饮钵毒龙驯：此指白龙池内龙子，即蜥蜴。《译峨籁·道里纪》云："为白龙池，池水深尺余，素沙彻映，磊石作胜，内有蜥蜴，潜近边底，僧以钵盛，驯扰可狎，往往与风雨作缘，遂冒龙籍。"
⑦ 按，此诗见乾隆志卷一一。
⑧ 王曰曾：乾隆《镇江府志》卷三六此人小传云："王曰曾，字伟度，号省斋。初以进士授中书，充史官，分曹比部，雪冤慎狱。转仪部，分巡大名，绝苞苴，除墨吏，风棱崭然。调建南，抚辑土蛮，川民祀焉。督粮江西，请岁免脚费银二十余万。部议驳诘，曰曾条抉诸弊，始报可。户尚张鹏翮题荐天下道员清廉第一，升湖南布政。命下，已卒，祀江西名宦。著有《省斋诗文集》。"按，传中"清廉"原误作"青廉"，今据文义改。又据同书卷三〇，此人乃康熙五年（1666）举人；据同书卷二九，此人乃康熙九年（1670）进士。又据雍正《四川通志》卷三一，此人康熙三十年（1691）分巡剑南道，驻嘉定，则所收此人诸多诗歌当作于康熙三十年之后。

赤脚仙人雪里行，点头佛子云中坐。
我欲攀登老奈何，梦游迷处空婆娑。
几时醉呼狂李白，一和当年山月歌。

## 游峨眉遇雨和程序弘原韵①
**【清】王曰曾**

山游岂是阮途穷②，咫尺峨眉怅碧空。
经岁雪花长放白，深秋霜叶未全红。
晓来忽着千峰雨，行去还凭两翼风。
莫道天门攀不得，梦魂已绕素云中。

## 登峨访可闻禅师③
**【清】王曰曾** 建南道

灵山从地起，觉路自天闻。
客兴披云到，梵花促雨来。
有僧翻贝叶，携我上莲台。
正拟登峰去，偏留话劫灰。

---

① 按，此诗见乾隆志卷一一、宣统志卷九。
② 阮途：即"阮籍途"，喻指令人悲哀的末路。《晋书·阮籍传》："（阮籍）时率意独驾，不由径路，车迹所穷，辄恸哭而反。"
③ 按，此诗见乾隆志卷一一。◎可闻禅师：蒋超《峨眉山志》卷一一有《可闻源禅师塔铭》，言："师，金陵太平当涂赵氏子。父钦，母王氏，世笃清修，屡兆祥符。将诞之夕，母梦白莲花放，以语钦。钦曰：'莲花净洁，不被污淤泥。若生子，定不凡。'果生师，贺者听啼而知为英物。"

## 登眉山①
【清】房星著②

眉山胜概甲西川,今得攀藤蹑晓烟。
堑断那知脊有径,云开方见顶支天。
俯看群岫皆培塿,远带长江尽蜿蜒。
已着此身尘世外,更于何处觅飞仙。

## 峨眉歌 寄华阳山人③
【清】曹礼先 川东道④

我闻峨眉之山高万仞,峰峦崒崔穷窈渺。
比肩五岳聚百灵,一望培塿众山小。
崇岩复穴恣幽奇,积雪千年未经扫。
翠萝连绵日色薄,纷拏杂沓蛟龙矫。
下有百尺之飞泉,云根凿出清潺湲。
上有万丈之乔松,虬枝盘郁纠相缠。
雾霾不断四时雨,春秋凛冽夏阴寒。

---

① "登眉山",乾隆志、宣统志作"登峰顶"。按,此诗见康熙志卷七、乾隆志卷一一、宣统志卷九,以康熙志为底本。
② 房星著:乾隆《峨眉县志》卷六云:"房星著,字子明,山东益都人,丙午(1666)乡科。莅任,入甲子(1684)内帘,纂修县志,因老乞休。"雍正《四川通志》卷三一称此人康熙二十二年(1683)任峨眉知县。
③ 按,此诗见乾隆志卷一一。
④ 曹礼先:雍正《四川通志》卷三一称此人为奉天沈阳监生,康熙九年(1670)分选川东道。

玄关秘室难攀跻，或传笙鹤常往还①。
中有幽人餐沆瀣②，手缩缥缃盈百篇。
寄语风雷善呵护，著书将藏二酉山③。

## 赋得峨眉天半落空青④

【清】冀霖 邑令⑤

崧嶐积翠插天心⑥，气压空蒙入座深。
似我最能留素影，如山原不带尘襟⑦。

---

① 笙鹤：《列仙传校笺》卷上云："王子乔者，周灵王太子晋也。好吹笙作凤凰鸣。游伊、洛之间，道士浮丘公接以上嵩高山。三十余年后，求之于山上，见桓良，曰：'告我家，七月七日待我于缑氏山巅。'至时，果乘白鹤驻山头。望之不得到，举手谢时人，数日而去。亦立祠于缑氏山下，及嵩山首焉。"后以"笙鹤"指仙人乘骑之仙鹤。《杜诗详注》卷一三《玉台观》之二："人传有笙鹤，时过北山头。"
② 沆瀣：夜间的水气，露水。旧谓仙人所饮。《楚辞补注》卷五《远游》："餐六气而饮沆瀣兮，漱正阳而含朝霞。"王逸注："《凌阳子明经》言：春食朝霞……冬饮沆瀣。沆瀣者，北方夜半气也。"《文选·嵇康〈琴赋〉》："餐沆瀣兮带朝霞。"张铣注："沆瀣，清露也。"
③ 二酉山：大酉、小酉二山，在今湖南省沅陵县西北。二山皆有洞穴，相传小酉山洞中有书千卷，秦人曾隐学于此。《蜀中广记》卷九四《酉阳杂俎》十卷"条："唐段成式，随其父节度使文昌入蜀，所著以二酉山多藏奇书，而蜀在大酉之阳也。"
④ 按，此诗见康熙志卷七、乾隆志卷一一。
⑤ 冀霖：字雨亭，号润苍。《清秘述闻》卷九称其为山东临清人，康熙甲戌（1694）进士，曾于康熙五十三年（1714）任江西提学。雍正《江西通志》卷一七则提到，冀霖于康熙五十一年（1712）捐资重建南昌县儒学。雍正《四川通志》卷三一称康熙三十九年（1700）其任职峨眉知县。
⑥ 崧嶐：崧，《广韵·东韵》"子红切"，高耸之意。《谢宣城集》卷三《答张齐兴》："荆山崧百里，汉广流无极。"嶐，《集韵·东韵》"良中切"，高起之意。《泊庵集》卷四《好古楼记》："而楼之胜亦嶐嶐然。"有词"崧巃"形容山势高峻。《陶学士集》卷一〇《大成殿赋》："信乎不可阶而升兮，夫何岌嶪而崧巃。"崧嶐之意应与崧巃同。
⑦ 尘襟：世俗的胸襟。《石仓历代诗选》卷九三黄滔《寄友人山居》："茫茫名利内，何以拂尘襟。"

清芬每向闲中得①，高爽惟从静里寻。
体协坤刚居处远，千秋被覆有余荫。

## 初发嘉定望峨眉山②

【清】中州 窦絅③

香国冲烟出④，峨眉一望间。
飞来连夜雨，洗遍几重山。
青嶂丹霄迥⑤，白云碧树闲。
探幽西去路，流水自潺潺。

## 望峨咏怀⑥

【清】瞿庸 峨眉令，癸卯科⑦

峨眉月照霜江寒，歌凤台空蜀道难。

---

① 清芬：清香。《唐大诏令集》卷三六《嘉王运等检校司空制》："播兰茝之清芬，炳珪符之瑞采。"
② 按，此诗见乾隆志卷一一。
③ 窦絅：事迹不详。乾隆《柘城县志》卷九载此人为清代例贡，字天衢，窦容恂之子。光绪《柘城县志》卷一〇著录此人有《蜀道百咏诗》《朴斋诗稿》。
④ 香国：《海录碎事》卷一三上《化菩萨》曰："上方界佛土有国名众香，佛名香积。以众香钵盛满香饭与化菩萨。"因以"香国"指佛国。《广弘明集》卷二八上《舍身愿疏》："虽果谢庵园，饭非香国，而野粒山蔬，可同属餍。"
⑤ 青嶂：如屏障的青山。《文选·沈休文〈钟山诗应西阳王教〉》："郁律构丹巘，崚嶒起青嶂。"《杜诗详注》卷一八《月三首》之一："若无青嶂月，愁杀白头人。"
⑥ 按，此诗见乾隆志卷一一。
⑦ 瞿庸：康熙二年癸卯（1663）科举人。光绪《直隶赵州志》卷九小传云："瞿庸，字平子，号默庵。从伯兄廉受经，弱冠举于乡。累上春官不第，选授四川峨眉知县，邀廉同往政，必请命乃行。廉时辅导之，未周期，治声隆隆起。巡抚姚缔虞密疏荐之，迁行人司行人。去官日，民绘《卧辙图》为赆，以诗赠别者，杨世珍四十有九人。归装所携，惟诗图及《峨眉山志》而已。去后，民为立碑。未几，致仕，林居二十年。著有《默庵诗集》十卷，《仪礼图》二卷，筑默庵以终老。"

◎ 山川

雪满深山招隐士，云封古洞卧仙官。
骑羊有意学飞凫①，看鹤无心怀素餐。
只为七弦未理得，暂从民瘼试还丹②。

## 雪霁望峨③

**【清】文曙**④

晨初日出，雪嶂晓云开。
银海化珠树⑤，天花散法台。
界空无着地，劫浩不淄灰。
愿得生轻羽，瑶阶日往回。

---

① 骑羊：得道成仙。《列仙传校笺》卷上："葛由者，羌人也。周成王时，好刻木羊卖之。一旦，骑羊而入西蜀，蜀中王侯贵人追之，上绥山，在峨媚山西南，高无极也。随之者不复还，皆得仙道。故里谚曰：'得绥山一桃，虽不得仙，亦足以豪。'山下立祠数十处云。"◎飞凫：《后汉书·方术传·王乔》："王乔者，河东人也。显宗世，为叶令。乔有神术，每月朔望，常自县诣台朝。帝怪其来数，而不见车骑，密令太史伺望之。言其临至，辄有双凫从东南飞来。于是候凫至，举罗张之，但得一只舄焉。乃诏尚方诊视，则四年中所赐尚书官属履也。"
② 瘼：病痛。泛指困苦。《诗·小雅·四月》："乱离瘼矣，爰其适归。"毛传："瘼，病。"
③ 按，此诗见乾隆志卷一一。
④ 文曙：字东寅，湖南桃源人。康熙五十二年（1713）举人，知峨眉县。减耗羡，创建书院于桐坪，捐俸修石梁，筑霸陵堰。有《黔游集》《峨雪斋诗文集》。《国朝耆献类征初编》卷二六有传。
⑤ 珠树：积雪之树。《全唐诗》卷四九一王初《望雪》："银花珠树晓来看，宿醉初醒一倍寒。"

## 登峨和眉岩韵①

【清】玉川 段允持 江安令②

天半峨眉峻，携筇思一临。
不辞山雨湿，竟入夏云深。
洁爱伊蒲馔③，清依祇树林。
未经登绝顶，已觉净尘襟。

## 峨岭云④

【清】禅明福昰⑤

登临五月峨眉道，岩下离离尚雪斑。
台阁□□环二水，峰峦峭拔控千蛮。
碧烟微篆香炉顶，青霭浓收翠竹间。

---

① 按，此诗见乾隆志卷一一。
② 段允持：生平不详，雍正《四川通志》卷三一录江安县令下有云："段允持，河南岁贡，康熙五十六年（1717）任。"
③ 伊蒲馔：斋供，素食。《山堂肆考》卷一四五"伊蒲馔"条："东汉楚王英，诣阙以缣赎罪。诏报曰：'王好黄老之言，尚浮屠之教，其还赎以助伊蒲塞桑门之馔。'注云：伊蒲塞，即优蒲塞也。或云伊，伊兰花；蒲，即菖蒲花，西域以之供佛。故曰伊蒲馔。"
④ 按，此诗见乾隆志卷一一。
⑤ 禅明福昰：民国《贵州通志·人物志七》云："云昰，不详来历。绥阳治西二十里螺水上三教寺，旧垩壁间有顺治中留题手迹，其款称'传曹溪正派，马度第二世'。名或作'书云昰'，或作'云昰'。盖'昰'是名，'书云'其字也。又自称天峰道士，天峰山，一名辰山，在绥阳城西二十五里。山右雪洞之水流入百楮溪，溪即螺水，皆乐安江上流异名。天峰距螺水不远，杖钵往还，宜有此题壁。国初峨眉僧有福昰者，岂即其人欤？"按，此人即《锦江禅灯》卷一一目录中的"书云昰禅师"，惜无小传。《破山禅师语录》卷九有《示书云法孙》，则其人为破山海明之徒孙也。

别有会心瞻眺外,寒风飘荡野云闲。

## 峨眉早春①

**【清】海源可闻**伏虎僧②

茅庐清净只幽深,景对晴峦数点新。
疏壁尝留穿月径,垂杨偏送隔墙春。
止居不过三间屋,坦率惟捐一点尘。
惭愧溪山无个事,虚窗高卧一闲人③。

## 峨岭秋④

**【清】照裕与峨**⑤

万籁吟风红树颠,杖藜闲步洞山前⑥。
疏林送鸟知寒露,古木留蝉噪暮烟。
寂寞泉声流玉峡,萧条梵宇长金莲。
晓钟何事朝来急,敲落晨星散碧天。

---

① 按,此诗见乾隆志卷一一。
② 海源可闻:即可闻禅师,见《登峨访可闻禅师》注。
③ 虚窗高卧:此乃陶渊明北窗高卧之典。《陶渊明集校笺》卷七《与子俨等疏》:"见树木交荫,时鸟变声,亦复欢然有喜。常言五六月中,北窗下卧,遇凉风暂至,自谓是羲皇上人。"
④ 按,此诗见乾隆志卷一一,又见《峨眉山志》卷一七。"峨岭秋",乾隆志漫漶,据《峨眉山志》补。
⑤ 照裕与峨:伏虎寺可闻禅师之弟子,康熙甲子(1684)岁受命往金陵请经,当年即回,得"梵本大藏五千余卷,并方册全藏二口载归"。可闻圆寂后,与峨任伏虎寺住持。蒋超《峨眉山志》卷一一王廷诏所撰《可闻源禅师塔铭》有详述。
⑥ 杖藜:拄着手杖行走。藜,野生植物,茎坚韧,可为杖。《庄子·让王》:"原宪华冠继履,杖藜而应门。"注曰:"杖藜,以藜为仗也。"《杜诗详注》卷二二《暮归》:"年过半百不称意,明日看云还杖藜。"

## 初发嘉定望峨眉山①

【清】中州 窦玉奎②

西出嘉陵郡,篮舆带晓星③。
草铺一径绿,云掩半峰青。
幽鸟鸣香刹,野花老驿亭。
峨眉名胜地,凝望入高冥④。

## 登峨⑤

超铠平雪 浙江僧⑥

西南天削大峨峰,罗拜群山翠万重⑦。
摇落星辰低槛外,奔流日月瞰怀中。
金灯照彻林阿静,银海光涵宇宙空。
稽首愿王回下视,几多楼阁断云封。

---

① 按,此诗见乾隆志卷一一。
② 窦玉奎:窦绅之侄,其余事迹不详。
③ 篮舆:古代供人乘坐的交通工具,形制不一,一般以人力抬着行走,类似后世的轿子。《晋书·孝友传·孙晷》:"富春车道既少,动经江川,父难于风波,每行乘篮舆,晷躬自扶持。"
④ 高冥:高空。《孟郊集校注》卷五《生生亭》:"裹裹立平地,棱棱浮高冥。"
⑤ 按,此诗见乾隆志卷一一。
⑥ 该作者生平不详。
⑦ 罗拜:环绕下拜。《三国志·魏志·张辽传》:"所督诸军将吏皆罗拜道侧,观者荣之。"

◎ 山川

## 登岘山礼大士①
【明】杨展②

四十九年别普贤,今朝又到白云巅。
非我有心辞佛去,只缘身世涅槃间。

## 登峨眉③
【明】刘道开④

山水平生癖,烟霞到处缘。峨眉垂老至,胜览让谁先。
披衲辞公府,骑骡践野田。入溪青嶂合,上岭翠微穿。
歌凤人何在,降龙迹久湮。一山称最胜,双玉挂飞泉。
逐石喧硁响,争流排挤遄。惊心观溅沫,骇目送潺湲。
攀路洪椿去,幽林古德传。繁柯荫仄经,密叶罨生烟。

---

① 按,此诗见宣统志卷九。
② 杨展:原诗题注云:"字玉梁,嘉定州人。按,峨山无穷和尚,从师通天,一生苦行,汲水肩粮,忘身为众。迁化之后,人皆知其托生嘉定,为杨氏子。明季丁丑(1637)武进士,毛洛镇总兵,当甲申(1644)、乙酉(1645)之时,献逆鸥张,蹂躏竭境,展率义勇,竭力拒敌,贼锋屡衄,展收拾残疆,赈济饥溺,不论缁白,户给米麦牛马若干,川南数郡,赖以延喘。后误抚土寇袁武,待以心腹,反为所杀,远近惜之。是年春,入山礼大士,忽作诗如此。寺僧初不解其意,未几,难作,适符诗谶。果是无穷再来,当欢喜领受,偿还宿债,不以孙、庞余耳为恨也,见《峨山志》。"按,此段引文中之"礼大士",原误作"礼夫士",据诗题改。
③ 按,此诗见宣统志卷九。
④ 刘道开:《明诗纪事·辛签》卷二一小传云:"刘道开,字非眼,巴人。崇祯壬午(1642)举人,有《各梦草》《自怡轩集》《拟寒山诗》。《蜀诗》:'非眼入国朝,总督李国英重其为人,欲官之。走,耕于野,晚授徒汉中。注《楞严经》,自号了庵居士。'"嘉庆《四川通志》卷一五三、民国《巴县志》卷一〇有详传,可参看。

奔走疲终日，欢呼息万年。于时方纪夏，坐此涤烦煎。
墨敕先朝赐①，朱函佛骨鲜。滑供脱粟饭，老汉作家禅。
旧事谈离乱，新恩赖贷镯。坡高无马走，殿耸似螺旋。
诘旦支笻出，危坡压屋悬。十梯方仰胁，百息始穷巅。
回视联床处，依然挂杖前。喜欢初有地，苍秀迥无边。
木磴经霜滑，行童任挽牵。云堂香寂寂，金界草芊芊。
雷洞人缄口，梅坡鸟惮骞。沿岩凿路险，削木盖房坚。
绝壁现还隐，修篁断复连。缓拖云脚重，倒挂日轮偏。
太子坪初到，先生倦欲眠。围炉烧榾柮，鼾榻拥青毡。
晓起冲浓雾，徐行致肃虔。桫嵝繁似锦②，杉树密还妍。
最爱天门石，疑经鬼斧镌。晒经如斗拔，瓦屋似屏连。
遂礼龙渊树，还观金薤篇③。不辞三日苦，乃造七重天。
大士元无住，凡夫自倒颠。朝山来路远，礼佛念头专。
以眼观白象，将心测普贤。喟然长叹息，策杖再桫研。
铁瓦邻铜殿，金绳护宝莲。登台轻世界，俯视小山川。
五岳皆培塿，三巴在几筵。方期旸杲杲④，讵意雪翩翩。
光相缘犹待，神灯愿未圆。奇观留后日，拙句染新笺。

---

① 墨敕：由皇帝亲笔书写，不经外廷盖印而直接下达的命令。《宋书·王昙首传》："既无墨敕，又阙幡棨，虽称上旨，不异单刺。"
② "嵝"，疑误，于此处文义不通。按，后文言杉树，此处所指应为桫椤树。
③ 金薤（xiè）：倒薤书的美称。喻文字之优美。《李太白全集》卷三三《调张籍》："平生千万篇，金薤垂琳琅。"
④ 杲杲：明亮貌。《诗·卫风·伯兮》："其雨其雨，杲杲出日。"

## 游峨眉山歌①

【清】云南按察使司 许缵曾 华亭人②

伊昔披山经③,峨眉冠五岳。
杰然镇坤维,苍翠万仞削。
初疑宇内无此奇,今日所见更过之。
乃知天地灵怪不可测,生平游览快意无如斯。
既蹑飞龙岭,还登歌凤台。
狂客已长逝,真人不复来。
丹炉火冷鹤驾远,谭经石榻生莓苔。
一步一惊诧,十步一徘徊。
上有排空叠嶂翠欲滴,下有飞泉百尺声如雷。
巉岩鸟道崎岖入,天门一隙云光白。
八十四盘最上头,婆娑万树清阴碧。
探帝座,凌丹丘,白云飞扬,长风飕飕④。
积雪如严冬,凛冽披重裘。
俯视岷江万里蜿蜒仅一线,蜀山千点参差罗列儿孙俦。
花为优昙色,鸟作迦陵声。
天香夜不散,法鼓昼长鸣。

---

① 按,此诗见嘉庆志卷九。
② 许缵曾:清江南华亭人,字孝修,号鹤沙。顺治六年(1649)进士,官至云南按察使。工诗,但学古而少变化。有《滇行纪程》《东还纪程》《宝纶堂集》。《国朝诗人征略二编》卷一有小传。
③ 山经:《山海经》的简称。《汉书·张骞李广利传赞》:"故言九州山川,《尚书》近之矣。至《禹本纪》《山经》所有,放哉!"
④ 飕飕:象声词。风雨声。《梅尧臣集编年校注》卷四《月夜与兄公度纳凉闲行至御桥》:"四望远寂历,微风动飕飕。"

金轮忽上震旦推第一,赤髭白足灵机妙道真难名①。
须臾报道佛光现,苍茫云海蒸奇变。
烂似庆云晕若虹,林岩五色增葱蒨。
金桥突兀驾虚空,仿佛珠眉绀发容②。
忽然云散光亦灭,惟有朝暾荡漾倒挂金芙蓉。
眷此灵异境,神魂欲飞越。
远胜赤城梁,何数蓬莱窟。
吁嗟!蜀道之难,难于上青天,几人能到峨眉巅?
仙都佛国尽在此,请君莫惜多留连。

## 峨眉山月歌送许时庵使蜀③

【清】国子祭酒 吴苑 歙县人 ④

我闻峨眉山,插天青嶙峋。
上有太古雪未化,不知天地冬与春。
高悬更有秋空月,雪上清辉尤皎洁。

---

① 赤髭:《高僧传》卷二"佛陀耶舍"条:"(耶)舍为人赤髭,善解《毗婆沙》,时人号曰赤髭毗婆沙。既为罗什之师,亦称大毗婆沙。"◎白足:《神僧传》卷二"释昙始"条:"释昙始,关中人。自出家以后,多有异迹。晋孝武太元之末,赍经律数十部往辽东宣化。显授三乘,立以归戒,盖高句骊闻道之始也。义熙初,复还关中,开导三辅。始,足白于面,虽跣涉泥水,未尝沾涅,天下咸称白足和上。"
② 珠眉绀发:佛祖的妙相之一。《长阿含经》卷一言佛祖有三十二相,三十一相为:"眉间白毫柔软细泽,引长一寻,放则右旋螺如真珠。"
③ 按,此诗见嘉庆志卷九。◎许时庵:许汝霖,号时庵,海宁人。雍正《浙江通志》卷一七八有小传。
④ 吴苑:字楞香,号鳞潭,晚号北移山人,歙县人。康熙壬戌(1682)进士,官检讨,累官祭酒。授翰林编修,主试四川。笃于师友,为诗多和平之音。有《北移山人集》《大好山水录》。《碑传集》卷四六有传,(乾隆)《江南通志》卷一四七亦有传。

◎ 山川

光耀磊落之奇人，西汉马卿宋轼辙①。
况君秋水点双瞳，九天衔命下蚕丛。
清无遗照同山月，毕献珠光锦水中。

## 忆峨眉②

【清】潼川府知府 王用仪 庐陵人③

寰宇穹窿境，昆仑世寡双。五岳分其胜，雄踞天下邦。
谁将巨灵擘，拥作三峨岘④。娲炼形方凿，丁开独力扛⑤。
西陲势磅礴，并络影纷厐。坤舆奠邛笮⑥，地脉汇岷江。
中有桫椤树，普贤尊者䟽⑦。由来佛灭度，常悬精进幢。
生平仰峻极，欲上心先降。藜枝披藤葛，芒鞋踏石矼⑧。

---

① 马卿：司马相如的简称。按，司马相如，蜀郡成都人，字长卿。《史记》有传。
② 按，此诗见嘉庆志卷九。
③ 王用仪：光绪《新修潼川府志》卷一九载其为江西庐陵进士，嘉庆元年（1796）九月署潼川府知府。宣统志卷九有小传："王用宜，字韶九，卢陵人。乾隆己丑（1769）进士，官茂州知州，又任潼川府知府。"
④ 岘（yáng）：崆岘，山峻貌。《文选·张衡〈南都赋〉》："其山则崆岘嶱嶫。"
⑤ 丁开：《华阳国志》卷三："时蜀有五丁力士，能移山，举万钧。……周显王二十二年，蜀侯使朝秦。秦惠王数以美女进，蜀王感之，故朝焉。惠王知蜀王好色，许嫁五女于蜀。蜀遣五丁迎之。还到梓潼，见一大蛇人穴中。一人揽其尾，掣之，不禁。至五人相助，大呼曳蛇。山崩，时压杀五人及秦五女，并将从；而山分为五岭。直顶上有平石。蜀王痛伤，乃登之。因命曰五妇冢山。川平石上为望妇堠。作思妻台。今其山，或名五丁冢。"
⑥ 邛笮：亦作"邛筰"。汉时西南夷邛都、笮都两名的并称。约在今四川西昌、汉源一带。后泛指西南边远地区或少数民族。《史记·西南夷列传》："蜀人司马相如亦言：'西夷邛笮可置郡使。'相如以郎中将往喻，皆如南夷，为置一都尉，十余县，属蜀。"
⑦ 䟽（shuāng）：《广韵·江韵》音"所江切"，跭䟽，竦立也。
⑧ 石矼：即石杠，石桥之意。一说为置于水中供人渡涉的踏脚石。《尔雅·释宫》："石杠谓之徛。"郭璞注："聚石水中，以为步渡彴也。《孟子》曰：'岁十月徒杠成。'或曰今之石桥。"

十七峰叠叠，黑白水淙淙。绀宫闻梵呗①，法座挑昏釭②。
渐历诸天界，如乘一苇艭。绝顶不可登，翘首目已眬。
中途急返辙，遥听暮钟撞。眄彼玉芙蓉，徘徊系心腔。
归来动长啸，良夜倾罍缸。续游清梦醒，萝月盈虚窗。

## 峨山松歌赠德新上人③

【清】四川学政 吴树萱 吴县人④

非休非远颜颇丰⑤，十年高座凌云峰。
昨朝瀹我蒙山茶，今朝贻我峨山松。
青鬖长不满径寸，万古不改冰雪容。
瓦铛注水水灌顶，生意便觉含丰茸。
芬香略拟海苔似，散漫无乃天花同。
我无墨池与笔冢，高峨涧壑满几，拂拂生清风⑥，
何况三年两度游嘉州，篮舆情况恍惚徒梦中。
童山之上草不植⑦，杯盂忽有灵气钟。

---

① 梵呗：佛教谓作法事时的歌咏赞颂之声。南朝梁慧皎《高僧传·经师论》："原夫梵呗之起，亦肇自陈思。"
② "釭"，原作"缸"，因后文韵脚有"缸"，不能重复，故改。按，釭即灯。《剑南诗稿校注》卷三七《闻趣》之二："雨声酣晓枕，灯烬落秋釭。"
③ 按，此诗见嘉庆志卷九。
④ 吴树萱：《晚晴簃诗汇》卷一二〇："吴树萱，字寿庭，吴县人。乾隆庚子（1780）进士，改庶吉士，历官礼部郎中。有《霁春堂诗集》。"
⑤ 非休非远：不是惠休、慧远。惠休，本姓汤，善属文，辞采绮艳，后被旨还俗，见《宋书·徐湛之传》。慧远则为东晋僧人庐山慧远，与刘遗民、雷次宗等结白莲社者。传见《佛祖统纪》卷二六。
⑥ 拂拂：风吹动貌。《贯休歌诗系年笺注》卷六《送杨秀才》："北山峨峨香拂拂，翠涨青奔势巉崒。"
⑦ 童山：光秃秃的山。《荀子·王制》："斩伐养长不失其时，故山林不童，而百姓有余材也。"杨倞注："山无草木曰童。"

◎ 山川

我歌松兮与松友，岁寒盟誓将焉穷。

## 壬戌六月望日同王云浦观察、雷静夫明经游峨眉山，至万年寺返道，欲登绝顶不果，归途云浦有作，依韵和之其五①

【清】嘉定府知府 宋鸣琦 奉新人②

小住庄严地，山僧解送迎。
禽言随树换，岫影落窗明。
杖锲仙人挂，云缘绝顶生。
终须烦接引，一钵为亲擎。望峨峰绝顶。

## 登峨眉山③

【清】宋鸣琦

平生偶涉凌虚想，但觉雄豪世无两。
此身惯作汗漫游，不到名山志未酬。
讵意天工助人力，假我乘风双羽翼。
三载嘉阳作主人，一日登峰造其极。
我闻峨眉大愿王，眷属亿万来道场。
独占洞天福地七十二，八十四盘在在皆梯航④。

---

① 按，此诗见嘉庆志卷九。
② 宋鸣琦：字梅生，江西奉新人，乾隆癸卯（1783）举人，丁未（1787）进士。嘉庆五年（1800），由礼部员外郎任四川嘉定府知府。小传见同治《嘉定府志》卷三二。据其履历，可知此诗题所谓壬戌，为嘉庆七年（1802）。
③ 按，此诗见嘉庆志卷九。
④ 在在：处处。《景文集》卷五七《复州广教禅院御书阁碑》："在在处处，而神物护持者欤！"

化人已骑白象去,摄身万古留圆光。
圣灯普度灿可数,法界布满栴罗香。
似兹灵异迹丕著,安能不一穷上方?
　　时维孟夏朔,火急携轻装。
　　初度虎溪渡,再过白水旁。
山腰兰若我曾到,历历指点犹未忘。
仆夫忽前为我语,整顿篮舆促行旅。
从此烟峦不肯低,石级攀援学猱举。
凉飙习习如深秋,白云作雨空中流。
果然胜地异寒燠,饱饭尚欲披重裘。
未到峰巅二三里,渐觉云浮日轮起。
须臾涌放大光明,我身已在光明里。
金刚台边亭半荒,光相寺前草犹黄。
旃檀蓺罢一凭眺,但觉大千世界都微茫。
　　悄焉若有思,嗒焉忽自笑。
记得前春梦寐游,佛天明镜心先照。
此时此景宛逼真,岂果精灵相感召。
吁嗟乎!罡风烈炬何时来,庄严璎珞余飞灰。
盈船愿力苦难副,惟向老僧拍手呼!
唉唉!毕竟劳薪为尘缚,打包急转如行脚。
未必回头彼岸登,居然摇舌空花落。
手携万年之短松,独下千仞之高峰。
归途细为令尹说,二客悔不来相从。
　　饮君酒,索君纸,
对客挥毫若流水,胸中丘壑殊难已。

行将遍寻五岳图真形①,桐帽棕鞋自兹始。

## 望峨眉②

**【清】**刑部主事 刘澐 双流人③

峨眉如美人,可望不可即。江水如明镜,妆台露娬媚④。
一笑与目成,浓翠巧装饰。不信娲皇时,谁手穴苍壁。
玲珑璎珞胸,绰约跏趺膝⑤。溟蒙花雨来,笑许展瑶席⑥。
嘉州多海棠,化作众香国。美人染双蛾,爱此好颜色。
相望神女峰,脉脉语不得。俯瞰下濑船,柔情鬓争白。

---

① 遍寻五岳图真形:有《五岳真形图》,乃道教符箓。据称为太上道君所传,有免灾致福之效。今河南登封市嵩山中岳庙内存有此图的碑刻。《太平广记》卷三引《汉武帝内传》:"(武帝)问:'此书是仙灵之方耶?不审其目,可得瞻盼否?'王母出以示之曰:'此《五岳真形图》也……诸仙佩之,皆如传章;道士执之,经行山川,百神群灵,尊奉亲迎。'"
② 按,此诗见嘉庆志卷九。
③ 刘澐:字方皋,双流人。乾隆五十九年(1794)举人。嘉庆元年(1796)进士,选翰林院庶吉士。历工部主事,旋授广西直隶郁林州知州。为人旷达不羁,善古今各体诗,所著甚多,然无意收拾,散失亦多。其弟刘沅为之编辑《方皋弃余录》四卷行世。其书法,论者以为颇近欧阳询。《国朝全蜀诗钞》录其诗四十六首。民国《温江县志》卷九有传。
④ 娬媚:娴静美好貌。《文选·宋玉〈神女赋〉》:"既娬媚于幽静兮,又婆娑乎人间。"
⑤ 跏趺:"结跏趺坐"的略称,佛教中修禅者的坐法。两足交叉置于左右股上,称"全跏坐"。或单以左足押在右股上,或单以右足押在左股上,叫"半跏坐"。据佛经说,跏趺可以减少妄念,集中思想。《蜀中广记》卷二三:"尘劳独愧山僧静,一饭跏趺不愿余。"
⑥ 瑶席:美称通常供坐卧之用的席子。《鲍参军集注》卷四《代白纻舞歌辞四首》之二:"象床瑶席镇犀渠,雕屏匼匝组帷舒。"

## 云京阁望峨眉有感①

**【清】彭舒英**<sub>邑人王某室</sub>②

朝见峨眉山,暮见峨眉山。
峨眉山色好,双黛空中扫。
我亦有双蛾,愁比山云多。
愁多眉莫载,愿乞山灵代③。
山灵不受愁,依旧在眉头。

## 游峨眉④

**【清】潘之彪**⑤

井络孤撑第一峰⑥,千峦万壑尽朝宗⑦。
但看拔地临诸界,不觉梯天到七重⑧。

---

① 按,此诗见嘉庆志卷九。亦载《听雨楼随笔》卷三,以之参校。
② 彭舒英:李朝正、李义清著《巴蜀历代名媛著作考要》载:"彭舒英,字辛斋,别号云京女史。清嘉庆丹棱县人。诗人、举人彭蕙支妹,适峨眉县黄某。"《听雨楼随笔》载其为"峨邑女史"。
③ "乞",原误作"乙",据《听雨楼随笔》改。
④ 按,此诗见宣统志卷九。
⑤ 潘之彪:康熙《镇江府志》卷二九称其字建侯,丹阳人,顺治十八年(1661)进士。乾隆《蓬溪县志》卷四小传称其号退庵,康熙七年(1668)任蓬溪令。光绪《重修丹阳县志》卷二〇小传则称其字文山,《绣虎轩尺牍·二集》卷六《与潘文山同年》题注云"讳之彪,辛丑进士,丹阳人",同书《三集》卷八《复同年潘文山》题注云"讳之彪,丹阳人",则此人有两个字。
⑥ 井络:泛指蜀地。《剑南诗稿校注》卷九《晚登子城》:"老吴将军独护蜀,坐使井络无欃枪。"
⑦ 朝宗:本指古代诸侯春、夏朝见天子。此处指千峦万壑朝见峨眉山,以写峨眉山之高。乾隆《大清一统志》卷二九"昌瑞山"条目下:"千岩万壑,朝宗回拱。"
⑧ 七重:峨眉山为道教第七洞天。

◎ 山川

　　　绝巘坐收盘古雪,半山响答上方钟。
　　　下来看煞双飞瀑,带得烟霞挂短筇。

## 峨眉行①

**【清】傅为霖**②

君不见,赤县之山源昆仑,昂如万马西来奔。
　　华岳之势皆东蹶,大峨眉岭镇西坤。
又不见,人世洞天三十六,灵陵即在峨眉腹③。
　　峨眉直上八千仞,下视蓬瀛堪濯足④。
　　八十四盘最上头,行人六月披茸裘。
　　到此始知有天地,天风两腋声飕飕。
　　瓦屋岩岩起天半,雪山皓皓横素练。
　　雅邛诸水互回旋,玉垒青城罗几案。
　　我闻普贤将现山羚㺜,岩腹层层生白云。
　　白云一散忽无际,群峰出没何棱棱。
　　有如大海汪洋掀白浪,鼓鬐奋鬣游长鲸⑤。

---

① 按,此诗见宣统志卷九。
② 傅为霖:字润生,派名嘉昶,今简阳市简西镇金桥人。年二十二入府庠,同治庚午(1870)举于乡,光绪庚辰(1880)成进士,壬午(1882)湖北乡试同考官,丁亥(1887)任通山知县。晚年续修州志,与茂才王栩、魏恩溥、余尚贤等互相采摭赠辟补佚,昕夕弗辍,卒年七十有六。著有《澹斋集》三卷。民国《简阳县志》卷一三有小传。
③ "灵",原误作"卢",据文义改。按,《峨眉山志》卷二称峨眉山为灵陵太妙之天。
④ 蓬瀛:蓬莱和瀛洲。神山名,相传为仙人所居之处,此处泛指仙境。《旧唐书》卷一六六《与元九书》:"虽骖鸾鹤、游蓬瀛者之适,无以加于此焉。"
⑤ 鼓鬐奋鬣:"鼓鬐"亦作"鼓鳍",摆动鱼鳍。《艺文类聚》卷九六引汉符口《符子》:"观于龙门,有一鱼,奋鳞鼓鬐而登乎龙门而为龙。"《钱仲文集》卷七《巨鱼纵大壑》:"奋跃风生鬣,腾凌浪鼓鳍。"

又如游人处卵白，游移叆叇真浮生①。
斯须涌起大圆象，历乱空中飞圣灯②。
山中处处非人世，阴岩万仞豐隆室③。
攀援胁息莫长叹，须知霹雳藏闻圻。
千岁杉桧皆轮囷，铁爪绿发披龙鳞。
雪霜炙薄不能长，时作砾岩格磔声。
攲岖危磴知谁开④，百步九折纡萦回⑤。
双溪黑龙白龙走相斗，白昼乱吼空中雷。
乃知蛮触几千里⑥，佛国仙都都在此。
宇宙灵怪乌能穷，呫呫管中窥苍穹。
吁嗟乎！仲尼出东鲁，大禹出西羌。
不有神秀钟造化⑦，岱宗石纽空彷徨⑧。
迩来南岳如嵩高⑨，降神王佐生人豪。

---

① "叆叇（ài dài）"，原作"霼（xì）隷"，不词，据文义改。按，叆叇为云盛貌。另有词叆霼，犹依稀，不明貌。《文选·木华〈海赋〉》："且希世之所闻，恶审其名？故可仿像其色，叆霼其形。"李善注："仿像、叆霼，不审之貌。"张铣注："仿像、叆霼，不明貌。"
② 圆象：本指天象。《文选·卢谌〈时兴〉诗》："亹亹圆象运，悠悠方仪廓。"李善注："曾子曰：'在天成象，故曰圆象。'"此处指峨眉山出现的佛光。
③ 豐隆：即丰隆，雷神。《陶学士集》卷四《喜雨为靳太守作》："火鞭驰列缺，雷斧役豐隆。"
④ 攲岖（qí qū）：《说文·危部》："攲，岖也。从危，支声。"《说文·自部》："敧也。"徐铉注曰："俗作崎岖，非是。"《汉书·诸侯王表》："至虖陉岖河洛之间。"应劭注曰："岖者，踦岖也。"按，此处音义皆同"崎岖"。
⑤ 按，此句化用《李太白全集》卷三《蜀道难》："百步九折萦岩峦。"
⑥ 蛮触：《庄子·则阳》："有国于蜗之左角者，曰触氏；有国于蜗之右角者，曰蛮氏。时相与争地而战，伏尸数万，逐北，旬有五日而后反。"后以"蛮触"为典，常以喻指为小事而争斗者。
⑦ 按，此句用《杜诗详注》卷一《望岳》"造化钟神秀"。
⑧ 石纽：大禹出生地。《三国志·蜀志·秦宓传》："禹生石纽，今之汶山郡是也。"
⑨ 嵩高：高峻。《诗·大雅·嵩高》："嵩高维岳，骏极于天。维岳降神，生甫及申。"

◎ 山川

兹山磅礴吐奇气，西南对峙高岩嶬。
三苏一去八百载，井络含灵渺光彩。
喷云泄雾何为乎？我将谈笑罪真宰。

## 游峨①
【清】赵熙②

小住名山与鹿群，一镫寒影正宵分。
满林黄叶中秋雨，几杵疏钟万壑云。
醉里诗情殊浩荡，晓来岚翠定氤氲。
青鞋布袜平生事，不为禅光在紫氛。

## 峨眉留别 四首录一③
【清】李宝元④

我与绥山有夙缘，高吟恍忆李青莲。
晴天晓日峰头雪，古刹春风洞口烟。
曲径林幽堪避俗，残碑藓蚀不知年。
游踪到处偏增感，人事沧桑有变迁。

---

① 按，此诗以宣统志为底本，见宣统志卷九。
② 赵熙：字尧生，别号香宋，四川荣县人。清光绪十八年（1892）进士，授翰林院编修，转官监察御史，有直声。民国后，退居荣县，修志讲学外，唯以读书吟咏为事。先生在清末，即以诗鸣海内，陈衍比之唐诗名家岑参。其诗真如杜确《岑嘉州诗序》所称："属辞尚清，用意尚切，其有所得，多入佳境。迥拔孤秀，出于常情。每一篇绝笔，则人人传写。"《赵熙集》前言有其生平详录。原诗题注云："赵熙，字尧生，荣县进士，官翰林院编修，记名御史。"
③ 按，此诗见宣统志卷九。
④ 李宝元：原诗题注："字萃田，眉州岁贡生，邑训导。"

## 九盘望峨眉①

**【清】王士祯**②

绀壁临千仞,萧萧木叶黄。
水流通越嶲③,峰远入江阳。
十月蛮云淡④,三峨积雪苍。
来朝挂帆去,回首意茫茫。

## 望峨山积雪⑤

**【清】张于铭**⑥

君不见,和靖寻梅踏雪来⑦,孤山顶上自徘徊。
又不见,袁安闭户卧雪中⑧,志不干人四壁空。

---

① 按,此诗以宣统志为底本,见宣统志卷九。亦载《王士祯全集·渔洋续诗集》卷五,以之参校。
② 王士祯:原诗题注:"王士祯,字贻上,新城人,顺治进士,官至刑部尚书。康熙中典四川乡试,事毕,舟行出蜀,过嘉定府作。"乾隆《大清一统志》卷六七有传。按,王士祯本名王士禛,清代避雍正讳,改成王士祯。
③ 越嶲(xī):汉有越嶲郡,在今四川省西昌地区。见《汉书·西南夷传》。
④ "淡",《王士祯全集》作"澹"。
⑤ 按,此诗见宣统志卷九。
⑥ 张于铭:原诗题注:"邑廪生,由军功保升知县,分发山西。"
⑦ 和靖:宋人林逋,人称和靖先生。隐居杭州西湖孤山,无妻无子,种梅养鹤以自娱,人称"梅妻鹤子"。参阅宋沈括《梦溪笔谈》卷十"人事二"条、《西湖游览志》卷二"孤山三堤胜迹"条。
⑧ 袁安:《后汉书·袁安传》李贤注引晋周斐《汝南先贤传》:"时大雪积地丈余,洛阳令身出案行,见人家皆除雪出,有乞食者。至袁安门,无有行路。谓安已死,令人除雪入户,见安僵卧。问:'何以不出?'安曰:'大雪人皆饿,不宜干人。'令以为贤,举为孝廉。"

◎ 山川

言念古人今已渺，磊落襟怀真矫矫。
我家峨眉山之下，万壑当门若相迓。
四时山色可证怀，惟有冬雪光四照。
昨夜寒风飒飒吹，雪花如席纷迷离①。
顷刻陡惊天不夜，珠光月魄难相借。
此时寒光逼户来，红泥小火倾新醅②。
料得明朝峨岭上，定有诗人冒雪回。
聊将闭户待夜央，检点笻鞋引领望。
被冷衾寒偏引梦，无端忽在山之阳。
踌躇欲待灞桥客，瓦屋风高寒益迫。
梦里吟哦尚未成，寒鸡喔喔叫天明。
开门出户遥相望，傲骨严寒来叠嶂。
日光皎洁射玻璃，岭上绵云冻欲垂。
桫椤峰头留白鹤，神仙应有消寒约。
回头不见紫芝翁，但看玉笋排层空。
转步扶笻还自顾，才薄敢拟相如赋。
惟将胜景寓吟毫，放笔转觥酌绿醪。

---

① 雪花如席：《李太白全集》卷三《北风行》："燕山雪花大如席，片片吹落轩辕台。"
② 按，此处化用白居易诗。《白居易集笺校》卷一七《问刘十九》："绿蚁新醅酒，红泥小火炉。"

## 峨眉月①

【清】张志远②

峨眉高插天，八十有四盘。绝顶半轮月，影入山城寒。
犹忆岁庚申，滇匪奔层峦。凶焰薄孤城，明月挂云端。
贤哉秦父母③，月夜登城栏。对月誓死守，涕泪洒汍澜④。
孤臣输血性，万民秉忠肝。城中鼓声竟，城外角声残。
马鸣山谷动，杀气月宫攒。血战累月余，山月照漫漫。
大兵如云集，灭贼朝食餐。众志果成城，城如盘石安。
屈指逾十稔，月明血痕干。望月思遗爱，北斗横栏干。

## 大峨山⑤

【清】饶桂阳 邑人⑥

名胜日相亲，吾家在山下。譬如居宝所，得宝不论价。

---

① 按，此诗见宣统志卷九。据诗中庚申为康熙十九年（1680）及"屈指逾十稔"，可推知此诗大概作于1690年。
② 张志远：原诗题注："邑廪贡生，以父愉殉节，兼袭云骑尉世职。"
③ 此句以下，皆言秦象曾之事，详见本书《过许将军宗祠》诗下引宣统志卷五小传。
④ 汍澜：泪疾流貌。《临川先生文集》卷五九《中使宣医谢表》："抚涕汍澜，扪心踯躅。"
⑤ 按，此诗见乾隆志卷一一、嘉庆志卷九。嘉庆志缺失"突兀耸层霄……佳处岂能描"部分内容。
⑥ 饶桂阳：康熙《叙州府志》卷二称其字孙锦，峨眉人，由岁贡于康熙癸亥（1683）任宜宾训导。又据道光《龙安府志》卷六，此人康熙四十一年（1702）任龙安府学教授。

髫年走云峦，壮焉未曾谢。探奇讨穷幽，观变知元化①。
烟霞分晦明，气候无春夏。阴岩千古雪②，石室万年舍。
彩光现晴岚③，星灯烛昏夜。突兀耸层霄，混茫郁迢遥。
瓦屋差宾主，余峰莫敢调。奔流看虹度，林籁听山潮。
歌凤人无迹，骑虎僧有桥④。仙药留丹臼，禅定示躯标⑤。
自与尘寰异，尤比五岳超。大概付图画，佳处岂能描。

## 登峨赋⑥

### 【清】张能鳞⑦

宇内名山四⑧，而峨居一。伯仲昆仑，五岳莫与争先焉。余当弱冠⑨，梦升其巅，手弄旭日，光彩澄鲜。心恍恍如有得，身

---

① 元化：造化，天地。《陈子昂集校注》卷一《感遇三十八首》其六："古之得仙道，信与元化并。"
② "岩"，嘉庆志作"崖"。
③ 晴岚：晴日山中的雾气。《清真集校注》卷上《渡江云》："晴岚低楚甸，暖回雁翼，阵势起平沙。"
④ 骑虎僧有桥：即惠通和尚游峨山，至黑水骑虎一跳而过之事。蒋超《峨眉山志》卷九云："虎跳桥者，昔惠通和尚游峨山，至黑水，水泛不得渡。适有虎自水中来伏通之前，若迎通而涉者，通骑虎一跳而过，故今以名其桥。"
⑤ 禅定示躯标：所言为老僧树之事。蒋超《峨眉山志》卷九袁子让《游大峨山记》："再上为老僧树，传树在百年前已枯矣。枯而空其中，有八十岁老僧常跏趺其内，忽一日坐化，树枯隙处复合，枝叶为之复荣。盖僧得树而后逝，树得僧而再生，若相待也。"
⑥ 按，此赋见康熙志卷七、乾隆志卷一二。
⑦ 张能鳞：明末清初顺天大兴人，字玉甲，又字西山。顺治四年（1647）进士。授浙江仁和知县，官至四川按察使副使。学宗程朱，有《儒宗理要》《西山文集》等。《清史列传》卷六六、《国朝耆献类征初编》卷二〇六皆有传。
⑧ 名山四：指佛教四大名山，分别为五台山、峨眉山、九华山、普陀山。
⑨ "当"，乾隆志作"方"。

栩栩然欲仙。将往穷夫绝胜，每西顾而怅然。谬膺简命，远陟金天①，奠残疆，集哀鸿，拮据荼苦，沐瘴雨而栉蛮烟。巡雅既毕，便道入山。梯绝壑，探幽峦。云拂衣而疑湿，霞结襕而可餐。岂老僧之为树，何玉液而名泉？夹涧迸激②，桥翼双飞。巨石为门，一线通天。山路渐深，寒气逼人。携酒频酌，不撤姜辛。时方盛夏，洌栗侵肤。暮投方丈，披裘拥炉。

盖地属金方，星缠井络，山固金气之结聚。是以雪积千年，而金庭玉柱俱枯也。至于峰蠹层霄，去天尺五。雪山朗朗照人，瓦屋近而可掬。控六诏③，制三川④，屏南蛮，限西域。红日入怀，白云生足。于斯时也，放大光明。非色非空，梦耶觉耶？殆无异于曩时之所识。余愿既酬，予心亦息。将返而聆歌凤之余音，访问道之遗迹，而已杳乎不可得矣。呜呼！峨为蒙山首，不与五岳并称，而祀典亦未崇焉。似有厥德而禄位莫及，其山之隐君子也夫！

## 峨眉山行纪⑤
### 【宋】范成大

峨眉有三山为一列，曰大峨、中峨、小峨。中峨、小峨昔传

---

① 金天：西方之天。《文选·张衡〈思玄赋〉》："顾金天而叹息兮，吾欲往乎西嬉。"此处代指西蜀之地。
② "涧"，乾隆志作"道"。
③ 六诏：唐时分布于今云南西部乌蛮六个部落的合称。《新唐书》卷二二二上："其先渠帅有六，自号六诏：曰蒙巂诏、越析诏、浪穹诏、邆（téng）睒（shǎn）诏、施浪诏、蒙舍诏。"
④ 三川：剑南三川，地域范围基本涵盖传统巴蜀地区。
⑤ 按，此文见乾隆志卷九，范成大此文载《吴船录》卷上，今以《范成大笔记六种·吴船录》参校。此文与《吴船录》相较，多有删改，此仅注明删改内容，正文中不作补充。

◎ 山川

有游者，今不复有路。惟大峨其高摩霄，为佛书所记普贤大士示现之所。自郡城出西门，济燕渡①，水汹涌甚险。此即雅州江，其源自巂音髓，越巂即名，越有巂水，武帝元鼎间始置郡。州邛部合大渡河②，穿夷界千山以来。过渡，宿苏稽镇。过符文镇③，两镇市井烦遝④。音踏，杂遝。又逾遝，行相及也。符文出布，村妇聚观于道，皆行而绩麻，无素手者⑤。民皆束艾蒿于门，燃之发烟，意者熏祓音拂秽气⑥，以为候迎之礼。至峨眉县宿⑦。

癸巳，自县出南门登山⑧，过慈福、普安二院、白水庄、蜀村店。十二里，龙神堂⑨。自是涧谷春淙⑩，林樾雄深。小憩华严院，过青竹桥、峨眉新观路口、梅树垭、两龙堂至中峰院，院有普贤阁。回环十数峰绕之，背倚白岩峰，右傍最高而峻挺者曰呼应峰，下有茂真尊者庵⑪。孙思邈隐峨眉时，与茂真常相呼应于此云⑫。出院，过樟木、牛心二岭及牛心院路口，至双溪桥，乱山如屏簇。有两山相对，各有一溪出⑬。并流至桥下，石堽深

---

① "燕渡"，《吴船录》连"水"字读之，误矣。范成大有《过燕渡望大峨有白气如层楼拔起丛云中》，载《石湖诗集》卷一八，可证"燕渡"为渡口名，非水名。其后之"过渡"，及蒋超《峨眉山志》卷一五胡世安《己未游峨联句》诗"燕渡重经镇"，皆可为证。
② 按，《吴船录》原无此夹注。且称"巂"字音"髓"亦误，不知其所据为何。
③ 此句前，《吴船录》有"壬辰早发苏稽午"七字。
④ 此句下，《吴船录》有"类壮县"三字。◎此句后之注文，《吴船录》无。
⑤ "素手"，《吴船录》作"索手"，义同。
⑥ "音拂"，《吴船录》无。
⑦ 此句前，《吴船录》有"午后"二字。
⑧ "自县出南门登山"，《吴船录》作"发峨眉县。出西门，登山"。
⑨ "龙神堂"下，原有"伏虎寺"，据《吴船录》删。
⑩ "春"，原作"舂"，形近而误，据《吴船录》改。
⑪ 此句下，《吴船录》有"人迹罕至"四字。
⑫ 此句，《吴船录》作"孙思邈隐于峨眉，茂真在时，常与孙相呼、相应于此云"。
⑬ "出"下，《吴船录》有"焉"字。

数十丈，窈然沉碧，飞湍喷雪，奔出桥外则入峰蔚中①。可数十步，两溪合以投大壑②。渊渟凝湛，散为溪滩，滩中悉是五色及白质青章石子。水色曲尘，与石色相得，如铺翠锦，非摹写可具。朝日照之，则有光彩发溪上，倒射岩壑，相传以为大士小现也。

牛心寺三藏师继业，自西域归过此，将开山，两石斗溪上。揽得其一，上有一目，端正透底，以为宝瑞，至今藏寺中，此水遂名宝现溪。自是登危磴，过菩萨阁，当道有榜，曰"天下大峨山"，遂至白水普贤寺。自县至此，步步皆峻阪，四十余里，然始是登峰顶之山脚耳。

甲午，宿白水寺。大雨，不可登山。谒普贤大士铜像，国初敕成都所铸。有太宗、真宗、仁宗三朝所赐御制御书百余卷，七宝冠、金珠璎珞、袈裟、金银瓶钵、奁炉、匙箸、果垒、铜钟、鼓、锣、磬、蜡茶、塔、芝草之属。又有崇宁中宫所赐钱幡及织成红幡等物甚多，内仁宗所赐红罗紫绣袈裟，上有御书《发愿文》，曰："佛法长兴，法轮常转。国泰民安，风雨顺时。干戈永息，人民安乐，子孙昌盛。一切众生，同登彼岸。嘉祐七年十月十七日，福宁殿御札记。"

次至经藏，亦朝廷遣尚方工作宝藏也。正面为楼阙，两旁小楼夹之。钉铰皆以瑜石，极备奇靡，相传纯用京师端门之制。经书则造于成都，用碧硾纸销银书之③。卷首悉有销金图画，各图一卷之事。经帘织轮相④、铃杵器物及"天下太平""皇帝万岁"等字于繁花缛叶之中，今不能见此等织文矣。

---

① "峰"，《吴船录》作"岑"。
② "合"下，《吴船录》有"为一"二字。
③ 自"渟"至"碧"约四百字，原作注文"此下有阙文"，今据《吴船录》补足，并删掉注文。
④ "帘"，原作"兼"，据《吴船录》改。

◎ 山川

次至三千铁佛殿，云普贤居此山，有三千徒众共住，故作此佛，冶铸甚朴拙①。是日②，祷于大士，丐三日好晴以登山。乙未，果大霁③，遂登上峰。自此登峰顶光相寺④、七宝岩，其高六十里。大略去县中平地不下百里，又无复蹊蹬⑤，斫木作长梯，钉岩壁，缘之而上，意天下登山险峻无此比者。余以健卒挟山轿强登，以山丁三十人曳大绳行前挽之⑥，同行则用山中梯轿。出白水寺侧门便登点心坡，言峻甚，足膝点于胸云。过茅亭嘴、石子雷、大小深坑、骆驼岭、簇店。凡言店者，当道板屋一间，将有登山客，则寺僧先遣人煮汤于店，以俟蒸炊。

又过峰门、罗汉店、大小扶舁、错欢喜、木皮里、胡孙梯、雷洞坪⑦。凡言坪者，差可以托足之处也。雷洞者，路左深崖万仞⑧，蹬道缺处则下瞰沉黑若洞然。相传下有渊水，神龙所居，凡七十二洞。岁旱，则祷于第三洞。初投香币，不应，则投死彘及妇人衣、弊履之类以振触之⑨，往往雷风暴发。峰顶光明岩上所谓兜罗绵云，亦多出于此洞。

过新店、八十四盘、桫椤坪。桫椤者，其木叶如海桐，又似杨梅，花红白色，春夏间开，惟此山有之。初登山半即见⑩，至此满山皆是。大抵大峨之上，凡草木禽虫，悉非世间所有⑪。余

---

① "此""冶"二字原无，据《吴船录》补，文义更畅。
② "是日"下，《吴船录》有"设供且"三字。
③ "果"，《吴船录》无。
④ "登"，《吴船录》作"至"。
⑤ "蹬"，《吴船录》作"磴"，义同。本文后此字不再出校。
⑥ "人"，《吴船录》作"夫"。
⑦ "坪"，《吴船录》作"平"，后之"坪"字不再出校。
⑧ "左"，《吴船录》作"在"，义逊。◎"崖"，原作"岩"，据《吴船录》改。
⑨ "弊"，原作"彝"，文义不通，据《吴船录》改。◎"振"，原作"振"，形近而误，据《吴船录》改。按，"振触"义同"怅触"，抵触、冒犯也。
⑩ "见"下，《吴船录》有"之"字。
⑪ 此句后，《吴船录》有"昔固传闻，今亲验之"八字。

来以季夏，数日前雪大降，木叶犹有雪渍斓班之迹。草木之异，有如八仙而深紫，有如牵牛而大数倍，有如蓼而浅青。闻春时异花犹多，但是时山寒，人鲜能识之。草叶之异者，亦不可胜数。山高多风，木不能长，枝悉下垂。古苔如乱发，鬖鬖挂木上①，垂至地长数丈。又有塔松，状似杉而叶圆细，亦不能高，重重偃蹇如浮图，至山顶犹多。又断无鸟雀，盖山高飞不能上。

自桫椤坪过思佛亭、软草坪、洗脚溪，遂极峰顶。光相寺亦板屋②，无人居，中有普贤小殿。以卯初登山，至此已申后③。初衣暑绤，渐高渐寒，到八十四盘则最寒④。比及山顶，亟挟纩两重，又加毳衲、驼茸之裘，尽衣笥中所藏。系重巾，蹑毡靴，犹凛栗不自持⑤，则炽炭拥炉危坐。山顶有泉，煮米不成饭，俱碎如砂粒⑥。万古冰霜之汁不能熟物，余前知之，自山下携水一缶至，才自足也⑦。移顷，冒寒登天仙桥，至光明岩，炷香小殿上，木皮盖之。王瞻叔参政尝易以瓦⑧，为雪霜所薄，一年辄碎。后复以木皮易之，翻可支二三年。

人云佛现悉以午，今已申后⑨。逡巡，忽云出岩下，傍谷中

---

① "鬖鬖"，原作"鬃"，同"鬃"，文义不通，据《吴船录》改。按，"鬖（sān）鬖"，发下垂貌也。◎"木"，原作"水"，形近而误，据《吴船录》改。
② "屋"下，《吴船录》有"数十间"三字。
③ "己"，原作"未"，据《吴船录》改。
④ "最"，《吴船录》作"骤"。
⑤ "栗"，原作"慄"，形近而误，据《吴船录》改。
⑥ "俱"，《吴船录》作"但"。
⑦ "才"，《吴船录》作"财"。按，"财"通"才"。
⑧ 王瞻叔：王之望，字瞻叔，襄阳谷城人。绍兴八年（1138）登进士第，教授处州，入为太学录，迁博士。久之，出知荆门军，提举湖南茶盐，改潼川府路转运判官。寻改成都府路计度转运副使，提举四川茶马。朝臣荐其才，召赴行在，除太府少卿，总领四川财赋。《宋史》卷三七二有传。又据《建炎杂记》卷一一"宣谕使"条，王瞻叔以参军政宣谕川陕在绍兴三十二年（1162），则易瓦为木皮之事，当在此年之后矣。
⑨ 此句下，《吴船录》有"不若归舍，明日复来"八字。

即雷洞山也①。云行勃勃如队仗②,既当岩则少驻③。云头现大圆光,杂色之晕数重,倚立相对,中有水墨影若大圣跨象者。茶顷光没④,而其傍复现一光如前,有顷亦没。云中复有金光两道,横射岩腹,人亦谓之小现。日暮,云雾皆散,四山寂然。乙夜⑤,灯出,岩下遍满,弥望以千百计。夜寒甚,不可久立。

丙申,复登岩眺望。岩后岷山万重,少北则瓦屋山,在雅州;少南则大瓦屋,近南诏,形状宛然瓦屋一间也。小瓦屋亦有光相,谓之辟支佛现。此诸山之后即西域雪山,崔嵬刻削,凡数千百峰⑥。初日照之,雪色洞明如烂银,晃耀曙光中,此雪自古至今未尝消也。山绵亘入天竺诸番⑦,相去不知几千里,望之但如在几案间。瑰奇胜绝之观,直冠平生矣⑧。复诣岩致祷⑨,俄氛雾四起,混然一白,僧云银色世界也。有顷,大雨倾注,氛雾辟易,僧云洗岩雨也。佛将大现,兜罗绵云复布岩下,纷郁而上,将至岩数丈辄止,云平如玉地。时雨点犹余飞⑩,俯视岩腹,有大圆光偃卧平云之上。外晕三重,每重有青⑪、黄、红、紫之色。光之正中虚明凝湛,观者各自见其形现于虚明之处,毫

---

① "中即",原误倒,据《吴船录》乙。
② "勃勃",《吴船录》作"勃"。
③ "既",原作"即",据《吴船录》改。
④ "茶"前,《吴船录》有"一碗"二字。
⑤ "乙",原作"一",据《吴船录》改。按,乙夜指二更时分。《资治通鉴·魏纪七·邵陵厉公中》(嘉平元年)"羲兄弟默然不从,自甲夜至五鼓"句,胡三省注云:"夜有五更:一更为甲夜,二更为乙夜,三更为丙夜,四更为丁夜,五更为戊夜。"
⑥ "千",《吴船录》作"十"。
⑦ "绵亘",《吴船录》作"绵延"。
⑧ "直",《吴船录》作"真",文义可通。
⑨ "岩"下,《吴船录》有"殿"字。
⑩ "犹",《吴船录》作"有"。
⑪ "青",原作"素",据《吴船录》改。

厘无隐,一如对镜,举手动足,影皆随形,而不见傍人,僧云摄身光也。此光既没,前山风起云驰,风云之间复出大圆相光,横亘数山,尽诸异色,合集成采,峰峦草木皆鲜妍绚蒨,不可正视。云雾既散而此光独明,人谓之清现。凡佛光欲现,必先布云,所谓兜罗绵世界。光相依云而出,其不依云则谓之清现,最难得①。食顷,光渐移,过山而西。左顾雷洞山②,复出一光,如前而差小。须臾,亦飞行过山外,至平野间,转徙得得③,与岩正相直,色状俱变,遂为金桥。大略如吴江垂虹,而两圯各有紫云捧之。凡自午至未,云物净尽④,谓之收岩,独金桥现至酉后始没。

丁酉,下山⑤。始登山时,虽跻攀艰难,有绳曳其前,犹险而不危。下山时虽复以绳缒舆后,梯斗下⑥,舆夫难着脚,既崄且危。下山渐觉暑气,以次减去绵衲。午至白水寺,则绤绤如故。闻昨暮寺中大雷雨,峰顶夕阳快晴,元不知也⑦。食后,游黑水⑧,过虎溪桥,奔流急湍,大略似双溪而小不及。始,开山僧自白水寻胜至此,溪涨不可渡,有虎蹲伏其傍,因遂跨之,乱流而济⑨,故以名溪。黑、白二水皆以石色得名⑩,黑水前对月

---

① "最",《吴船录》作"极"。
② "洞"下,原衍"祠"字,据《吴船录》及前文之"雷洞山"删。
③ 下"得"字,原脱,据《吴船录》补。
④ "至""尽",原无,据《吴船录》补。
⑤ "丁酉下山"前,《吴船录》有"同登峰顶者,幕客简世杰伯隽、杨光商卿、周杰德俊、虞植子建及家弟成绩。今日复有同年杨懋伯勉、幕客李嘉谋良仲自夹江来,甫至而光现"。
⑥ "斗",原脱,据《吴船录》及后文"斗下"例补。
⑦ 此句后,《吴船录》有"幕客范谟季申、郭明复中行、杨辅嗣勋皆自汉嘉来会,而不及余于峰顶"。
⑧ "游"前,《吴船录》有"同"字。
⑨ "而",《吴船录》作"以"。此处盖因下句亦有"以"字而改也。
⑩ "黑白",《吴船录》互倒。

峰，栋宇清洁。宿寺中东阁。

秋七月戊戌，朔。离黑水，复过白水寺前，渡双溪桥，入牛心寺。雨后断路①，白云峡水方涨，碧流白石，照人肺肝如层冰积雪中②。篮舆下，行峡浅处以入寺，飞涛溅沫，襟裾皆濡。境过清，毛发尽竦。寺对青莲峰，有白云、青莲二阁最佳。牛心本孙思邈隐居，相传时出诸山寺中，人数见之。小说亦载招僧诵经施与金钱③，正此山故事。有孙仙炼丹灶，在峰顶。又淘米泉在白云峡最深处④，去寺数里，水深不可涉。独访丹灶⑤，傍多奇石，祠堂后一石尤佳，可以箕踞宴坐，名玩丹石。寺有唐画罗汉一板，笔迹超妙，眉目津津，欲与人语。成都古画，浮屠像最多，以余所见，皆出此下。蜀画胡僧，惟卢楞伽之笔第一⑥。今见此板，乃知楞伽源流所自，余十五板亡之矣。此寺即继业三藏所作，业姓王氏，耀州人，隶东京天寿院。乾德二年，诏沙门三百人入天竺求舍利及贝多叶书，业与遣中⑦，至开宝九年始归寺⑧。业诣阙进所得梵夹、舍利等，诏择名山修习。登峨眉，北望牛心，众峰环翊，遂作庵居，已而为寺。业年八十四而终。

① "雨"，原作"而"，形近而误，据《吴船录》改。
② "中"，《吴船录》无。
③ 按，此处所言招僧诵经之事，载《宋高僧传》卷二二《周伪蜀净众寺僧缄传》所附之大慈寺无名僧传，又见蒋超《峨眉山志》卷五。孙思邈招僧诵经之事在青城山，非峨眉山，范成大所言有误。
④ "又"，《吴船录》作"及"，或形近而误。◎ "淘米泉"，《吴船录》作"淘珠泉"。蒋超《峨眉山志》卷二"山道"、《蜀水经》卷八"沫水"皆作"淘米泉"，现复核《吴船录》整理本所用底本《知不足斋丛书》本，作"淘朱泉"，"朱"字当系"米"字之误，孔凡礼先生径改作"珠"，误矣。
⑤ "灶"下，《吴船录》复有一"灶"字，属下文。
⑥ "笔"下，《吴船录》有"为"字。
⑦ "与"，《吴船录》作"预"，文义可通。
⑧ 按，此句后，范成大录继业和尚所记西域行程，文字繁多，与峨眉关系不大。详《吴船录》原书，文繁不录。

出牛心，复过东峰之前，入新峨眉观。自观前山开新路，极峻斗下。冒雨以游龙门，竭蹶数里，欻至一处。涧溪自两山石门中涌出，是为龙门峡①。以一叶舟棹入石门②，两岸千丈岩壁，色如碧玉，刻削光润。入峡十余丈，有两瀑布各出一岩顶，相对飞下。嵌根有盘石承之，激为飞雨，溅沫满峡③，舟过其前，衣皆沾湿④。越数丈⑤，半岩有圆龛，去水可二丈。以木梯升之，即龙洞也。峡中绀碧无底，石寒水清，非复人世。舟行数十步，石壁益峻，水益湍，急回棹⑥。舟人云前去更奇，以雨大作加飞瀑沾濡，暑肌起粟，骨惊神悚，凛乎其不可以久留也。昔尝闻峨眉双溪不减庐山三峡，前日过之，真奇观⑦。及至龙门，则双溪又在下风。盖天下峡泉之胜，当以龙门为第一⑧！然其路崄绝，乱石当道。将至峡，必舍舆，蹑草履，经营颐步于槎牙兀嶨中⑨，方至峡口。盖大峨峰顶⑩，天下绝观，蜀人固有罕游。而龙门又胜绝于山间，游峨眉者亦罕能到，非好奇喜事、忘劳苦而不惮疾病者不能至焉。

复寻大路出山，初夜始至县中。己亥，发峨眉，晚至嘉州。

---

① "峡"下，《吴船录》有"也"字。
② "棹"，原作"掉"，虽可用作"棹"字，但有本可据，仍依《吴船录》改之。后之"回掉"径改为"回棹"，不再出校。
③ "满"，原无，据《吴船录》补。
④ "沾"下，《吴船录》有"洒透"二字。
⑤ "越"，《吴船录》作"又"。
⑥ "急"，《吴船录》作"亟"。
⑦ "观"，《吴船录》作"绝"。
⑧ 按，此句下，《吴船录》有"要之游者自知，未之游者，必以余言为过"。
⑨ "经营颐步"，原作"绝营倾步"，文义不通，据《吴船录》改。按，"颐步"即"跬步"，"经营颐步"义即计算好每一小步。
⑩ "大"，原作"人"，形近而误，据《吴船录》改。

◎ 山川

## 游峨眉山记①

【清】中州 窦铜

蜀中山水之奇，以峨眉为最。余每读《峨眉志》、范、胡诸先生山行纪②，窃愿一至其处。乾隆壬戌岁，因省侍家大人③，赴嘉阳署。不获便，猝弗果游。癸亥闰夏，始得携季弟绖、长侄玉奎同往。

出嘉郡十五里，渡青衣江。五里，憩苏稽镇。唐苏颋谪居稽留于此，后人建东坡亭其上，遂传为东坡读书处。亭今废，仅留茅刹。是日风物开朗④，遥望峨峰，白云鳞次错出，莫可名状。少顷云散，青嶂孤悬，翠色直扑人眉宇间⑤。五十里，宿峨眉县东大佛殿。

明日，冒雨经儒林桥。五里，憩圣积寺，登老宝楼。寺为高僧慧宝所建，讹为了鸦，非也。有铜塔、铜钟，颇精致。又有真境楼，魏鹤山书"峨峰真境"四字⑥。此地尚见峰顶，稍进则群峰拥蔽矣。随过白水庄，沿涧纡行。五里，过瑜伽河⑦。前望，隔虎溪、高出树杪者⑧，伏虎寺。昔因虎患，行僧建塔镇之。登

---

① 按，此文见乾隆志卷九。据文中所言，此记作于乾隆癸亥（1743）。《小方壶斋舆地丛钞》第四帙第七册亦载此文，文字小异，以之参校。
② "范、胡"，《小方壶斋舆地丛钞》作"范石湖、胡菊潭"。
③ "省"，《小方壶斋舆地丛钞》无。按，此所谓家大人即窦容恂，乾隆《峨眉县志》卷首修志姓氏载此人，同治《嘉定府志》卷二三称此人乾隆三年（1738）任知府。
④ "日"，《小方壶斋舆地丛钞》误作"以"。
⑤ "间"，《小方壶斋舆地丛钞》无。
⑥ "峰"，《小方壶斋舆地丛钞》作"山"。
⑦ "伽"，原作"珈"，与《小方壶斋舆地丛钞》同，盖因"瑜"字类推也，据蒋超《峨眉山志》卷二"瑜伽河"条改。
⑧ "杪"，原作"抄"，形近而误，据光绪《峨眉山志》改。

佛阁少憩，雨犹未歇。饭僧厨，因绕阁周览。复回，坐禅室，饮苦茗，赏玩壁间诗画。移时天霁，舆夫亦至，遂行。

渐入山径，舁小舆以进。一路皆峭壁，急湍若吼。里许，为无量殿。至凉风桥，桥右风从洞出，名凉风洞。再度解脱桥，危磴直上百余步，曰解脱坡。俗云自山出者至此解脱险阻，或谓登山者尘缘解脱耳。小憩华严寺，寻归云阁遗址。逾青竹桥而左，望玉女峰秀出林表。按《山志》，峰上有池，相传天女浴器，深广四尺，岁枯不涸①。宋邛州守冯楫结茅峰下。旧有飞龙庵，庵旁有龙蛰石中，一夕雷击石开，龙飞去。里许，楠木坪。坪上有大楠，孤干，枝叶围绕如圆盖。进纯阳殿，殿后修竹数万竿。东北望为宋皇观旧址，向有道纪堂，幽馆别室数百楹。左千人洞、授道台，即黄帝访天皇真人授道处。右则十字洞，相传吕仙以剑画石而成。山中旧多黄冠，今则守祠皆缁流矣。又里许，倚危峰，临巨壑，中一石类舻艎，逆流而上，众称为普贤船。沿岩行至五十三步，盖蜀献王下车步行处。上有天庆庵，下至太平桥。上马鞍山，山尽则万福桥。有郭青螺书"灵陵太妙之天"六字，每字一石。旁神水阁，阁后泉涓涓出小穴，铿然如鼓瑟，曰玉液泉。五代时，智者大师入定于此②。后居荆门，病，思此水。神女为致水，并致师所寄中峰寺钵杖，自玉泉流出。世谓神女即玉女峰玉女也，后人因题曰神水。石上有纯阳书"大峨"字，陈希夷草书"福寿"字。昔希夷隐居于此，自号峨眉真人。行数十步为歌凤台，楚狂陆通旧庐在焉，徘徊久之。日衔山，投大峨寺宿。寺僧为烹玉液泉水饮客。

明日，由歌凤台至响水桥。水名山潮，每闻声起岩壑，疑挟

---

① "枯"，《小方壶斋舆地丛钞》作"旱"。
② 按，此处称智者大师乃五代时人，有误。智者大师即隋僧智顗，《佛祖历代通载》卷一〇有其传记，一生未曾入蜀，更不是五代时人。

◎ 山川

风雨而来，杳不可觅。且晴雨之期可以占岁丰歉，甚为灵异。由西登为中峰寺，即智者寄杖钵处，宋黄山谷曾习静其中。历层冈，至三望坡，路险峻，行者三望乃至。又云轩辕帝三举望祭焉，理或然欤？上有龙升冈，坡下峰回路转，苍翠森列。历樟木、牛心二岭，过广福寺。水声搏激如殷雷，双飞桥跨溪上。俯视双峡束两溪，飞注斗捷，若不相下。怪石斑斓错绣，亦与水势争奇。僧云："左一水从雷洞坪绕白水寺来，右一水从九老洞绕洪椿坪来。出桥数十步，两溪会和。旧有牛心石当其冲，数年前溪水涨发，已淹没沙中矣。"遂自右桥入，过清音阁①。沿溪陟金刚坡，崎岖峭折。五六里，憩前牛心寺。寺正对宝掌峰，峰左有瀑布直泻数十丈，宛然玉蝀。

循象鼻岩折下，约行七八里，历寿义、积善二桥。复上数百武，为洪椿坪。乱峰秀簇，曲径窅然而深，唯听溪水玎琮与鸟声响答②。所谓别是一天者，信非虚语。坪上旧有寺，毁于火，始谋葺之。僧告余曰："此径乃新辟，其故道经后牛心寺，寺为孙真人思邈修炼故迹。"③有丹砂洞，遥望大峨石。左中峰寺，后有一峰郁然耸出者，为呼应峰。旧有呼应庵，庵侧有棋盘石。历称智者大师、茂真、孙真人共围棋，呼棋之声远应山谷。食后，仍回双飞桥。

少憩，从左桥上白岩，至白龙洞，洞已没地④。有古德林，林木皆楠。别传和尚手植，如《法华经》字数，今无存者。越石门，为四会亭。上万年寺，白水庵在寺后。庵前二方池，为明月

---

① "清"，原作"青"，音同形近而误，《小方壶斋舆地丛钞》亦误，据蒋超《峨眉山志》卷二"清音阁"条改。
② "玎琮"，《小方壶斋舆地丛钞》互倒。
③ "炼"，原误作"练"，据《小方壶斋舆地丛钞》改。◎"故迹"，《小方壶斋舆地丛钞》作"处"。
④ "洞已没地"，《小方壶斋舆地丛钞》作"洞后地"，属下句。

池。倒景涵山，每夜静云开，月光映射。或水波微动，山痕为之绉折①，亦一异也。寺左海会堂，供佛牙一具、佛衣一袭、明神宗敕书一道，展玩移时。出寺东望，谷口烟雾迷蒙，天地一色。僧云："日色晴时，嘉阳山水在指顾间耳。"绕寺环列十七峰，陡削摩天，势皆奔赴辏集。拾级而登，西望乱峰深处有虎跳桥。昔有山僧寻胜至此，溪涨不可渡。见虎蹲伏其傍②，跨之而济，因以名桥。后蜀人张凤缸等七人游此，题其桥曰七笑③。更有八音池，旧传池集群蛙。游人鼓掌，先一蛙大鸣，群蛙次第相和。将终④，一蛙复大鸣，则群蛙顿止。过池又西则黑水寺，寺前为惠续尼院，久废。是夜，宿万年寺。

又明日，自寺后上观心坡。俗名顶心，言峻甚⑤，一举足膝与心平。以布曳舆，数人悬引而上。岩畔一石，名太子石，为登者所凭，手摩几平。复数折至白衣庵，回望谷口外，云影中露日光，霞彩夺目。仰跻，箭括通天。左峙一石，高五六尺，右石仅及半，名鬼门关。再转至息心所，视谷口白云，则又汪洋浩瀚若大海波涛矣。顺山行，过峡复升，为石碑冈。前去仄径沿岩，里许，有大小云窒。路傍二穴⑥，云气霏霏，深浅不可测。至此山益峻，径益险，危磴高悬，俯临万仞。竭蹶而登，抵长老坪。云气蔽空，疑若无路。出山肩乃骆驼岭⑦。数里为初殿，以山形类鹫，名鹫殿。汉蒲公尝采药遇鹿焉，下有蒲氏村，皆蒲公后也。少憩，作晨炊计。自白水以上，惟此地及化城寺白龙池泉水甘

---

① "绉折"，《小方壶斋舆地丛钞》作"皱折"。
② "傍"，《小方壶斋舆地丛钞》作"旁"。
③ 按，此条详《黑水永明华藏寺七笑》组诗注文。
④ "将"，《小方壶斋舆地丛钞》无。
⑤ "言"，《小方壶斋舆地丛钞》无。
⑥ "傍"，《小方壶斋舆地丛钞》作"旁"。
⑦ "乃"，《小方壶斋舆地丛钞》无。

洌。其余俱取之檐壁间，名天花水，即范石湖所谓"万古冰雪之汁，不能熟物"者也。

饭后，登九岭冈，行剑脊上。两旁俱空，所恃灌木丛筿藤蔓蒙翳，目无所睹，因而竟过。正值两山壁立，一线途开，攀援而上，名蛇倒退。岩左下望，有九老洞。昔有穷胜者燃炬入洞，行十余里，路渐狭，怪石森列，势欲攫人①。忽一溪迤逦，蝙蝠如鸦，竞来扑炬，寒气刺肌不可耐，逡巡而返。路傍一径，径绝处架以独木，今木已断，不得入。直上一坪，枯木顽石皆衣苔藓。其缕缕下垂②、牵连十余丈者，名普贤线。又前莲花石，欹侧道左。再则为鹁鸽钻天坡，仰望悉危梯峭栈。余乃与同行人舍舆，侧足履巉岩，披蒙茸，攀援如蛇挂。周折六七里，憩洗象寺，浴象池已涸。

旧建初喜亭，又曰错欢喜，言游者至此稍适，然尚有险径耳。历数百级，过罗汉洞，越滑石沟，幽花夹路，香气袭人。陡下深峡数百尺，有古殿一楹，以木皮覆之，为化城寺。易以瓦，则经冬为霜雪所薄辄碎，其气之寒冽如此。由寺左历峻坂乱石，过梅子坡、阎王匾，为白云殿。殿门深闭，时有云气往来。行苍藤古木中，俯视雷洞坪，重渊深黑，殆不可测。复有伏羲、女娲、鬼谷诸洞，人迹罕到。数里过接引殿，则八十四盘、桫椤坪。有桫椤树，高二三丈，叶长，深碧，类枇杷。花红白色，一萼十数朵。移植下方多不生。初登山即见此树，孟夏花时已过，仅余数株着花。白云映发，的的可人。复里许，登三倒拐，高数百丈。前过太子坪，经延庆寺、太虚庵，此处路颇平坦。至圆觉庵，由左折而上，见老僧树。闻空树老僧入定其中，枯干复荣。复上天门寺，寺后天门石。两石屹然，壁立峭削若斧劈。过此绝

---

① "攫"，《小方壶斋舆地丛钞》作"撄"。
② "缕缕"，《小方壶斋舆地丛钞》作"缕"。

无杂卉，唯桫椤花遍山。左转七天桥，以峨山为第七洞天故云。前为卧云庵，将陟峰顶，风气渐高渐寒。伏虎寺尚衣绤，三十里万年寺则易夹衣①，又二十五里钻天坡竟披绵衲矣。又十里白云殿，挟纩数重。更进十五里造峰顶，披裘拥炉犹寒栗口噤也。由庵左转，至楞严阁、锡瓦殿、铜瓦殿。徐进藏经楼，复进渗金铜殿。高二丈许，深广各丈余。中设大士像，旁列万佛。壁间镂饰精丽，四隅各有铜塔。左立铜碑，王毓宗记②，集王羲之书；后为傅光宅记，集褚遂良书，其碑光泽可鉴。右转为光相寺，前睹佛台。僧云午间有佛光出，惜未及睹。凭栏眺望，下临无地。先历高山，尽若培塿。然为云雾所障，多不可辨。回憩卧云庵。僧云夜暝后当有圣灯③，坐更余，果现。赴睹佛台，始见数点，若萤火飞明岩壑。有顷，渐至数百。其大者俨若灯光，凝然不动。至夜深风急，寒甚，乃起，仍回卧云庵就榻。

明日自辰及未雨，密云重布。申刻晴。薄暮，圣灯复现，较昨宵更盛，灿烂仿佛一天星斗。复留宿庵中。

早起，云开，四望无际。登山顶，纵目舒眺。西北一峰平覆如屋者④，瓦屋山也。西南一峰方正若案者，晒经山也。与晒经山并峙而峭拔特出者，鸡冠山。西象岭如屏列，与峨眉相向。诸山后崔嵬刻削，绵亘万里，旭日照之，银色晃耀，则西域雪山也。西北为青城、玉垒诸山，东南为罗回以外马湖诸山。东顾从右平分者，为二峨、三峨山。环山之水如岷江、雅、泸、大渡、青衣，皆向背萦回，流转于烟岚之外。柳子厚云："悠悠乎，与

---

① "三十里"下，《小方壶斋舆地丛钞》有"路"字。
② "宗"，原误作"云"，据光绪《峨眉山志》改。《小方壶斋舆地丛钞》亦误。
③ "云"，原作"以"，据《小方壶斋舆地丛钞》改。
④ "屋"，《小方壶斋舆地丛钞》作"瓦"。

灏气俱而莫得其涯；洋洋乎，与造物者游而不知其所穷。"① 吾于兹山得之！

午后，由井络泉过飞云峡至白龙池。池水清浅，有物出水底。以钵盛之，状类蜥蜴，驯扰可狎，名白龙子。由庵后左转千佛顶，为此山极峻处。旧有梵宇，自铜瓦、锡瓦创两殿，此地遂废。是晚复有圣灯。余尝求佛光、圣灯之理，或云：佛光者，岩下放光石因日色成光。其说易明。至圣灯，旧以为木叶。顷寺僧云："前四月灯现，风雪中飘入佛殿栏槛数十，落雪上有声。以手覆之，浮光四迸不可掩，究不解何物。"是非木叶可知。然则佛光之理可测，圣灯之理难窥。余三宿于此，灯即三现，不可谓非大幸矣。

又明日下山，至白云殿，瓦屋山依然在目，望雪山、象岭，犹见其半。前日过此，只见云气蓬勃，今则心目为之一爽。是日宿万年寺。

明日，过五十三步，舆人指路左小径曰："此入龙门路也，惟樵径往来②，非人所至。"尝读范石湖山行记，极称龙门峡瀑布与龙床洞之胜。后数百年，惟井研胡菊潭复得一至。余欲追踪两先生，顾不得斫榛伐茅，呼一叶舟，乘风作汗漫游。则兹游虽乐，犹有余憾也。是晚宿大佛殿，峨眉令龚君问余游状③。余曰："凡目之所未及者，胜迹固多。即所及览者而论④，大都峰

---

① "穷"，原误作"终"，据《柳宗元集》卷二九《始得西山宴游记》改。《小方壶斋舆地丛钞》亦误。
② "径"，《小方壶斋舆地丛钞》作"踪"。
③ 龚君：据嘉庆《峨眉县志》卷五，此人名龚一柱，乾隆六年（1741）至九年（1744）任峨眉知县。光绪《沔阳州志》卷九小传云："龚一柱，字石洲。以拔贡朝考一等任广西陆川县、四川峨眉县，所至有政声。因父母年老，一柱年甫五十余，乞归养。母多疾，步履艰难；父病瘫，久卧床褥。朝夕扶持，衣不解带。历二年余，两亲没，庐墓三年。知州徐昱详请旌表。"
④ "及"，《小方壶斋舆地丛钞》无。

顶以奇阔胜，洪椿坪以幽僻胜。而寻幽探奇皆自双溪始，则双溪实为双绝焉！"

又二日，抵嘉定。因思十数年所愿望不得一到者，数日之间顿酬夙志。则所谓余憾者，安知非留不尽之意以待后人乎？窃意兹山，范、胡诸公已详记之。顾风景既殊，兴替不一，敢略述见闻。倘异日披阅之下，犹足一当卧游也。

## 峰顶

### 峰顶①

**【宋】冯时行**

闻说最佳处，深藏叠嶂间。
只须一两屐，更入数重山。
架竹深犹渡，垂藤险可攀。
林泉未厌客，风雨不教还。

---

① 按，此诗见乾隆志卷一〇、嘉庆志卷九。

◎ 山川

淳熙四年六月二十七日，登大峨之巅，一名胜峰山，佛书以为普贤大士所居，连日光相大现，赋诗纪实，属印老刻之，以为山中一重公案①

【宋】范成大

胜峰高哉摩紫青，白鹿导我登化城。
住山大士喜客至，兜罗布界缤相迎。
圆景明晖倚云立，麁如七宝庄严成。
一光未定一光发，中有墨相随心生。
白毫从地插空碧，散烛象纬天龙惊②。
夜神受记亦修供，照世洞燃千百灯。
明朝银界混一白，咫尺眩转寒凌兢。
天容野色倏开闭，惨澹变化愁仙灵。
人言六通欲大现③，洗山急雨如盆倾。
重轮叠彩印岩腹④，非烟非雾非丹青。
我与化人中共住，镜光觌面交相呈。

① 按，此诗以嘉庆志为底本，见嘉庆志卷九，又见《范石湖集》卷一八，以之参校。◎公案：佛教禅宗指前辈祖师的言行范例。《辍耕录》卷一二《连枝秀》："道德五千言公案，抽锁钥只因片语投机。"
② 象纬：星象经纬，谓日月五星。《杜诗详注》卷一《游龙门奉先寺》："天阙象纬逼，云卧衣裳冷。"仇兆鳌注："象纬，星象经纬也。"
③ 六通：峨眉山上的佛光。蒋超《峨眉山志》卷三"光灯"："上得日色照之，遂立圆。光从小渐大，外晕或七重，或五重，五色绚缦。环中虚明如镜，观者各见自身现于镜中，举手动足，影亦如之，止见己身，不见傍人，以此为异。此名摄身光。光上有金桥如虹，凭空而现，若可往来。有时云气散尽，出一光如大虹霓，圆似水晶映物，名曰'清现'。凡光相依云而出，其不依云则谓之'清现'，最难得者。又有白色无红晕者，曰'水光'；如箕形者，曰'辟支光'；如铙钹形者，曰'童子光'。光皆一光，变态而异名。"
④ "叠彩"，《范石湖集》作"桑采"。

前山忽涌大圆相,日围月晕浮青冥。
林泉草木尽含裹,是则名为普光明。
言词海藏不可赞,北峰复有金桥横①。
众慈久立佛事竟,一尘不起山蛉瑉②。
向来无法可宣说,为问有耳如何听?
我本三生同行愿,随缘一念犹相应。
此行且复印心地,衣有宝珠奚外营?
题诗说偈作公案,亦使来者知吾曾。
神通佛法须判断,一任热碗春雷鸣③。

## 宿峰顶④

**【明】安磐**<sub>给事中</sub>

元气开青碧,云輧落紫烟。
笑登天九万,别有界三千。
片月依檐度,群龙对客眠。
坐深清净理,明日望寒川。

---

① 金桥:佛光的一种。前文载范成大所著《峨眉山行纪》云:"凡佛光欲现,必先布云,所谓兜罗绵世界。光相依云而出,其不依云则谓之清现,最难得。食顷,光渐移,过山而西。左顾雷洞山,复出一光,如前而差小。须臾,亦飞行过山外,至平野间,转徙得得,与岩正相直,色状俱变,遂为金桥。大略如吴江垂虹,而两圯各有紫云捧之。凡自午至未,云物净尽,谓之收岩,独金桥现至酉后始没。"
② 蛉瑉:孤单貌。《潏水集》卷一一《兵馈行》:"在家孤苦恨蛉瑉,军前死生或同处。"
③ 雷鸣:即雷鸣茶。《蜀中广记》卷六五"茶谱":"久遇老父曰:'仙家有雷鸣茶,俟雷发声乃苗,可并手于中顶采摘,用以祛疾。'"
④ 按,此诗见乾隆志卷一〇。

◎ 山川

## 峰顶①

**【明】**安磐给事中

二仪未分剖,一气鸿蒙中。
洪涛相簸荡,奠此鳌极雄。
雅意事幽讨,两度乘天风。
三更倚尘阁,坐见扶桑东。
白云从东来,石气生长虹。
紫芝在何许,挥手骑羊公。

## 峰顶②

**【明】**吏部郎中杨伸邛州人③

路入层天天路穷,渐无青霭但空蒙。
炎宵不散皇初雪,裋褐难禁午夜风。
细有鸟声皆念佛,呼来龙子不还宫。
欲寻高士无由问,问到荒庐隔暮虹。

---

① 按,此诗见乾隆志卷一〇、嘉庆志卷九。
② 按,此诗见乾隆志卷一〇、嘉庆志卷九。
③ 杨伸:嘉庆《邛州直隶州志》卷二八云:"天启五年(1625)乙丑科余煌榜杨伸,官吏部文选司主事。"

## 登峨顶①

**【清】**夏丘 **彭元吉**②

闻说封山近,登临八月阑。
披裘煨夜火,运水给朝餐。
金殿沈王施③,木皮尊者盘。
却疑天梵侣④,能禁几多寒。

## 登峨顶⑤

**【清】冯睿**邑人⑥

倚槛长吟俗虑清,虚亭又报晚钟鸣。
眉间月朗诸天静,足底云生万壑平。
仿佛空中来鹤影,依微风外度松声。
寒岩凄绝非人境,千古遥遥忆广成⑦。

---

① 按,此诗见乾隆志卷一一。
② 夏丘:古县名,乾隆《江南通志》卷二九称此县当时隶属凤阳府虹县,而虹县当今安徽泗县境内。◎彭元吉:据乾隆志卷六,此人为峨眉县典史。
③ "沈",原作"藩",与"沈"之繁体字"瀋"形近而致误,据《峨眉山志》改。按,蒋超《峨眉山志》卷三云:"自楼左向后层梯而上峰顶,为渗金小殿(一名永明华藏寺)。殿左右有小铜塔四座(明万历年间寺僧妙峰至滇募铸),明沈王亦捐金助修。"沈王,据《明史·太祖诸子传三·沈简王模》,"万历十年(1582)恬炌薨,子定王珵尧嗣",则此沈王为朱珵尧。
④ 梵侣:色界初禅天的天众。《楞严经》卷九:"世间一切所修心人,不假禅那,无有智慧。但能执身不行淫欲,若行若坐,想念俱无,爱染不生,无留欲界,是人应念身为梵侣,如是一类,名梵众天。"此处比喻峨眉山上的僧人。
⑤ 按,此诗见乾隆志卷一一、嘉庆志卷九。
⑥ 冯睿:峨眉县人,乾隆《峨眉县志》卷六称其字智卿,任金堂县训导。
⑦ 广成:即广成子,又名天真皇人。雍正《四川通志》卷三八之三:"广成子,黄帝尝于峨眉宋皇观就之闻道。今遗础尚存,古碑犹在。"

◎ 山川

## 峨眉绝顶①

【清】中州 窦容恂 嘉定太守②

百折烟萝鸟道通③,飞岩绝壁入空蒙。
江山凭眺苍冥外,日月登临指顾中。
云壑幻多成佛相,雪峰寒峭逼松风。
欲从洞口寻高士,古木无人有梵宫。

## 峨眉绝顶④

【清】中州 窦絅

崚嶒峭壁入苍茫,纵目峰头览八荒。
万壑云烟环巨镇,千山日月照蛮疆。
桫椤有艳丹霄近,杜宇无声白昼长⑤。
落落孤踪天地外,薰风拂面冷如霜。

---

① 按,此诗见乾隆志卷一一。
② 窦容恂:字介子,号葵林。同治《嘉定府志》卷二三称此人为柘城县人,康熙丙戌(1706)进士,乾隆三年(1738)任嘉定府知府,乾隆《柘城县志》卷九有详传。
③ 烟萝:草树茂密,烟聚萝缠。《全唐诗》卷二八六李端《寄庐山真上人》:"更说谢公南座好,烟萝到地几重阴。"
④ 按,此诗见乾隆志卷一一。
⑤ 杜宇:杜鹃鸟。相传为古蜀王杜宇之魂所化,春末夏初,常昼夜啼鸣,其声哀切。《临川先生文集》卷二六《将母》:"月明闻杜宇,南北总关心。"

## 登峨峰绝顶怀仲兄〔仲兄趋庭嘉郡,时怀游峨之志,未遂。〕①

**【清】**中州 窦絅

峭立危峰绝点埃,相思一片两难裁。

惠连梦草心遥结②,〔仲兄自嘉郡寄余诗云:"噫吁戏,归去来!池塘春草梦徘徊,载酒应上梁王台。"〕

灵运探山屐不来③。

风压火云孤嶂迥,光摇玉垒远眸开。

此中奇景知多少,望断梁园作赋才④。

## 绝顶⑤

**【清】**江都 方觐 四川提学⑥

直到菩提顶,方知景象殊。

---

① 按,此诗见乾隆志卷一一。
② 惠连梦:《南史·谢方明传附子惠连》云:"子惠连,年十岁能属文,族兄灵运嘉赏之,云:'每有篇章,对惠连辄得佳语。'尝于永嘉西堂思诗,竟日不就,忽梦见惠连,即得'池塘生春草',大以为工。常云:'此语有神功,非吾语也。'"
③ 灵运探山屐不来:此用谢公游山之典故。《宋书·谢灵运传》:"寻山陟岭,必造幽峻,岩嶂千重,莫不备尽。登蹑常着木屐,上山则去其前齿,下山去其后齿。"《南史·谢灵运传》引此作"木屐"。《李太白全集》卷一五《梦游天姥吟留别》:"脚着谢公屐,身登青云梯。"
④ 梁园:即梁苑。西汉梁孝王的东苑,故址在今河南省开封市东南。园林规模宏大,方三百余里,宫室相连属,供游赏驰猎。梁孝王在其中广纳宾客,当时名士司马相如、枚乘、邹阳等均为座上客。也称兔园,事见《史记·梁孝王世家》。《李太白全集》卷一一《赠王判官,时余归隐居庐山屏风叠》:"荆门倒屈宋,梁苑倾邹枚。若笑我夸诞,知音安在哉?"
⑤ 按,此诗见乾隆志卷一一。
⑥ 方觐:雍正《浙江通志》卷一四九有小传云:"方觐,《公举事实》:'字觐文,江都籍歙县人。康熙己丑(1709)进士,由庶吉士授编修,累迁户科给事中。雍正六年(1728),擢浙江按察使……迁陕西西安布政使,挟病就道,至六合,卒于途。上闻其疾,亟遣医调治,谕止弗行,赐人参。讣闻,赠太常寺卿。'"

◎ 山川

云霞千里合,天地一峰孤。
灵气时来往,神光欻有无。
不知银海底,龙献几多珠。

## 陟峨顶①

【清】贯之性一□□上人②

岩危叠巚七重高,登眺浑如蹑九霄。
万壑烟霞横霁色,溪声聒聒和松涛③。

## 峨眉绝顶④

【清】中州窦玉奎

绝顶风光异,登临阔远眸。
仰观邻日月,俯视小山邱。
玉垒千秋冷⑤,锦江一线流。

---

① 按,此诗见乾隆志卷一一。
② 贯之性一:蒋超《峨眉山志》卷四:"贯之和尚,讳性一,犍为人。自少于观音寺三济和尚座下出家,生平竭力殚心,利人济物,靡有倦息。后偕其徒可闻,开建伏虎寺。结构精工宏壮,历廿余载乃成,遂冠峨山诸刹。临终,索纸笔书偈云:'年经七十六,自愧无长处。弘誓深如海,道心高似佛。生生任我行,世世人天路。万物常围绕,那些随分足。'掷笔端坐而逝。塔于寺右红珠山,有塔铭。"
③ "和",乾隆志漫漶,据蒋超《峨眉山志》卷一七补。◎聒聒:象声词。《石仓历代诗选》卷五一皇甫冉《月洲歌送赵洌还襄阳》:"流聒聒兮湍与濑,草青青兮春更秋。"
④ 按,此诗见乾隆志卷一一。
⑤ 玉垒:玉垒山,在四川省理县东南。《文选·左思〈蜀都赋〉》:"廓灵关以为门,包玉垒而为宇。"刘逵注:"玉垒,山名也,湔水出焉。在成都西北岷山界。"

幻成银色界①，天地共沉浮。

## 其二

双嶂青如黛，危峰高插天。
登楼蛮地近，极目楚云连。
月冷堆松雪，风飘入户烟。
何须解羽化，此际已登仙。

## 峨眉绝顶②

**【清】**中州**窦玉奎**

黄鹤高飞过欲迷，人间山岳莫能齐。
才收云海乾坤小，独立天心日月低。
万里烟霞通鸟道，半空雷雨挂虹霓。
不时灵态分阴霁，瓦屋迢遥雪岭西。

---

① 银色界：峨眉山群峰拔萃，插空万仞，有烟云笼罩之景色，故称其为银色世界。蒋超《峨眉山志》卷九释徹中《大峨山记》："有兜罗绵云布满岩前，号银色世界。"
② 按，此诗见乾隆志卷一一。

◎ 山川

## 奉酬彭田桥峨眉绝顶寄怀之作①

【清】张问陶②

人与名山称，灵光满太虚。
碉云随礼佛，林月照缄书。
地好情难尽，诗闲意有余。
天花着衣否，结习定全除。

自笑心情俗，甘为百事磨。
寻常轻万里③，咫尺负三峨。
书到增奇梦，山空想浩歌。
郡斋愁扑笔，一砚古尘多。

---

① 按，此诗见宣统志卷九。亦载《船山诗草》卷七，以之参校。◎彭田桥：彭蕙支，丹棱人。嘉庆《四川通志》卷一五四小传云："彭蕙支，字树百，号田桥。生而奇颖，博涉经史，尤耽于诗。为诸生，已负重名。乾隆乙卯（1795）举优贡，赴都朝考，戊午（1798）就试京兆，不售。时秦、蜀间为教匪蹂躏，兵火甫靖，蕙支券驴入栈，抚时感事，凄怆悲哀，作《栈行杂诗》三十首，世多传诵。庚申（1800）举于乡，至京，纪尚书时异之，延馆于家。未几，以疾卒，年仅四十余，未得展其志，士论惜之。"
② 张问陶：字仲冶，一字柳门，又字乐祖，号船山。此外，还有蜀山老猿、老船、豸冠仙使、宝莲亭主、群仙之不欲升天者、药庵退守等别号，多见于书画印章。祖籍四川遂宁，乾隆二十九年（1764）五月二十七日出生于山东馆陶县，当时他的父亲张顾鉴任馆陶县令，"问陶"之名即由此而来。乾隆五十五年（1790）进士，选翰林院庶吉士，三年散馆授职检讨。后累官御史、吏部郎中，出知山东莱州府，因与上官龃龉，于嘉庆十七年（1812）初，以疾辞官，侨寓苏州虎丘。嘉庆十九年（1814）三月，病逝于苏州，年仅五十一岁。《船山诗草》书前有其生平介绍。原诗题下注："张问陶，字船山，遂宁人，官太史，后任山东知府。"
③ "常"，原误作"当"，文义不通。据张氏他诗改。按，《船山诗草》卷四《凤县除夜》云："万里寻常轻举足，一年寒暑太磨人。"

平羌江水绿迢遥,梦冷峨眉雪未消。
爱看汉嘉山万叠,一山奇处一停桡①。

## 登峨眉绝顶戏作②
### 【清】黄云鹄

曾住峨眉五百年,妙高峰上记前缘。
重来旧侣人何在,悔煞当时枉学仙。

## 登峨山金顶③
### 【清】唐淮源④

万峰朝拱势回翔,绝巘登临俯大荒。
城瞰嘉峨青点点⑤,水分蒙沫白茫茫。
天低直逼凌云境,界阔宏开选佛场⑥。
脱尽尘缘千万劫,名山佳处即仙乡。

---

① 此诗,乃《船山诗草》卷八《嘉定舟中》之二。
② 按,此诗见宣统志卷九。
③ 按,此诗见宣统志卷九。
④ 唐淮源:原诗题注:"字子春,乐山举人。"
⑤ "瞰",原书误刻,难以辨识,颇类"瞰"字。
⑥ "场",原作"扬",不词,据文义改。按,选佛场即禅堂、僧堂之别称,言于其中选出能成佛证道的高僧。《文溪集》卷一七《行者了宽等题钱买度牒疏四章》其二:"作佛何曾要裹缠?顶门尚欠世间钱。舍身者与舍佛者,选佛场中化有缘。"

◎ 山川

## 峨眉山普贤金殿碑①

**【明】**<sub>聊城</sub>傅光宅<sub>四川提学</sub>②

余读《杂花经》③,佛授记震旦国中有大道场者三:一代州之五台,一明州之补怛,一即嘉州峨眉也。五台则文殊师利,补怛则观世音,峨眉则普贤愿王。是三大士各与其眷属千亿菩萨常住道场,度生弘法。乃普贤者,佛之长子;峨眉者,山之领袖。山起脉自昆仑,度葱岭而来也。结为峨眉而后,分为五岳,故此山西望灵鹫,若相拱揖,授受、师弟、父子,三相俨然。文殊以智入,非愿无以要其终;观音以悲运,非愿无以底其成。若三子承干,而普贤当震位;蜀且于此方为坤维,峨眉若地轴矣。故菩萨住无所住,依山以示相;行者修无所修,依山以归心。十方朝礼者,无论缁白,无间华夷④,入山而瞻相好、睹瑞光者,无不回尘劳而思至道。其冥心入理、舍爱栖真者,或见白象行空,垂手摩顶,直游愿海,度彼岸,住妙庄严域,又何可量、何可思议哉!

顾其山高峻,上出层霄,邻日月,磨刚风。殿阁之瓦以铜铁为之,尚欲飞去。欀桷栋梁,每为动摇。宅辛丑春暮登礼焉,见

---

① "普贤金殿碑",原作"金殿记",据此碑拓片改。拓片署题称此文作于万历癸卯(1603)。按,此碑记见乾隆志卷九。
② 按,此题名,碑文实作"赐进士第、中宪大夫、四川等处提刑按察司副使、奉敕提督学校、前河南道监察御史、聊城傅光宅撰"。《本朝分省人物考》卷九六有传,大略云:傅光宅字伯俊,号金沙,聊城人。隆庆庚午(1570)举人,万历丁丑(1577)进士,授灵宝知县。后迁南兵部郎中,补工部郎中。万历辛丑(1601)调成都,改督学政,卒于万历甲辰(1604)。
③ 《杂花经》:《大方广佛华严经》之别称。后文所谓三道场者,五台即清凉山,峨眉即光明山,见《华严经》卷四五《诸菩萨住处品》;补怛即普陀山,见《华严经》卷一六《入不思议解脱境界普贤行愿品》。
④ "华夷",原作"远迩",当系清人以为有违碍而改者,今据拓片回改。

积雪峰头，寒冰涧底。夜宿绝顶，若闻海涛震撼，宫殿飞行虚空中。梦惊，叹曰："是安得以黄金为殿乎？太和真武之神，经所称毗沙门天王者，以金为殿久矣①，而况菩萨乎？"

居无何，妙峰登公自晋入蜀，携沈国主所施数千金②，来谋于制府。济南王公委官易铜于酆都、石柱等处③，内枢丘公复捐资助之④。始于壬寅之春，成于癸卯之秋。而殿高二丈五尺⑤，广一丈四尺五寸⑥，深一丈三尺五寸。上为重檐雕甍，环以绣棂琐窗。中坐大士，傍绕万佛。门枋空处，雕画云栈、剑阁之险及入山道路逶迤曲折之状。渗以真金，巍峨晃漾，照耀天地。建立之日，云霞灿烂，山吐宝光。涧壑峰峦，恍成一色，若兜罗绵。菩萨隐现，身满虚空。

呜呼，异哉！依众生心成菩萨道，依普贤行证如来身，非无为，非有为，非无相，非有相。大士非一，万佛非众。毗卢遮那如来坐大莲花千叶之上，叶叶各有三千大千世界⑦，各有一佛说

---

① 按，《明一统志》卷六〇《襄阳府·寺观》"太岳太和宫"条云："在太和山天柱峰，铜殿，金饰。"
② "国主"，原作"王"，据拓片改。
③ 王公：据《明神宗实录》卷三五五，万历二十九年（1601）正月壬戌，"升巡抚宣府右副都御史王象干为兵部右侍郎兼右金督御史，总督川、湖、贵州军务，巡抚四川"，应即此人。雍正《四川通志》卷六小传云："王象干，字霁宇，山东新城人，隆庆辛未（1571）进士。万历辛丑（1601），以兵部左侍郎巡抚四川，总督川、湖、贵州军务，代李化龙经理播州善后事宜。时杨应龙初平，议改土设流，创立郡县，缮城立学，抚流移，宽徭赋。屡疏上闻，区画详明。又画图为式，得旨如议。后以忧归。"
④ "捐"，据拓片，原碑实误刻作"涓"。◎丘公：丘乘云，本为御马监太监，据《明神宗实录》卷三三一，万历二十七年（1599）二月甲戌"遣内监丘乘云督原奏千户翟应泰等征税开矿于四川"。《明史》之《周嘉谟传》《宦官传二·梁永》及《酌中志》卷一四《客魏始末纪略》皆有此人事迹。此人播虐蜀地，民愤极大，天启元年（1621）才召回。
⑤ "而"，原脱，据拓片补。
⑥ "五"，原作"四"，据拓片改。
⑦ "大千"下，原衍"一一"，据拓片删。

法。则佛佛各有普贤为长子,亦复毗卢如来由此愿力成就普贤大愿①。即出生诸佛,宾主无碍,先后互融。十方三世,直下全空,亦不妨历有十方三界。《杂花》理法界,事法界,理事无碍法界,事事无碍法界②,此一殿之相,足以尽摄之矣!大矣哉,师之用心也!岂徒一钱一米作福缘,一拜一念为信种哉!

师山西临汾人,受业蒲之万固。后住芦芽梵刹③,兴浮图,起住上谷,建大桥数十丈。兹殿成,而又南之补怛,北之五台,皆同此庄严,无倦怠心,无满足心。功成拂衣而去,无系吝心。是或普贤之分身,乘愿轮而来者耶?宅敬信师已久,而于此悟大道之无外、愿海之无穷也。欢喜感叹,而为之颂曰:

峨眉秀拔,号大光明。有万菩萨,住止经行。
普贤大士,为佛长子。十愿度生,无终无始。
金殿凌空,上接天宫④。日月倒影,铃铎鸣风⑤。
万佛围绕,庄严相好。帝网珠光,重重明了。
西连灵鹫,东望补怛。五台北拱,钟磬相和。

---

① "毗卢"下,原衍"遮那",当系依前文而臆补者,今据拓片删。
② 按,此四法界,《大方广佛华严经疏》卷三〇云:"等何法界?此通四义:一等理法界,故经云'如法界一性,如法界自性清净,善根回向,亦复如是',其文非一;二等事法界,经云'欲见等法界无量诸佛,调伏等法界无量众生',或愿起等法界无量行,或愿成等法界无量德,或愿得等法界无量果,皆即理之事也;三等理事无碍法界,经云'愿一切众生作修行无相道法师,以诸妙相而自庄严',则相无相无碍,皆其类也;四等事事无碍法界,故经云'一佛刹中现一切佛刹'等。"
③ 芦芽:五台芦芽山,在万历时正沈王辖地。《楞严经正脉疏悬示》云:"次年春,安庆贤王招住城西南隅报恩堂,栖迟十载。其间人事及内外讲事一切不发,而注经朝夕亦无少辍,至万历丙申(1596)冬而疏成。次年丁酉仲春,沈国主命五台芦芽山饭僧,遂于芦芽过夏。"
④ "上接天宫",原脱,据拓片补。
⑤ "铃铎鸣风",原脱,据拓片补。

是一即三，是三即一。分合纵横，非显三密。
示比丘相，现宰官身。长者居士，国王大臣。
同驾愿轮，同游性海。旋岚长吹，此殿不改。
寿同贤胜①，净比莲花②。六牙香象，遍历恒沙。
威音非遥，龙华已近。虚空可销③，我愿无尽④。

## 玉女峰

### 玉女峰⑤

【清】中州 窦絅

婷婷玉立静尘嚣，风入天池卷素涛。
自有朝云迷楚泽⑥，巫峰应让此峰高。

---

① "胜"，原作"圣"，据拓片改。按，《华严经》卷四五《诸菩萨住处品》正作"贤胜"。
② "净比莲花"，原脱，据拓片补。
③ "可"，原作"不"，据拓片改。
④ 按，此句之后，碑刻有署款云："万历癸卯（1603）九月之吉，吴郡吴士端集唐尚书、右仆射、上柱国、河南郡开国公褚遂良书，云中朱廷维刻。"
⑤ 按，此诗见乾隆志卷一一。
⑥ 楚泽：古楚地有云梦等七泽，后以"楚泽"泛指楚地。《文苑英华》卷二五二刘长卿《观校猎上淮西相公》："龙骧校猎邵陵东，野火初烧楚泽空。"

# 天柱峰

## 天柱峰①

**【明】徐文华**②

真人采药天门峰,长风飒飒凌芙蓉。
真人煮药紫芝洞,丹灶灰寒度清梦。
愒来空谷一寻真③,双泉溅沫飞纶巾④。
危峰万仞屹天柱,玄鹤直上穷苍旻⑤。
世上勋名空扰扰,山中云冷行人少。
逍遥不用泛沧溟,咫尺峨眉即三岛⑥。

---

① 按,此诗见康熙志卷七、嘉庆志卷九。
② 徐文华:字用光,一作用先,四川嘉定州人。正德三年(1508)进士,授大理评事。擢御史,巡抚贵州,镇压乖西苗阿杂等起事。因议大礼被廷杖,戍辽阳。会赦,还至静海。卒于隆庆初,赠左金都御史。《明史》卷一九一本传称其于正德十一年(1516)十月黜为民。
③ "愒",康熙志作"竭",据嘉庆志卷九、蒋超《峨眉山志》卷一四改。愒来:来到。《文选·陆机〈吊魏武帝文〉》:"咏归涂以反旆,登崤渑而愒来。"吕延济注:"愒来,言归去来也。"◎"真",康熙志作"空",据嘉庆志卷九、蒋超《峨眉山志》卷一四改。
④ "巾",原作"中",于文义不通,形近而误,据嘉庆志改。◎纶巾:冠名。古代用青色丝带做的头巾。一说配有青色丝带的头巾。相传三国诸葛亮在军中服用,故又称诸葛巾。《晋书·谢万传》:"万着白纶巾,鹤氅裘,履版而前。既见,与帝共谈移日。"
⑤ "直",嘉庆志卷九、蒋超《峨眉山志》卷一四作"应",义逊。◎苍旻:苍天。《陶渊明集校笺》卷五《感士不遇赋》:"苍旻遐缅,人事无已。"
⑥ 三岛:传说中的蓬莱、方丈、瀛洲三座海上仙山。《清真集校注》卷上《减字木兰花》:"风鬟雾鬓,便觉蓬莱三岛近。水秀山明,缥缈仙姿画不成。"

## 天柱山赠峨眉田道士[①]

**【唐】**进士 施肩吾 洪州人[②]

古称天柱连九天,峨眉道士栖其巅。
近闻教得玄鹤舞,试凭驱出青芝田[③]。

## 七宝台(独尊台)

### 七宝岩作[④]

**【明】**安磐

拄杖游峨眉,江山喜开霁。兹焉偿夙约[⑤],遂得穷所诣。
周匝二千里,梦想三十岁。陟麓惊崛崎,寻溪见迢递。
鸟藤自攀援,虎石怒回睇。桥脊挂虹角,径尾委蛇蜕。
三望青鸟回,双飞白龙逝。阳岩气候殊,阴壑光怪闭。
洞户豁虚敞,冈峦巧连缀。横山压坤维,峻岭入天际。
雷雨争斗喷,日月忽亏蔽[⑥]。中峰俨君临,列嶂森侍卫。

---

① 按,此诗见嘉庆志卷九。
② 施肩吾:《唐才子传校笺》卷六有传云:"施肩吾,字希圣,睦州人。元和十五年(820)卢储榜进士。登第后,谢礼部陈侍郎,云:'九重城里无亲识,八百人中独姓施。'不待除授,即东归。"《新唐书》卷五九言其为睦州人,元和进士第,隐洪洲西山。乾隆《大清一统志》卷二三四有小传云:"施肩吾,字希圣,睦州人,元和进士。居洪州西山。"
③ 青芝田:青芝是一种贵重的中药材,相传生于泰山,又名龙芝。古人以芝田为种灵芝的宝地,青芝田在此喻峨眉山。《文选·曹植〈洛神赋〉》:"尔乃税驾乎蘅皋,秣驷乎芝田。"
④ 按,此诗以嘉庆志为底本,见嘉庆志卷九,亦载《译峨籁·诗歌纪》,以之参校。
⑤ "偿",《译峨籁》作"赏"。
⑥ "忽",《译峨籁》作"半"。

累累各轩起,隐隐受节制。阴晴极变态,彩错自佳丽。
上界盈天高,长江一发细。绵延尽海隅,交络会根蒂①。
青苍散三川,寥廓空一切②。缅惟混沌初③,结此磐礴势④。
吾欲问华嵩,谁堪作昆弟⑤。白雪涌银涛,苍木插螺髻。
异境回天肩⑥,层空俯人世。千岩落霜霰,独鹤见凌厉。
经历既瑰伟,领略拜终惠。惜哉爱奇绝,浮生自拘系。
太白山月歌,后来竟谁继。挂冠早来归,复此振衣袂。

## 无痕吟 其五

### 【明】来知德

我登七宝崖,木莲正葳蕤。
四塞连天雾,不辨我与尔⑦。
俄而天霁开,彩撷排光紫。
闪烁兜罗锦,绚蒨亘玉垒。
明灭顷刻间,复晕亦复止。
无从何处去,有从何处起?
欲问骑象人,默然不得语。

---

① "交",《译峨籁》作"支"。
② "切",原作"砌",据《译峨籁》改。按,"一砌"不词,嘉庆志编者或因作"切"不押韵而改。
③ "混",原作"浑",据《译峨籁》改。
④ "磐",《译峨籁》作"磅"。
⑤ "昆",原作"坤",据《译峨籁》改。
⑥ "肩",《译峨籁》作"门"。按,天肩即天门,其意同,故不作修改。
⑦ "辨",原作"便",据《来瞿唐先生日录》改。

## 普贤船

### 普贤船①
【清】中州 窦絟

谁泊石船野涧滨，梵王应恐我迷津。
何缘缆系深山里，漂荡中流不渡人。

## 大峨石

### 登大峨石隐窝题赠高鼎厓用韵②
【明】来知德

大石何峨峨，青葱飞历落。虹枝净尘氛，鸟道呈辉萼。
谷响应僧呼，溪云随客属。神水九曲流，入石相回薄③。
喷沫秋林深，饥蛟吞海若。下有仙人字④，蛇蚓蟠云鹤。
一举到层霄，不为尘沙缚。往者季辅公⑤，结屋临厓崿。
斟水净烦襟⑥，朝夕相斟酌。偶尔赋明光，通籍紫微阁。

---

① 按，此诗见乾隆志卷一一。
② 按，此诗以嘉庆志为底本，见嘉庆志卷九，亦载《四库存目》子部第八六册《来瞿唐先生日录》外篇第三卷，以之参校。
③ 回薄：循环相迫变化无常。《李太白全集》卷二《古风》之五二："青春流惊淌，朱明骤回薄。不忍看秋蓬，飘扬竟何托。"
④ "下"，《来瞿唐先生日录》作"不"。
⑤ 季辅：唐人高冯，字季辅，以字行，德州蓚人，唐太宗时历任监察御史、太子右庶子、吏部侍郎等职，但未提到其隐居之事，传见《旧唐书》卷七八、《新唐书》卷一〇四。
⑥ 斟（jū）：舀取。《后汉书·张衡传》："屑瑶蕊以为糇兮，斟白水以为浆。"

◎ 山川

直道世难容，方枘戾圆凿①。倏忽贝锦生②，秋蝇相纠错。
孰知高有子，有子还耸壑。挺然叫帝阍③，上书起神钥。
九重开网罗，一雨洗寥廓④。本将明此心，非为恋人爵。
回视前灵君，寂然原不怍。譬彼秋月清，蟾光本昭烁⑤。
偶被浮云姤⑥，冰轮犹如昨。卓哉高生奇，奋志卑伸蠖⑦。
我来游峨眉，扪雾搜霜镆⑧。一见豁我怀，对僧书婥约。
谁将汉缇萦⑨，青史轻笔削。

---

① "枘"，原误作"柄"，据《来瞿唐先生日录》改。
② 贝锦：喻诬陷他人、罗织成罪的谗言。《诗·小雅·巷伯》："萋兮斐兮，成是贝锦。"毛传："萋斐，文章相错也。贝锦，锦文也。"郑笺："喻谗人集作过以成于罪，犹女工之集采色以成锦文。"
③ 帝阍：古人想象中掌管天门的人。《文选·张衡〈思玄赋〉》："叫帝阍使辟扉兮，觌天皇于琼宫。"吕延济注："帝，天也；阍，守门人。"
④ "廓"，原误作"郭"，《来瞿唐先生日录》亦误，据文义改。
⑤ 蟾光：月光。《昭明太子集校注》附编《锦带书十二月启·太簇正月》："飘飖余雪，入箫管以成歌；皎洁轻冰，对蟾光而写镜。"
⑥ "姤"，《来瞿唐先生日录》作"妒"，二者于文义皆可。按，姤（gòu），恶。《文选·张衡〈思玄赋〉》："咨姤嫮之难并兮，想依韩以流亡。"李善注："姤，恶也。"姤，同"妒"，泛指忌人之长。《荀子·仲尼》："处重擅权，则好专事而妒贤能。"
⑦ 伸蠖：蠖伸，尺蠖之伸其体，比喻人生遇时，得以舒展抱负。《元氏长庆集》卷一《四皓庙》："舍大以谋细，虬盘而蠖伸。"
⑧ "镆"，《来瞿唐先生日录》亦作此。按，镆指镆铘，于文义不通，疑误。
⑨ 缇萦：汉代孝女，为替父赎罪，上书请入为官婢。《史记·孝文本纪》："五月，齐太仓令淳于公有罪当刑，诏狱逮徙系长安。太仓公无男，有女五人。太仓公将行会逮，骂其女曰：'生子不生男，有缓急非有益也！'其少女缇萦自伤泣，乃随其父至长安，上书曰：'妾父为吏，齐中皆称其廉平，今坐法当刑。妾伤夫死者不可复生，刑者不可复属，虽复欲改过自新，其道无由也。妾愿没入为官婢，赎父刑罪，使得自新。'书奏天子，天子怜悲其意，乃下诏曰：'盖闻有虞帝之时……其除肉刑。'"

## 大峨石①

**【明】杨伸**

烟竹自相洗，泓然澄远青。
众岫静起伏，巨石如列屏。
谁倾冷翠姿，一泻琉璃瓶。
香厨浣僧钵②，不受蛟龙腥。
茗碗辨甘寒，墨沈涤滓溟。
诗僧八十余，俯仰足眺听。
汲泉吞山光，不觉山气冷。
策杖入榛莽，为叩楚狂扃。
鸿飞岂可羁，此道推冥冥。

# 天门石

## 天门石③

**【清】冯续**邑人④

此亦大都会，化城宜有门。

---

① 按，此诗见嘉庆志卷九。
② 香厨：同"香积厨"，僧寺之厨。《紫柏尊者全集》卷一九云："佛言，凡三宝之地，办造饮食供养佛法僧之所，谓之香积厨。故办造饮食者，三德不解，六味不辨，兼自己身、口、意三业不净，则办食之所不名香积厨，谓之秽积厨矣。何谓三德？清净、柔软、如法是。何谓六味？淡、咸、辛、酸、甘、苦是。盖奉佛供僧之食，若不精洁，荤秽不拣，便失清净德。若不精细甘和，稍有粗涩，便失柔软德。若不随时措办，制造得宜，忽略纵情，兼未供流涎，便失如法德。"
③ 按，此诗见乾隆志卷一一。
④ 冯续：峨眉县人，乾隆《峨眉县志》卷六称其字允卿，任合州学正。

◎ 山川

纤细通贝阙，矗立耸云根。
石藓天花缀，松潮梵漏掀。
四时无启闭，游子任朝昏。

## 天门石①

【清】渝江 王鼎 峨眉教谕②

石门豁达井临陔，付与闲云阖更开。
两腋清风缑岭客③，扶藜直上七重来。

## 天门石④

涌泉寂汇⑤

灵峨频占断，霄汉径虚通。
槛外云天阔，阛中色相空。
日曛不见影⑥，谷响独传松。

---

① 按，此诗见乾隆志卷一一。
② 王鼎：据乾隆《峨眉县志》卷六，此人乃康熙庚午（1690）科举人，重庆人，是清代峨眉县重设训导一职的第一任训导。又据康熙《顺庆府志·续增》职官，此人康熙四十四年任顺庆府教授，则可推知他任峨眉之时在康熙三十九年后、康熙四十四年（1705）之前。
③ 缑岭：缑氏山，多指修道成仙之处。《列仙传校笺》卷上云："王子乔者，周灵王太子晋也。好吹笙作凤凰鸣。游伊、洛之间，道士浮丘公接以上嵩高山。三十余年后，求之于山上，见桓良，曰：'告我家，七月七日待我于缑氏山巅。'至时，果乘白鹤驻山头。望之不得到，举手谢时人，数日而去。亦立祠于缑氏山下，及嵩山首焉。"
④ 按，此诗见乾隆志卷一一。
⑤ 涌泉寂汇：《锦江禅灯》卷一四目录中的"涌泉汇禅师"，其事迹不详。
⑥ 日曛：天色昏黄，指天色已晚。《杜甫全集校注》卷一三《信行远修水筒》："日曛惊未餐，貌赤愧相对。"

自与人间别，长年掩梵宫。

# 孙真人洞

## 真人洞①
**【宋】范镇**②

天柱嵯峨列五峰，连云接岫郁重重。
问津偶得神仙宅，何日投闲便寄踪。

## 真人洞③
**【明】安磐**

醉里登山步步危，寻真无路立多时。
悬岩水落青林湿，幽壑云平白日迟。
方外尚传三品药④，洞中今见万年芝。
杖藜我有烟霞癖⑤，借问先生可得医。

---

① 按，此诗见乾隆志卷一〇、嘉庆志卷九。
② 范镇：宋成都华阳人，字景仁。仁宗宝元元年（1038）进士第一。累官知谏院，尝连上十九章劝仁宗立嗣，因罢谏职，改集贤殿修撰。英宗即位，迁翰林学士，旋出知陈州。神宗立，复为翰林学士。极力反对王安石变法，遂致仕。哲宗时，起为端明殿学士，提举崇福宫。累封蜀郡公，卒谥忠文。尝与修《新唐书》《仁宗实录》，有《范蜀公集》《东斋记事》等。《宋史》卷三三七有传。
③ 按，此诗以嘉庆志为底本，见嘉庆志卷九，亦载《译峨籁·诗歌纪》，以之参校。
④ 三品药：指上中下三品。宋王应麟《小学绀珠》卷一〇引《神农经》云："三品药三百六十五，应周天之数。"
⑤ 烟霞癖：酷爱山水成癖。《贯休歌诗系年笺注》卷二五《别卢使君归东阳二首》其二："难医林薮烟霞癖，又出芝兰父母乡。"

## 三仙洞

### 三仙洞①
【明】顾禄②

真人智者及纯阳,三圣围棋兴趣长。
会晤还通天地老,仙家自有了生方。

## 九老洞

### 无痕吟其四③
【明】来知德

云从脚下起,铺作银世界。
泉从头上落,结作珍珠带。
我时欲佩珠,步虚摇綷縩④。
九仙如槁叶,袅袅隔霞拜。
问我胡不来,遗世窘仙濬。

---

① 按,此诗见康熙志卷七。◎三仙:即首句提到的真人孙思邈、智者大师、纯阳真人吕洞宾。
② 顾禄:正德《松江府志》卷三〇小传云:"顾禄,字谨中,华亭人。自少力学,才藻艳发。能诗,善书,行楷学苏文忠,而尤工于分类。洪武中为太常典簿,高庙览其诗,善之。今集名《经进》,以此。"《千顷堂书目》卷一七:"初名天禄,字谨中,华亭人。以国子生除太常典簿,迁蜀王府教授。"则此人游峨眉山当在为官蜀府教授时。
③ 按,此诗见嘉庆志卷九。
④ 綷縩:衣服摩擦声。《汉书·外戚传下·孝成班倢伃》:"感帷裳兮发红罗,纷綷縩兮纨素声。"颜师古注:"綷縩,衣声也。"

前奉欲寄书①，青鸟去天外②。

## 望九老洞③
**【清】**中州 窦絵

路断人踪绝，徒留怅望情。
荒凉三径草④，寂历数林莺。
九老仙何在，孤峰云自生。
徘徊山谷里，伐木远丁丁⑤。

## 峨山十景 九老仙府⑥
**【清】**谭钟岳⑦

图成九老记香山，此洞缘何创此间。
料是个中丹诀炼，老人九九适追攀。

---

① "奉"，《来瞿唐先生日录》作"年"。
② 青鸟：神话传说中为西王母取食传信的神鸟。《山海经·西山经》："又西二百二十里，曰三危之山，三青鸟居之。"郭璞注："三青鸟主为西王母取食者，别自栖息于此山也。"
③ 按，此诗见乾隆志卷一一。
④ 荒凉三径草：化用《陶渊明集校笺》卷五《归去来兮辞》："三径就荒，松菊犹存。"
⑤ 丁丁：象声词，伐木声。《诗·小雅·伐木》："伐木丁丁，鸟鸣嘤嘤。"注曰："丁丁，亦是伐木声也。"
⑥ 按，此诗见宣统志卷九，亦载《峨山图志》卷二，以之参校。◎九老仙府：即仙峰寺，有九老古洞。
⑦ 谭钟岳：字晴峰，湖南衡山人，画家、诗人，见《峨山图志》之《序》。其余事迹不详。

## 绘图纪胜杂诗三十六首 并序录四 [1]
### 【清】谭钟岳

洞口空蒙翠霭浮，天皇遗事话千秋。
而今策杖来深处，九老遗踪问得不。

# 龙门洞

## 龙门峡 [2]
### 【宋】范成大

插天千丈两碧城，中有玉堑穿岩肩。
瀑流悬布不知数，乱落嵌根飞白雨。
瑶琨为室云为关，龙君所居朱夏寒。
不辞击棹更深入，万一龙惊雷破川。

---

[1] 按，此诗见宣统志卷九。亦载《峨山图志》，以之参校。原诗序："光绪丙戌 (1886) 夏，钟岳从公嘉州，奉檄绘峨山全图，缘大府接奉朝命特颁祀典，将以图进呈也。钟岳虽不敏，义不获辞，遂囊笔前往。栉风沐雨，缒险涉幽，尝遇巨蟒，大如斗，修十余丈。又虎叠经其前而皆不见害。心劳神旷，疑有神助。历半载而图成。所历胜迹，一水一石未尝遗漏，亦小臣涓埃之效也。计总图一幅，散图五十三幅。钟岳又撮其景之最胜者胪为十幅，共成六十四幅。意之所到，间附以诗，得绝句三十六，不揣谫陋，亦约略记之云尔。"

[2] 按，此诗见嘉庆志卷九，又见《范石湖集》卷一八，文字皆同。

## 龙门洞祷雨①

【清】楚桃源 文曙 峨眉令

谷口何时断，龙门险始通。
天开一线道，石劈万层崇。
裂壁攒云窟，悬岩吐玉虹。
久为藏雨穴，自可助神功。
季夏庚申岁②，三峨旱魃攻③。
群黎环泣吁，百计慰忧衷。
冲暑着山屐，祈灵入蛰宫。
一瓶挈石乳，三日动灵□。
白涌沟塍溢，青翻禾黍芃。
作霖非有意，泽物已无穷。
□气归幽壑，乘时赞化工④。
一诚或可格，庶见此□□。

---

① 按，此诗见乾隆志卷一一。
② 庚申：乾隆五年（1740）。
③ 旱魃：传说中引起旱灾的怪物。《诗·大雅·云汉》："旱魃为虐，如惔如焚。"孔颖达疏："《神异经》曰：'南方有人，长二三尺，袒身，而目在顶上，走行如风，名曰魃，所见之国大旱，赤地千里，一名旱母。'"
④ 化工：自然的造化者。语本《文选·贾谊〈鵩鸟赋〉》："且夫天地为炉兮，造化为工。"

◎ 山川

## 龙门洞①
【清】信丰 释德果昙见②

第一峡泉天下少，飞流翠壁悬如鸟。
乘桴入石千余尺，水深无底绀碧色。
两岩根顶雪瀑奔，湿衣溅沫断人魂。
绝壁一穴函无已，水涌数丈龙蟠里。
险峻接梯不易攀，未秋寒极非人间。
古今词翰刊危石，窃恐重来不复得。

## 龙门洞③
费贡④

雪汁交溶绿涨山，渊停谷邃隐风雷。
两崖欲合天心露，一溜潜通地脉开。
已蹑云梯穷洞府，更浮查艇陟岩隈。
只愁唤起溪翁去，一遇溪翁定一来。

---

① 按，此诗见乾隆志卷一一。
② 德果昙见：中国人民政治协商会议四川省眉山县委员会编眉山县文史资料第8辑《历代名人咏眉山》载："僧德果，字昙见，吴西信丰（今江西信丰）人，本宦族。清康熙间由全陵辞官入蜀，眉山人冯某建凌宵寺居之。皇帝召之，不返，因赠其诗云：'到处花为雨，行时杖出泉。'工诗，著有《香林语录》《三游诗草》。生平不详。"
③ 按，此诗见康熙志卷七。
④ 作者生平不详。

# 紫芝洞（猪肝洞）

## 紫芝洞①

【明】尹宗吉②

宦海恶风波，城市厌机巧。
偶啜紫芝泉，自觉清味好。
何时结茅庐③，信步拾瑶草④。

---

① 按，此诗见康熙志卷七、乾隆志卷一〇、嘉庆志卷九。
② 尹宗吉：乾隆《峨眉县志》卷六《名宦·明岁荐》云："尹宗吉，字师周，任安塞知县。"顺治《安塞县志》卷七《职官志》称此人嘉靖中任县令。又据乾隆《峨眉县志》卷首序文，可知尹宗吉赴京师太学在正德己卯（1519）。
③ 结茅庐：建造茅舍。语本《陶渊明集校笺》卷三《饮酒二十首》之四："结庐在人境，而无车马喧。"后以结茅庐指隐居。
④ 瑶草：传说中的仙草，或称瑶姬所化之草即为瑶草。《太平御览》卷三九九引《襄阳耆旧记》："我帝之季女也，名曰瑶姬，未行而亡，封巫山之台，精魄依草，实为茎芝，媚而服焉。"

◎ 山川

## 过紫芝洞①

【明】俞志虞②

漫道烟销宝鼎寒,丹成总不在金丸。
无情芝草千年老,指却心安便是丹。

## 猪肝洞③

【明】楚竟陵 钟之绶④

灵奥不曾藏,披肝待人睹。

---

① 按,此诗见康熙志卷七。
② 俞志虞:雍正《浙江通志》卷一六四有小传云:"毛奇龄《俞志虞传》:字际华,新昌人。崇祯进士,授四川顺庆府推官。流寇入成都,道经顺庆乡,官请集民堵御。志虞不可,曰:'寇之深入,必有大兵追蹙之。以民迎敌,徒弃民耳。吾坚守以待,正恐追军之尾,此当不远也。'已而果然。十五年(1642)行取,召对平台、亲策、安边、弭盗数事,条对称旨,授贵州道御史。复上缉盗、练兵、选将、任贤、屯田十余疏。遂奉使巡山海、居庸两关。十七年(1644)赴都,将西出,而闯贼警至,吏请行曰:'官出使则无与他事。'志虞叱之曰:'人臣为王事死,而借王事以生乎?'不行,城陷,志虞将自缢,其子泣曰:'未知驾在何所,探而后殉未晚也。'志虞唯唯然,已不食,坐露地。梓宫出东华门,志虞匍匐往恸,夜遂缢于新昌会馆。衣有纸云:'吾不死于院,而死于此者,吾已在巡,且耻院中有此官也。'"
③ 按,此诗见乾隆志卷一一、宣统志卷九。
④ 钟之绶:明末天门县人,字楷士,与汪光翰为同乡。当时有胡恒者,任职川南观察使,汪光翰为幕僚。钟之绶"不羁而善游,遇佳山水,辄蝉联不返。常爱青城、峨眉,得故人之官锦官,资其舆焉",可知此人能游青城、峨眉,乃得胡恒资助。后胡恒死,一家殉难,唯留孙峨生与其母,汪光翰与钟之绶千方百计保护母子并挣钱养活二人。其后汪光翰护送母子回乡,但钟之绶已客死昆阳。小传见乾隆《天门县志》卷一二。

怪哉山僧厨，烧猪不及腑①。
一带终古县②，火云弗胜煮。
游子妄垂涎，噉名如嗜脯。
侧足入岩洞，仙人同委土。
大嚼过屠门，笑谢安邑主。
石鱼不可湖③，酒徒难坐股。
老僧怯瓶空，杯勺暗计数④。
危磴出层巅⑤，瞑踏履袜苦。
有鹤不能骑，反恚此驽马。古音姆。
一宿尚尔鳝，自哂道心阻。云吕祖朝游白鹤，夕卧猪肝。

## 游紫芝洞怀五口山人 内有石芝、丹井、药臼 ⑥

【清】文曙

盘云孤径起，引我入重关。
石乳排金闼，神芝产玉颜。

---

① "腑"，宣统志作"釜"。按，此联言僧人善烧猪之事。《画墁录》云："相国寺烧朱院，旧日有僧惠明善庖，炙猪肉尤佳，一顿五斤。杨大年与之往还，多率同舍具飧。一日，大年曰：'尔为僧，远近皆呼烧猪院，安乎？'惠明曰：'奈何？'大年曰：'不若呼烧朱院也。'都人亦自此改呼。"《竹坡诗话》亦云："东坡喜食烧猪，佛印住金山时，每烧猪以待其来。一日为人窃食，东坡戏作小诗云：'远公沽酒饮陶潜，佛印烧猪待子瞻。采得百花成蜜后，不知辛苦为谁甜。'"
② "县"，宣统志作"悬"。
③ "湖"，宣统志作"沽"。
④ "计"，宣统志作"记"。
⑤ 危磴：高峻的石级。《庚子山集》卷三《和从驾登云居寺塔》："重峦千仞塔，危磴九层台。"
⑥ 按，此诗见乾隆志卷一一。◎五口山人：即吕嵒，吕洞宾也。

◎ 山川

华池空有迹①,丹粒向谁还。
五口知何在,低徊望晚山。

## 寻紫芝洞纯阳祖师影堂②

【清】伏虎实如眉岩③

黄叶溪边流出,白云洞口斜封。
先生不识何往,惟见两三古松。

## 紫芝洞题壁④

失名

紫芝洞口白云封,铁笛仙翁未易逢⑤。
尘海遥遥何处去,月明鹤唳起苍龙。

---

① 华池:神话传说中的池名。在昆仑山上。《文选·孙绰〈游天台山赋〉》:"挹以玄玉之膏,漱以华池之泉。"吕向注:"玄玉、华池,皆神仙之所食也。挹,酌;漱,饮也。"
② 按,此诗见乾隆志卷一一。
③ 实如:嘉庆志卷七有小传云:"实如,释,峨眉县人,居伏虎寺。贯之和尚四世法嗣也。受业于可闻法师,有集若干卷。"
④ 按,此诗见嘉庆志卷九。
⑤ 铁笛仙翁:李陶真,好吹铁笛,创铁笛亭于武夷山五曲溪之北。乾隆《福建通志》卷六〇载:"李陶真,不知何许人,尝访武夷山,好吹铁笛。因腊节诸道人各招饮云房,陶真皆赴诸房,笛声一时同发,众骇之。后过建通仙岩,一日留诗别众曰:'毛竹森森自剪裁,试吹一曲下瑶台。当途不遇知音听,拂袖白云归去来。'众闻笛音悠悠,不知所适。"

## 鱼洞

### 鱼洞①
蒲仲一②

岩户天风阔，溪塘一水斜。
盘桓不忍去，但恐失桃花③。

## 解脱坡

### 无痕吟 其一
【明】来知德

欲弄峨眉月，先登解脱坡。
何人来解脱，足迹长经过。
偶逢木羊子，鞭羊走层峨。
层峨绿玉杖④，求我解脱歌。
一歌成一笑，再歌欲如何。

---

① 此诗见康熙志卷七、乾隆志卷一〇，两卷内容皆同。
② 作者生平不详。
③ 但恐失桃花：《杜诗详注》卷七《秦州杂诗二十首》之十三："船人近相报，但恐失桃花。"化用陶渊明文《桃花源记》之典，意为嘱舟人勿近东柯佳胜，恐失却桃源。此处诗人见鱼洞美景而联想到桃花源，故借杜诗表达对鱼洞之景的留恋赞美。
④ 绿玉杖：绿玉手杖，相传为神仙所用的手杖。《李太白全集》卷一四《庐山谣寄卢侍御虚舟》："手持绿玉杖，朝别黄鹤楼。"

◎ 山川

### 解脱坡①
【明】徐文华

解脱古名坡,尘心解脱么。
嵯岈逼面起②,溪鸟拂云过。
始悟浮生妄,其如世事何。
逢僧前问讯,何处觅波罗③。

## 顶心坡(观心坡)

### 万年寺冒雨蹑顶心坡④
【明】河南观察 龚懋贤 内江人

凭虚砌齿凿空升,古鼠仙杉自结朋。
此去绛霄知不远,青天也许世人登。

---

① 按,此诗见宣统志卷九。
② "嵯岈",二字原从"谷",或系误刻,或系据原碑辨认时而误,今据文义及文献用例改。按,字书不载左"谷"右"差"者,"谺"字于此又不成词。嵯岈,错杂不齐貌。《空同集》卷二二《观水帘泉歌》:"礀石嵯岈路险涩,深窟风草吟蛇龙。"
③ "觅",原作"密",疑音同而误,今据文义改。按,波罗,即波罗蜜之省,义为到达彼岸,此处引申为超脱尘世的方法。《大智度论》卷一二:"此六波罗蜜,能令人渡悭贪等烦恼染着大海,到于彼岸,以是故名波罗蜜。"
④ 按,此诗见嘉庆志卷九。

# 梅子坡

## 梅子坡 有序①
【明】胡世安

　　始,白云禅师道行偶渴。望前坡有梅树,拟此累累可以回津。至地,乃无一树,而渴已止矣。今以名坡,漫作一偈。
　　　　既渴始求梅,非梅亦梅指。
　　　　宁如舌本中,原自有梅子。

# 洪椿坪

## 洪椿坪②
【清】中州 窦絅

　　十里溪山秀簌中,别开一径入芳丛。
　　踏莎屐逐高低绿,映日林拖细碎红。
　　鸟带轻烟冲客袖,涧流清响答松风。
　　由来地僻无尘到,苍翠阴森冷梵宫。

---

① 按,此诗见乾隆志卷一〇。
② 按,此诗见乾隆志卷一一。

◎ 山川

## 洪椿坪①

【清】中州 窦絟②

选胜洪椿里，行来别有天。
鸟鸣苍薛树，人立翠微巅。
径绕一丛竹，溪流十里烟。
前峰深秀处，洞古卧真仙。

## 重建椿坪志感<sub>有序</sub>③

【清】实如 眉岩伏虎上人

己未夏，洪椿坪灾。我邑侯文公戚焉，申详奉檄④，相度经营，因赐之步。凤台象鼻，侯所经也；金林玉柱，侯所指授也。是为宝掌⑤，重开生面，为双树再结善根，为般若更种广福⑥。

---

① 按，此诗见乾隆志卷一一。
② 窦絟：作者生平不详。据蒋超《峨眉山志》卷九窦絧《游峨眉山记》云："始得携季弟絟、长侄玉奎同往。"可知为窦絧之弟。
③ 按，此诗见乾隆志卷一一。序中称己未夏，则应作于乾隆四年（1739）。
④ 申详：向上级官府详细呈报。《唐六典·刑部》："凡有冤滞不申欲诉理者……至尚书省左右丞为申详之。"
⑤ 宝掌：宝掌和尚。蒋超《峨眉山志》卷四："宝掌和尚，中印度人。周威烈王十二年丁卯生，生时左掌握拳，七岁祝发乃展，因名宝掌。魏晋间来中国，入蜀礼普贤住灵岩寺，洪椿坪右亦有宝掌寺，留大慈。常不食，日诵《般若》等经十余卷。有人咏之曰：'劳劳玉齿寒，似进岩泉急。有时中夜坐，阶前神鬼泣。'后游五台，历衡，参黄梅，过庐。入梁，武帝延供内庭。达磨至，就而叩请，悟无生忍。"
⑥ 般若：梵语译音，或译为"波若"，意译"智慧"。佛教用以指如实理解一切事物的智慧，为表示有别于一般所指的智慧，故用音译。大乘佛教称之为"诸佛之母"。《世说新语·文学》："殷中军被废东阳，始看佛经，初视《维摩诘》，疑般若波罗密太多，后见《小品》，恨此语少。"刘孝标注："波罗密，此言到彼岸也。经云到者有六焉……六曰般若，般若者，智慧也。"

其丹炉之劫灰乎？抑千佛之转轮也。因纪以诗，并志感戴。

　　　　冬日照寒岩，清光临幽谷。
　　　　徘徊歌凤台，信宿于广福①。
　　　　凭栏听清音②，明镜更娱目。
　　　　侧身金刚坡，象鼻岩迎伏。
　　　　药王洞古深，孙思邈庐朴。
　　　　丹炉侵绿苔，往来惟白鹿。
　　　　石挟开天门，虹梁架飞瀑。
　　　　双树峙摩穹，苍颜翠可掬。
　　　　去则似无心，归来全不昧。
　　　　补完万壑烟，澹点千山翠。
　　　　横洞锁龙眠，依僧惊犬吠。
　　　　恍如道者心，卓出名场内。

## 峨山十景 洪椿晓雨③

### 【清】谭钟岳

　　万壑千岩势不平，攀萝扪葛力难胜④。
　　苍茫山雨天将曙，寺入洪椿又一程。

---

① 信宿：连宿两夜。《诗·豳风·九罭》："公归不复，于女信宿。"毛传："再宿曰信；宿，犹处也。"
② "栏"，原误作"拦"，据文义改。
③ 按，此诗见宣统志卷九。亦载《峨山图志》卷二，以之参校。◎洪椿晓雨：即洪椿坪，此处多雨。
④ 攀萝扪葛：攀援葛藤。《水经注·浊漳水》："自上犹须攀萝扪葛，方乃自津，山顶，即庾衮眩坠处也。"

◎ 山川

### 绘图纪胜杂诗三十六首 并序录四 ①

【清】谭钟岳

大坪才过又洪椿,一路烟霞渐引人。
客子浑忘游历倦,更从松杪望冰轮。

## 长老坪

### 长老坪 ②

【清】罗钟玉 ③

寺门高插白云巅,削地苍岩千仞悬。
佛喜上方能拥坐,客登前路愿扪天。
园中巧憩三铢树 ④,雨后争趋百道泉。
万境溶溶收眼底,腾身几度笑飞仙。

---

① 按,此诗见宣统志卷九。
② 按,此诗见宣统志卷九。
③ 罗钟玉:原诗题注:"邑丙子(1876)解元。"
④ "铢",疑误。按,珠树即神话传说中的仙树。《山海经·海内西经》:"开明北有视肉、珠树、文玉树、玗琪树。"《淮南子·地形训》:"掘昆仑虚以下地,中有增城九重……珠树、玉树、琔树、不死树在其西。"

# 雷洞坪

## 雷洞坪①
**【宋】范成大**

行人魄动风森森,两崖奔黑愁太阴。
不知七十二洞处,侧足下窥云海深。
闻有神龙依佛住,枨触须臾召雷雨。
两山稻熟须好晴,我亦闲游神勿惊。

# 桫椤坪

## 婆罗坪②
**【宋】范成大**

仙圣飞行此是家,路逢真境但惊呀。
神农尝外尽灵药,天女散余多异花。
岚雨逼衣寒似铁,冰泉炊米硬于沙③。
峰头事事殊尘世,缺甃跳梁笑井蛙。

---

① 按,此诗以嘉庆志为底本,见嘉庆志卷九,又见《范石湖集》卷一八。又,《范石湖集》"雷洞坪"下注:"七十二洞皆在道旁,大旱有祷,投香花不应,即以大石或死虺及妇人弊履投而触之,雷雨即至。"
② 按,此诗以嘉庆志为底本,见嘉庆志卷九,又见《范石湖集》卷一八,文字皆同。又,婆罗坪即桫椤坪。蒋超《峨眉山志》卷九袁子让《游大峨山记》:"过(欢喜)亭为桫椤坪,坪有桫椤树。"
③ 冰泉炊米硬于沙:范成大游峨眉山时,用山上泉水做饭,饭碎为砂粒。《吴船录》卷上:"山顶有泉,煮米不成饭,但碎如砂粒。万古冰雪之汁不能熟物,余前定知之,自山下携水一缶来,才自足也。"

## 桫椤坪在千佛顶后①
### 【明】余承勋

采药峨眉大士家，鸟呼佛现共惊呀。
电光孕石千年雪，宝树敲云五色花。
涛涌岚光开法界，日浮象影踏恒沙。
由来胜地多奇迹，乐奏天池两部蛙②。

## 桫椤花③
### 【清】中州 窦絅

老干何年种，空灵自作花。
助妆应有雪，栖树已无鸦。
艳冷穿云出，英繁带月斜。
七重天上见，犹觉是飞霞。

---

① 按，此诗见宣统志卷九。
② 两部蛙：指峨眉山八音池之蛙鸣。蒋超《峨眉山志》卷九袁子让《游大峨山记》："山尽，有八音池，池集群蛙，过之者拍掌，则一大蛙鸣，群蛙次第相和，如八音之作。音将终，则一蛙复大鸣，群蛙顿止，作止翕然一律，中岩之唤鱼池似不及也。"《南齐书·孔稚珪传》："门庭之内，草莱不剪，中有蛙鸣。或问之曰：'欲为陈蕃乎？'稚珪笑曰：'我以此当两部鼓吹，何必期效仲举？'"
③ 按，此诗见乾隆志卷一一。

# 宝现溪

## 宝现溪①
【明】胡世安②

龙伯亦刓方,弄丸试溪面。
业师转法轮③,息彼玄黄战④。

# 神水池

## 神水⑤
【明】杨慎⑥

山僧言此泉,下与江陵通。

---

① 按,此诗见乾隆志卷一〇。
② 胡世安:字处静,号菊潭,四川井研人。生于万历癸巳(1593),卒于康熙癸卯(1663),明崇祯元年(1628)进士,官至少詹事。清顺治初降清,授原官,累迁武英殿大学士,兼兵部尚书,康熙间改秘书院大学士。著有《译峨籁》,详《译峨籁校注·前言》。
③ 业师:宋僧继业。蒋超《峨眉山志》卷三:"宝现溪在牛心寺前,宋僧三藏师继业自天竺归来,登峨眉至此桥,见两石斗溪上,揽得其一,眉目宛然,以为宝,故名。"
④ 玄黄:《易·坤》:"龙战于野,其血玄黄。"
⑤ 按,此诗见乾隆志卷一〇、嘉庆志卷九。
⑥ 杨慎:字用修,号升庵,四川新都人。正德六年(1511)进士,授翰林修撰。嘉靖初,充经筵讲官,召为翰林学士。慎投荒三十余年,博览群书,明世记诵之博,著述之富,推为第一。但援据博而不免有误,又不免窜改古人,假托旧籍,英雄欺人,亦时有之。所撰诗、词、散曲等甚多,其诗沉酣六朝,揽采晚唐,创为渊博靡丽之词,造诣深厚,独立于当时风气之外,但因僻处云南,故不能如李梦阳、何景明为文坛领袖。另撰各种杂著一百余种,有《升庵全集》。《明史》卷一九二有传。

智师昔说法，龙女为飞空①。
夏冽冬复温，凡水焉可同？
造物有至理，灵源谁能穷！

## 大峨神水②

【明】董明命 上川南道 ③

石以山为名，水从石窍生。
暗通阿耨润④，远入玉泉清。
有客曾歌凤，无人解濯缨⑤。
谁教尘念冷，遥步向空明。

---

① 智师昔说法，龙女为飞空：蒋超《峨眉山志》卷二："神水池在大峨石旁，即玉液泉。五代时智者大师就山入定，知此水来自西域。后居荆门玉泉，因病思得大峨神水饮之，忽梦一丽女自言能为师致之。师云：'吾有钵杖寄中峰寺，可与俱来为信。'后果以钵盛水，携杖而至，知此女即是玉泉龙女，玉泉与神水同源也。"
② 按，此诗见乾隆志卷一一。
③ 董明命：明末清初合江县人，雍正《四川通志》卷一八上称此人顺治十八年（1661）时署永宁兵备道，《峨山图志》称此人康熙十一年（1672）官御史，重建圣积寺大雄宝殿。
④ 阿耨：阿耨达池，梵语 Anavatapta 的译音，意译为"无热恼"。此池在五印度北，大雪山北，香山南，二山之中。《大唐西域记》卷一："阿那婆答多池也。"释辩机注："唐言无热恼，旧曰阿耨达池，讹。"
⑤ 濯缨：此用屈原放而路遇渔父之典。《楚辞补注》卷七《渔父》："沧浪之水清兮，可以濯吾缨；沧浪之水浊兮，可以濯吾足。"

## 洗象池

### 峨山十景象池夜月[1]
**【清】谭钟岳**

仙人骑象杳何之，胜迹空余洗象池[2]。
一月映池池贮月，月明池静寄幽思。

## 白龙池

### 白龙池[3]
**【清】杨世珍**邑举人[4]

避尽人间垂钓叟，优游寒谷翠微巅。
树悬藤线花为饵，月漾波纹玉作筌。
几片莹莹高下石，一泓湛湛古今天。
饶伊不逐风云会，好学骊龙自在眠[5]。

---

[1] 按，此诗见宣统志卷九。亦载《峨山图志》卷二，以之参校。◎象池夜月：即洗象池。
[2] "余"，《峨山图志》作"留"。
[3] 按，此诗见乾隆志卷一一。
[4] 杨世珍：峨眉县人，康熙年间举人，曾据明人尹宗吉所编《峨眉县志》撰《邑志笥存》，其序文载乾隆《峨眉县志》卷首，其余事迹不详。
[5] 骊龙：黑龙。《全唐诗》卷七六四谭用之《赠索处士》："玄豹夜寒和雾隐，骊龙春暖抱珠眠。"

◎ 山川

# 山潮

## 山潮记①

【明】高光②

海潮之论，儒者悉焉；山潮之说，先今莫之及也。予道灵陵太妙之天，索辟峨石③，时闻西南山中有声轰然，如波涛腾涌之状，良久乃息，履其所，无多水。历询故老，曰："此山潮也，闻之晴久必雨，雨久必晴，屡试不爽。声之远近大小，其应相若。岁入之盈缩，雨旸之休咎④，视之。今山潮协序⑤，其丰年之兆乎？"予因叹曰⑥："异哉！造化之玄妙也。"盖山泽之气耳，观其聚而升者为云，散而降者为雨，翕而坠者为露，开而霁者为旸，可知矣。

海为泽之会，其潮也，夫人见而信之⑦。西南山之交，其潮也，非林居熟听者，孰识之？胥为气之通，无疑矣。造化之妙万

---

① 按，此文见康熙志卷七、乾隆志卷九、嘉庆志卷九，以康熙志为底本，余者参校。
② 高光：明四川泸州人，尝为应天通判。天启初，四川永宁宣抚使奢崇明反，城陷。剃发为僧，与子高在昆募壮士，杀崇明部下百余人，以众寡不敌被杀。传见《明史》卷二九〇《董尽伦传》之附传。
③ "辟"，乾隆志、嘉庆志作"僻"。
④ "雨"前，底本误衍"规"字，据乾隆志、嘉庆志删。
⑤ "视之，今山潮协序"，底本作"视山潮今协叙"，据乾隆志、嘉庆志改。按，协序，调和使之有规律。《后汉书·顺帝纪》："朕以不德，统奉鸿业，无以奉顺乾坤，协序阴阳。"
⑥ "予"，乾隆志误作"子"。
⑦ "夫"，底本作"而"，据乾隆志、嘉庆志改。

化①，其大者唯山泽，最灵莫如人。山泽尚能宣造化之秘，况人之气，一出一入，喜怒哀乐之于庶征②，固相协应也。至于所以然之地，清虚渊默，一念方动，迎其机而急复之，以完无极之初，不可以参造化耶？是秋，果大有年。圣天子位育之功昭然，而山泽乃能泄其机，野老之说足征矣。是不可以广静观穷理之学耶？因记，以为复灵者规焉③。

---

① 妙万化：使万物巧妙。《文庄集》卷八《谢批答允赐御书表》："妙万化以为言，布群方而成诵。"又卷二二《重校〈妙法莲华经〉序》："妙万化而无象，应群有而难名。"
② 庶征：各种征候。《尚书·洪范》："庶征：曰雨，曰旸，曰燠，曰寒，曰风。"孔传："雨以润物，旸以干物，暖以长物，寒以成物，风以动物，五者各以其时，所以为众验。"
③ 复灵：召唤神灵。古者称召唤死者之灵魂曰复。《礼记·檀弓下》："复，尽爱之道也。"郑玄注："复，谓招魂。"孔颖达疏："始死招魂复魄者，尽此孝子爱亲之道也……招魂者，是六国以来之言，故《楚辞》有《招魂》之篇，《礼》则云'复'，冀精气反复于身形。"

寺观

◎ 寺观

# 光相寺

## 光相寺①
【宋】范成大

峰顶四时如大冬，芳花芳草春自融。
苔痕新晞六月雪，木势旧偃千年松②。
云物为人布世界，日轮同我行虚空。
浮生元自有超脱，地上可怜悲㩧蓬③。

## 重修光相寺碑记④
【清】三韩 张德地 四川巡抚⑤

余性嗜山水，尝览西蜀峨眉纪，谓伯仲昆仑，为震旦第一山，是以李白诗云"蜀国多仙山，峨眉邈难匹"。每一遐想，不禁神往坤维，憾不能扶筇一探峰顶烟云之胜也。迨今上甲辰岁，余奉命抚蜀。凡境内名山大川，应举祀以昭圣天子格百神而及河

---

① 按，此诗见乾隆志卷一〇、嘉庆志卷九。"光相寺"，乾隆志作"峰顶卧云庵"，据嘉庆志、《范石湖集》卷一八改。
② "木"，乾隆志作"石"，据嘉庆志、《范石湖集》改。◎"松"，嘉庆志作"风"。
③ "悲"，乾隆志作"怒"，据嘉庆志、《范石湖集》改。◎㩧蓬：《庄子·至乐》："列子行食于道从，见百岁髑髅，㩧蓬而指之曰：'唯予与汝知而未尝死，未尝生也。'"此处反用其义，言为世间未脱离生死者而感到悲伤。
④ 按，据正文称甲辰岁奉命抚蜀、逾年余适有嘉阳阅城之役，则张德地康熙三年（1664）任四川巡抚，次年登峨眉并重修光相寺。此文之作亦当在康熙四年（1665）。又，此文见乾隆志卷九。
⑤ 张德地：雍正《四川通志》卷三一小传云："张德地，满洲籍，直隶遵化人。康熙三年，以都察院右副都御史任，历工部尚书。"张德地曾捐资重建光相寺与万年寺，各撰有《重修光相寺碑记》《重修万年寺碑记》，据《重修万年寺碑记》所称"今上龙飞四年"，则其捐资重修二寺在康熙四年（1665）。

岳之意，或可藉此以慰夙好。但稽考往牒，峨之孤据西南也，髳、卢嫭处①，历代以来祀典鲜闻。虽古今仰止者多，而登跻或寡。盖以峨眉高标巀嶭，似于山为逸，不欲共人耳目近玩。若红尘俗吏，吾知其岸然不屑也。况封疆肩巨，奚暇遂观之愿？

逾年余，适有嘉阳阅城之役。峨眉处在道左，始获一登眺焉。数十年寤寐之思，一旦得识面目，胸次为之豁然。乃攀援奇险，遍历名胜，真宇内大观。至鸟道中，珠林错置，凡仙掌琼峰到处营建，不下数十百所，皆题雕越绘②，禅栖清洁。山虽幽危而不荒寞，窃叹化工点染之妙。及跻峰顶，光相寺高出云表，四维绝巘，俯视大千，渺如蚁垤。悬岩万丈，彩毫五色，是即普贤大士现身法界，放玉毫光、布兜罗绵之福地也！无何，而茌苒屡迁，骎至倾圮，楹桷支离，栏栅朽腐，予为怅然久之。

夫峨眉以名胜甲天下，匪直巉屼蠹起，轮尻磅礴③，培塿太华已也。若乃雷霖初霁，荡涤清虚，俯仰之间，毫发无隐。西瞻灵鹫插天，遥对如相拱揖。空蒙汋杳，光怪陆离，遂成银色世界。如此神异，奈何苾芻僧惟丈室是营，而游人过客亦惟以饭僧庄严作果？此光明希有之净域，任其颓覆，何异子姓蕃昌，忍令父祖落寞？衫履丽楚，岸帻不冠；本末倒植，源流罔顾，莫此为甚！余爰捐俸金若干，及诸有司相率而助者共若干，委峨眉邑令

---

① 髳、卢：古代西南少数民族名。《书·牧誓》："及庸、蜀、羌、髳、微、卢、彭、濮人。"孔颖达疏："此八国皆西南夷也。"
② 题雕越绘：题，物体之前端。《淮南子·本经训》："乃至夏屋宫驾，县联房植，橑檐榱题，雕琢刻镂。"高诱注："题，头也。"越，或当讲作连词，义即"与"、"和"，详《汉语大词典》。
③ 轮尻：不词，或以为乃"尻轮"倒文，语出《庄子·大宗师》"浸假而化予之尻以为轮，以神为马，予因以乘之，岂更驾哉"，但又不合文义，疑误。或当作"轮奂"？

李庄年及县尉彭昌德督工修葺之①。

阅二月告成，重修正殿三楹，立门二重，各颜扁联。复增禅室，以居守僧。外置台栏数十武，新建一坊，以标睹佛台之故迹。但见日映璇题，云封雪岭，人天胥有攸赖，瞻拜得所皈依。此一役也，将以彰圣人之德，所以格百神而及乔岳！彼峨山者，岂能终逸于遐荒异域，负沉郁诡异之概，寞处蛮髳而不与诸岳协共乃职也哉？众请余言以垂不朽。余愧不敏，爰书所见以记其胜云。

# 大佛寺

## 大佛寺记②

**【明】范醇敬** 礼部侍郎③

西来指意，大空诸有，要以超出色界、普度众生，即言一已多，何有于千言？心已寂，何有于手目乎？然观世音大士神通设教，夫岂其独具千手千目而并手其心？惟其心空，故妙于神应。所谓一以贯之，即万亿可也，何千之足云？世人纷扰尔心，役尔手足，四大尔色身。即左持右攫，必有妨误；前瞻后顾，必有遗

---

① 李庄年：乾隆《峨眉县志》卷六云："李庄年，岐山人，贡监。莅任，迁修文庙，董治堰堤，作古于署。"◎彭昌德：康熙《嘉定县志》卷一〇云："彭昌德，字可谓，广东韶州府翁源县人，十一年（1672）任（典史）。"当即此人。
② 按，此文见乾隆志卷九。
③ 范醇敬：明代嘉定州人，字葆元。万历《嘉定州志》卷三小传云："范醇敬，蒙之孙，尔知之子。壬午（1582）乡试，癸未（1583）进士，改庶吉士。授检讨，升左赞善、洗马兼修撰、右谕德、左庶子，俱兼侍读、少詹事、正詹事，俱兼学士、南京礼部右侍郎。"此人曾为万历《嘉定州志》作序，文末署题为"赐进士第、通议大夫、南京礼部右侍郎、前詹事府詹事兼翰林院侍读学士郡人范醇敬葆元父撰"。

脱。由不能无，故不能一；不能一，故不能千，此众生相也。大士心若虚空，手目无有。惟其无有，是以广有。随应随妙，运而不宰；不烦摄持，不相挂碍。敛入毛孔，散满恒沙，一切众生，咸归济度。以方于吾儒万殊一本之义，岂有异耶？谛观大造中形形色色，别生分汇，果物物而雕之哉？又奚疑于大士之多变也？然以一觅佛，执矣，而乃千之；以千神佛，幻矣，而乃象之。何以故？彼见相寻宗，因无彰有，下乘不废。而所为报佛恩者如是，宁讵赘哉？矧大光明山，震旦选场，范金枏比，独大悲缺如，事应有待。

  我皇上乘轮觉世，德布人天。圣母金粟如来，褒扬法指，宫闱俭素之余，施此名山，作大悲果。于是知县臣李应霖①、臣魏世轸②，先后奉一命来令兹土，实司此山。仰承慈懿，祗襄胜事。有僧真法者，六尘不着，五戒肃如，荒度招提，谨如愿意，庄严卒业，爰寿贞珉。小臣不佞，拜手稽首，为作颂曰：

  栩栩众生，沉迷苦海。生死轮回，与化俱改。
  尔时世尊，闵念众生。神通愿力，惟观世音。
  散诸舍利，遍满千眼。撑持世界，永无增减。
  法际虚空，诸相冥杳。究竟慈悲，万亿犹少。
  白马之东，峨眉大雄。不逢昙华，曷构琳宫？
  尔奉尘刹，皈依宝相。法力如天，功德无量。
  坤维永奠，乾运遐昌。天子万年，奉我慈皇。

---

① 李应霖：据天启《滇志》卷八，此人乃万历己卯（1579）科举人，大理府太和县人。又据民国《新纂云南通志》卷一〇七，此人后于鸡足山出家，法名广融。《千顷堂书目》卷七著录此人于万历癸巳（1593）所修之《峨眉县志》，则其任峨眉县令当在此年前后。
② 魏世轸：据顺治《襄阳府志》卷一三，此人为光化县贡生。其任职峨眉知县时，在1605年前后。

◎ 寺观

# 西坡寺

## 西坡寺①
【明】秦 九嵏山人②

路入青山里,人家半草庐。
邀流安水碓,编竹护园蔬。
解食长生草,慵看甲子书。
客来旋漉酒,取醉出江鱼。

## 雨宿西坡寺③
【明】光禄少卿 程启充 嘉定州人

竹里潇潇雨,清凉入梦新。
向来投老计,今作问禅人。
野径休愁滑,山林未洗尘。
凌晨登绝顶,云海寄闲身。

---

① 按,此诗见乾隆志卷一〇。
② 秦九嵏山人:所谓"秦"指籍贯为陕西,非时代为秦,亦非姓秦也。按,九嵏山人者,明代嘉靖八年(1529)嘉定州知州陈嘉言也。陈氏字伯行,号九嵏山人,嘉靖《江西通志》卷二云:"陈嘉言,字伯行,号九嵏。陕西护卫,官籍浙江,西安人,正德甲戌(1514)进士。"万历《嘉定州志》卷三有小传,但叙事迹,不载字号;同书卷七《注易洞铭并序》开篇则误题作"九峻山人陈嘉言",同治《嘉定府志》卷四四则不误。
③ 按,此诗见嘉庆志卷九。

## 西坡寺联句①

追随仙侣宿西坡<sub>张凤翮</sub>，古木阴森带薜萝<sub>章寓之</sub>。
苍壁倚天新月上<sub>王宣</sub>，清溪浮水晚凉多<sub>安磐</sub>。
虚无坐我如如境<sub>徐文华</sub>，磊落还谁浩浩歌<sub>程启充</sub>。
仍借西坡三日醉<sub>张凤翮</sub>，半山吟思若论何<sub>彭汝实</sub>。

## 游西坡寺②

### 【清】周元懋③

为访西坡胜境来，香楠逼似画屏开。
千峰云里参差现，一径田间屈曲回。
松带夕阳闻鸟鹊，寺临城郭见楼台。
官情久比山僧静，且向林泉酌数杯。

---

① 联句：作诗方式之一。由两人或多人各成一句或几句，合而成篇。南朝梁刘勰《文心雕龙·明诗》："回文所兴，则道原为始；联句共韵，则《柏梁》余制。"○按，此诗见宣统志卷九。又，此诗为张凤翮、章寓之、王宣、安磐、彭汝实以联句同作。又，诗题下注："诗碑现竖庙后，字多磨灭，不可句读，惟碑阴题名处尚属完好。"
② 按，此诗见康熙志卷七。
③ 周元懋：明末清初浙江鄞县人，字柱础，别字德林。明末知思南府，以母忧未赴。南明鲁王建国时，破家输饷。后削发入灌顶山，终日狂欢，称醉和尚。见《国朝耆献类征初编》卷四六二。

◎ 寺观

# 圣积寺

## 圣积寺[①]
### 【明】胡世安

初地介烟阛,云岩疲逸想。
欲乘列子风[②],周瞩夏王壤。

## 圣积寺[③]
### 【明】毛起[④]

危楼光翠接峨眉,金相诸天达耨池。
云拥宝峰秋气集,雨侵低树晚凉披。
倦来一宿何言速,话尽三生未有期。
地主相逢俱是客,平羌江上月离离[⑤]。

## 峨山十景 圣寺晚钟[⑥]
### 【清】谭钟岳

晚钟何处一声声,古寺犹传圣积名。

---

① 按,此诗见乾隆志卷一〇。
② 列子风:《庄子·逍遥游》:"夫列子御风而行,泠然善也。"
③ 按,此诗见宣统志卷九。
④ 毛起:明四川夹江县人,字潜滨,嘉靖二十六年(1547)进士。授庶吉士,谪外官,历苏州知府。有文名,人称青城先生。《二酉园续集》卷一有传。
⑤ 离离:明亮貌。《石仓历代诗选》卷四九三唐寅《七夕赠织女》:"神云矫矫月离离,帝子飘飘即故期。"
⑥ 按,此诗见宣统志卷九。亦载《峨山图志》卷二,以之参校。◎圣寺晚钟:即圣积寺,楼有巨钟。

纵说仙凡殊品格，也应入耳觉心清。

# 伏虎寺

### 伏虎寺①
【宋】冯时行

岂但山储秀，年多树亦灵。
华夷供静曙，参井入危经。
幽讨真殊绝，神光却渺冥。
正当存不议②，聊使俗迷醒。

### 又
【宋】冯时行

良友百年新，芳游十日共。
苍壁联跻攀，清湍竞挥弄。
云来万壑平，风过千山动。
奇处合中分，归作平生梦。

### 伏虎山房③
【宋】白约

入眼林峦皆可意，不惮间关千里至。

---

① 按，此诗见乾隆志卷一〇、嘉庆志卷九。
② "正当存不议"，乾隆志、嘉庆志作"止须存不论"，据《缙云文集》卷三改。
③ 按，此诗见嘉庆志卷九。

◎ 寺观

白云随步入危梯,前时想象今真是。
千岩万壑诚瑰杰,小草微花亦精致。
更随虎迹访幽深,恐有秦人来避地①。

## 伏虎寺次韵②
**【明】安磐**给事中

小桥支木度回溪,万竹青青有鸟啼。
未到上方三界阔,已看幽壑万云低。
短箫吹客疑鸣凤③,破衲栖禅类木鸡。
欲去又迟今夜月,满山空翠使人迷。

## 伏虎寺④
**【明】张子仁**四川参议⑤

坡下寺清幽,峨眉在上头。
插空岩石峻,铺地白云浮。
灯影望中灭,花光象外稠⑥。
西天留境界,疑是梦魂游。

---

① 秦人:用《桃花源记》之典,谓秦人避战乱而隐武陵山中。
② 按,此诗见乾隆志卷一〇、嘉庆志卷九。
③ 短箫吹客疑鸣凤:用萧史之典。《列仙传校笺》卷上"萧史"条:"萧史妙吹,凤雀舞庭。"
④ 按,此诗见乾隆志卷一〇。
⑤ 张子仁:嘉庆《无锡金匮县志》卷一九小传云:"张子仁,字安甫,嘉靖三十八年(1559)进士。除南京兵部主事,历四川参议。于是有九丝之役,御史疏举有功,不谢,黜归。再补辽阳,终贵州参政。"据万历九年《四川总志》卷三,此人隆庆四年(1570)任四川右参议。
⑥ 按,此联所指灯影指峨眉圣灯,花则为桫椤花。

## 游伏虎寺①

【明】龙眠江皋 四川督学②

峨眉旧梦忆生前，我祖来游五十年③。
胜迹尚闻遗老说，名山真见远公传④。
为寻棠荫迷花雨，转向香林听瀑泉。
绝顶雪消春正暖，好看陵谷话桑田。

## 伏虎寺⑤

【明】河东转运使 王宣 嘉定州人

几年尘土梦，得卧远公房。
雨过云根静，风吹石发香⑥。
小溪秋水碧，早稻野云黄。
为爱山行乐，淹留亦不妨。

---

① 按，此诗见乾隆志卷一一、嘉庆志卷九。
② 江皋：字在湄，号磊斋，安徽桐城人，顺治十八年（1661）进士。事迹详《清史稿·循吏传一》本传。所谓龙眠者，指桐城龙眠山。
③ 我祖来游：据乾隆《峨眉县志》卷六，此人即江之湘。小传云："江之湘，江南桐城人。由进士知县事，居身廉洁，听讼公平，济物利人，尤多惠政。升迁日，民遮留不忍舍，为构字镌碑于治东之文昌阁。"
④ 远公：晋高僧慧远，居庐山东林寺，世人称为远公。
⑤ 按，此诗见嘉庆志卷九。
⑥ 石发：生于水边石上的苔藻。《尔雅·释草》云："藫，石衣。"注云："水苔也。一名石发，江东食之。或曰藫，叶似䔾而大，生水底亦可食。"

◎ 寺观

## 伏虎寺①

【明】王咏②

为爱招提数过回，喜逢僧侣卧层堆。
瑞分双璧仍前合，社结东林今又开。
清引佛香时入院，法传心印独登台。
维摩丈室窥如许，无著天亲次第来③。

## 暮春游伏虎寺④

【清】中州 窦容恂 嘉定太守

奇峰峭绝近看无，云抹长林素练铺。
仄径行来留客䇥，细泉流处绕僧厨。
鹧鸪山浅声犹滑，花木春深兴不孤。
只此已如摩诘画，何须携得《辋川图》⑤。

---

① 按，此诗见宣统志卷九。
② 王咏：原诗题注云："嘉定州人，嘉靖中进士，选庶吉士，授御史，历官江西省参议。文学政事为一时最。子毓宗，万历时亦成进士。官至中允，请告归里，乡党称其有世德焉。"
③ 无著天亲：皆为印度佛教哲学家，长为无著，弟为天亲，又称世亲。二人事迹，天亲见《大唐西域记》卷四，无著见《大唐西域记》卷五。
④ 按，此诗见乾隆志卷一一。
⑤《辋川图》：唐诗人王维绘的名画。绘辋川别业二十胜景于其上，故名。唐朱景玄《唐朝名画录·妙品上八人》："（王维）画《辋川图》，山谷郁盘，云水飞动，意出尘外，怪生笔端。尝自题诗云：'当世谬词客，前身应画师。'其自负也如此。"

## 访伏虎寺昆谷禅师①

【清】朱昇<sub>峨眉令</sub>②

深殿幽廊映竹开，鸟声忽断雨声催。
藓生偏上题诗壁，花落还临说法台。
林下闻钟诸客散，涧边汲水一僧来。
晚晴更好看山色，西阁凭阑独未回。

## 春日游伏虎③

【清】文曙

伏虎乘春至，山僧争出迎。
过桥惊惠远，入社笑渊明。
薇蕨充庖馔，烟霞饱性情。
敢言游秉烛，戴月问归程。

---

① 按，此诗以乾隆志为底本，见乾隆志卷一一、嘉庆志卷九。◎"访伏虎寺昆谷禅师"，原作"访伏虎昆谷禅师"，据嘉庆志改。
② 朱昇：清代峨眉县令，浙江海宁人。民国《海宁州志稿》卷一三小传云："朱昇，字方庵，一字耐庵，号子旦。顺治己亥（1659）进士，授东昌推官，治于七之狱，全活甚众。改官四川峨眉知县，乞归。"但同书卷二九又云："朱昇，字子旦，号方庵，顺治己亥进士。初举于乡，为文苕粲颖立，晚益进道，有唐宋大家风，诗潜心大历。癸卯，理东昌，不逾时定大案数十，力主平反。五载，将上最，适奉裁天下理官，复除为令。令川南之峨眉，亦多惠政。"关于字与号，两处记载互歧。《梅会诗选·二集》卷一六上所列小传，则称先字子坦，后更字方庵，未知孰是。关于其任职峨眉县令之时，据《海宁州志稿》卷二九，应在康熙八年（1669）至十一年（1672），这与乾隆《峨眉县志》卷六小传称"莅任三载"及卷三称康熙十一年迁署基之事亦相合。
③ 按，此诗见乾隆志卷一一。

## 伏虎寺①

**【清】**中州 窦 銅

一筇千里客,和雨叩禅关。
青渡过桥竹,绿回绕寺山。
楼台分绮丽,花鸟共幽闲。
坐我松窗下,白云自往还。

## 伏虎寺②

**【清】**窦 绘

遥看楼阁缘山麓,古树萧萧十里阴。
入定僧闲青霭寺,探幽客过白云岑。
老松逼涧疏钟冷,细雨无声碧藓深。
风绕石窗生晚籁,暮天烟抹万峰沉。

## 雨中游伏虎寺③

**【清】**窦玉奎

晓起岚光暗,氤氲一望平。
踏云迷曲径,冲雨出孤城。
寺古无尘迹,山空有梵声。
暂来凭眺处,风物总关情。

---

① 按,此诗见乾隆志卷一一。
② 按,此诗见乾隆志卷一一。
③ 按,此诗见乾隆志卷一一。

## 访华阳山人，于伏虎志别①

**【清】**工部郎中 郑日奎 贵溪人 ②

山游得峨眉，于山意已足。所恨在绝域③，迢递阻川陆④。
乘游良不易，久也谢尘俗⑤。谁谓天无私，乃为仙隐独⑥。
卓哉华阳彦⑦，山水嗜何酷。负疴历荒远，探奇忘远躅⑧。
一杖几两屐⑨，药裹兼书簏。轻举而冥搜，日与烟岚触。
幽异不敢匿，午夜山鬼哭。入山与山忘，缔缘知已夙⑩。
翳余鞅掌客⑪，风尘走碌碌⑫。不谓万里行，此地快瞻瞩。

---

① 按，此诗见嘉庆志卷九。
② 郑日奎：《江西诗征》卷六七小传云："日奎字次公，号静庵，贵溪人，顺治十六年（1659）进士。选庶吉士，改工部主事，晋礼部郎中卒。著有《静庵文集》《蓉浦别集》《梅墩谈剩》诸书。"另，康熙《广信郡志》卷一七有详传，可参看。据《清秘述闻》卷二，康熙壬子（1672），此人与王士禛主考四川乡试，故与王氏同至嘉定。《四库全书存目丛书·集部》第二三一册收《郑静庵先生诗集》，卷一有《别峨眉山》《晤蒋虎臣先生于伏虎寺静室即事有赋》，卷五有《怀朱方庵司李》《怀蒋虎臣先生次贻上韵》等，可知此人到峨眉时与诸多友人相晤。此处所收之诗，即《晤蒋虎臣先生于伏虎寺静室即事有赋》；本书所录《舟中怀华阳山人用贻上韵》即《怀蒋虎臣先生次贻上韵》；两种题目差别较大，且诗歌正文异文亦较多，或后来结集时有改动，姑仍之。
③ "恨在"，《郑静庵先生诗集》作"憾介"。
④ "迢递"，《郑静庵先生诗集》作"相望"。
⑤ 按，《郑静庵先生诗集》无此联。
⑥ 此联，《郑静庵先生诗集》作"车马几人过，久为仙隐独"。
⑦ 此句，《郑静庵先生诗集》作"旷哉蒋夫子"。
⑧ 此句，《郑静庵先生诗集》作"探胜忘寒燠"。
⑨ "几"，《郑静庵先生诗集》作"支"。
⑩ 此句，《郑静庵先生诗集》作"信知缔缘夙"。
⑪ "翳余"，《郑静庵先生诗集》作"纷吾"。
⑫ "碌碌"，《郑静庵先生诗集》作"鹿鹿"。

◎ 寺观

潇潇远公房,爽气净如沐。竹露滴清响①,松风荐寒馥②。
昼坐频煮茗,夜谈还秉烛。翛然人世外,两心暗相属。
自怜事名场,苦未谢羁束。宦情本疏澹,世故奈牵促。
惘然难久留,分袂渐已速。缅此蓬蒿径,何殊杜陵曲。
从游愧二仲③,怅别愁千斛。峰头后夜月,魂梦空相逐。

## 舟中怀华阳山人用贻上韵④

**【清】郑日奎**

朔气侵衣感岁华⑤,怀人愁听雨中笳。
云深峨岭千峰隐⑥,路隔巴江几曲斜。
碧洞丹岩仙子宅⑦,黄花翠竹老僧家⑧。
遥知杖履登临处⑨,霞想烟思未有涯⑩。

---

① "滴清",《郑静庵先生诗集》作"时滴"。
② "荐寒",《郑静庵先生诗集》作"暗吹"。又,此后之句则与《郑静庵先生诗集》完全不同,罗列于后。"脱巾疏礼法,瀹茗涤烦溲。神清笑则雅,兴洽谈逾穆。况复契阔深,嘉晤仅信宿。流光日以迈,幽意岂忘目。坐久凉霭生,晚钟殷林谷。相对难遽罢,呼童更秉烛。"
③ 二仲:汉代跟随蒋诩的求仲、羊仲,此处以蒋诩比蒋超,盖二人同姓之故。《太平御览》卷四〇九引《三辅决录》:"蒋诩字符卿,舍中三径,唯羊仲、求仲从之游,二仲皆推廉逃名之士。"
④ 按,此诗见嘉庆志卷九,又载康熙《四川总志》卷三六,题作《怀蒋虎臣太史次贻上韵》,且题注云"时先生在眉山"。诗歌文字小异,以之参校。
⑤ "朔",《郑静庵先生诗集》卷五作"寒"。
⑥ "岭",《郑静庵先生诗集》作"嶂"。"云深峨岭",《四川总志》作"云连峨嶂"。
⑦ "碧洞丹岩",《郑静庵先生诗集》作"丹洞影边"。◎"岩",《四川总志》作"崖"。
⑧ "黄花翠竹老僧家",《郑静庵先生诗集》作"红泉声里梵王家",《四川总志》作"黄花翠竹梵王家"。
⑨ "登临",《四川总志》作"纵探"。
⑩ "未有",《郑静庵先生诗集》作"正未"。

# 别峨眉①

**【清】**工部郎中 郑日奎 贵溪人

昔闻蜀中山，奇胜首峨眉②。背岷面锦江，横绝西南陲③。
万仞裂冰雪，排空拂云霓④。迢迢八十盘⑤，红泉绕丹梯⑥。
仰扪井参近，俯瞰嵩华低⑦。峰蕊郁岩岘⑧，洞壑仍逶迤⑨。
其阴蓄雷雨，其阳霭烟霏。精英产灵异⑩，光怪何陆离⑪。
群态窈冥中，明灭谁端霓⑫。颇疑大泽枯，蛟龙互蹩踑⑬。
苍然秀天末，不受风尘缁⑭。允宜仙与佛⑮，灭景成遐栖。
竭来事行役⑯，访旧偶此窥。光响乱眺听，云气沾裳衣。

---

① 按，此诗见嘉庆志卷九，亦载康熙《四川总志》卷三六，题作《峨眉山》，以之参校。
② 此联，《郑静庵先生诗集》作"西蜀饶名山，兹山首称奇"；《四川总志》作"巴蜀多名山，自昔首峨眉"。
③ "西南陲"，《郑静庵先生诗集》作"坤之维"。
④ "排"，《四川总志》作"摩"。
⑤ "八十"，原误倒，据《郑静庵先生诗集》乙。按，峨眉山地名有八十四盘，作"八十"则取成数言之。
⑥ "梯"，《四川总志》误作"崖"，不押韵。
⑦ "瞰"，《四川总志》作"视"。
⑧ "蕊"，《郑静庵先生诗集》《四川总志》作"崿"。
⑨ "仍"，《四川总志》作"何"。
⑩ "精"，《郑静庵先生诗集》《四川总志》作"晶"。
⑪ "何"，《四川总志》作"时"。
⑫ "明灭谁"，《四川总志》作"鬼神孰"。
⑬ "蹩"，《四川总志》作"夔"。
⑭ 此句，《郑静庵先生诗集》作"鬼物相呵搋"。○"缁"，《四川总志》作"淄"，义同。
⑮ "佛"，《四川总志》作"隐"。
⑯ "竭"，《郑静庵先生诗集》作"我"。

到来甫十里①,幽情怅襟期②。何况陟其巅,八表供支颐。
简书既苦迫,领略遂多遗。草草来与去,永为山灵嗤③。
自不早投簪,名山愿孰违④。

## 伏虎寺佛阁即事兼吊蒋虎臣先生⑤
【清】举人 彭蕙支 丹棱人⑥

云烟霏曲槛,松竹映高榱⑦。
山籁无烦响,风林有静枝。
钟催新月起,鹤下旧巢迟。
证悟身前后,长怀太史奇。

---

① "到来",《郑静庵先生诗集》《四川总志》作"入山"。
② 此句,《郑静庵先生诗集》作"豁然灵胸期",《四川总志》作"已觉心神怡"。
③ 此联,《郑静庵先生诗集》作"草草去与来,山灵应我嗤"。
④ "名山",《郑静庵先生诗集》《四川总志》作"幽赏"。
⑤ 按,此诗见嘉庆志卷九。
⑥ 彭蕙支:字田桥,四川眉山丹棱人。嘉庆《四川通志》卷一五四小传云:"彭蕙支,字树百,号田桥。生而奇颖,博涉经史,尤耽于诗。为诸生,已负重名。乾隆乙卯(1795)举优贡,赴都朝考,戊午(1798)就试京兆,不售。时秦、蜀间为教匪蹂躏,兵火甫靖,蕙支券驴入栈,抚时感事,凄怆悲哀,作《栈行杂诗》三十首,世多传诵。庚申(1800)举于乡,至京,纪尚书时异之,延馆于家。未几,以疾卒,年仅四十余,未得展其志,士论惜之。"
⑦ 榱(yí):楼阁边的小屋。《尔雅·释宫》:"连谓之榱。"郝懿行义疏引服虔《通俗文》:"连阁曰榱。"

## 壬戌六月望日同王云浦观察、雷静夫明经游峨眉山，至万年寺返道，欲登绝顶不果，归途云浦有作，依韵和之 其一①

【清】嘉定府知府 宋鸣琦 奉新人②

刚从前路问，未到入山深。
日色浮仙掌，天风引茂林。
楼高青在抱，室静白生心。
供罢伊蒲馔，方知不异岑。初至伏虎寺。

## 步题伏虎寺文峰回文韵③

【清】程仲愚④

西岩叠翠耸高峰，谷邃回流坠叶红。
题就白云飞叆叇⑤，画成铺雪积虚空。
栖乌夜起猿声远，落照晴留树影重。
犀劈玉胎蟾挹润，溪澄蘸笔彩鬆鬇。

---

① 按，此诗见嘉庆志卷九。又，此诗分咏六地，故拆而分置各景点条目之下，余五首不另做注释。诗题之壬戌，为嘉庆七年（1802）。
② 宋鸣琦：字步韩，号梅生，又号云墅，清江西奉新人。《心铁石斋年谱》有其详细生平介绍。
③ 按，此诗见宣统志卷九。
④ 按，此人事迹不详，从后面所收诸诗来看，应该是康熙时人，与可闻和尚及蒋超都有交游。
⑤ 叆叇（ài dài）：云盛貌。《古乐苑》卷三五《逸民吟》："朝云叆叇，行露未晞。"

◎ 寺观

## 重游伏虎寺别可闻和尚①
【清】邱履程②

踏雪峨眉三月游,远公清啸虎溪幽。
天开一径盘深谷,花散千峰拥寺楼。
别后猿啼巴峡雨,重来枫落锦江秋。
将归更有名山约,愿过嘉阳一系舟。

## 游伏虎寺③
【清】张熙宇

一桥横处一亭遮,三折溪桥几曲斜。
穿树风声惊鹤梦,到门云影落松花。
山僧对客须眉古,老佛看人岁月赊。
更上危楼听贝叶④,晚钟撞散暮天鸦。

---

① 按,此诗见宣统志卷九。
② 邱履程:同治《重修成都县志》卷七小传云:"邱履程,成都人,本名广生,字鸿渐。父丰,举明经,当献贼陷成都,丰肩履程,室中书'大明处士'四字于胁,自经死,一家悉为贼屠,独履程得不死。从军之雅州,为文以自伤。时程凤翔以兵部主事为监军,闻履程名,以侄妻之。履程益力典籍,顺治辛卯(1651)举于乡,年三十余,病卒。子善庆,字子瑜,诸生亦有才善赋诗。"
③ 按,此诗见宣统志卷九。
④ 贝叶:古代印度人用以写经的树叶,此处借指佛经。《山堂肆考》卷一四五:"唐诗'贝叶经文手自书',西域佛经多以贝多叶书之。"

## 峨山十景 罗峰晴云[①]

**【清】谭钟岳**

峰庵到此学仙余,太史虎臣曾结庐。
跨鹤飞凫踪已渺,晴云一片卷还舒。

## 壬戌六月望日同王云浦观察、雷静夫明经游峨眉山,至万年寺返道,欲登绝顶不果,归途云浦有作,依韵和之 其六

**【清】** 嘉定府知府 **宋鸣琦** 奉新人

蹑履回初地,空花正满庭。
天浮双水碧,虹隐万峰青。
雪积飞鸿印,宵谈白马经[②]。
招提留信宿,圆月透疏棂。投宿伏虎寺,至积雪堂晚眺。

---

[①] 按,此诗见宣统志卷九。亦载《峨山图志》卷二,以之参校。◎罗峰晴云:即伏虎寺,有罗峰庵,蒋虎臣旧隐处。

[②] 白马经:以白马自西域驮回之经书。后泛指一切经书。乾隆《大清一统志》卷一六三:"白马寺,在洛阳县东二十里故洛阳城。西汉明帝时,摩腾、竺法兰初自西域以白马驮经而来,舍于鸿胪寺。遂取寺为名,创置白马寺,此僧寺之始也。"

◎ 寺观

## 峨眉山伏虎寺碑记[1]

**【明】龙眠江皋**<sub>四川督学</sub>

周峨眉山，寺以百数。由山麓而登，则自伏虎始。寺踞山之口，虎溪环注。沿溪一径折而入，山谷盘纡。后一山，横枕雄峙，高出寺背，蹲伏如虎，寺因以得名。或曰山昔多虎，宋僧士性于寺左溪上建尊胜幢压之，虎患遂息，寺名其征也。寺创自宋，明末毁于兵。可闻禅师随其师贯之禅师来，结茅居之，渐图兴复。垂四十余年，规模始备，其建造亦云劳矣。

先是，寺基逼山趾，庳隘不称，殿宇、僧寮尽委荆棘。可禅师凿山数丈，拓其基，建大殿一区，表山冠林。翼以岑楼复阁，因地势高下，曲折深邃，随所扳跻。人游其上，如置身缥缈，万壑千峰遥相拱揖。又辟寺左为藏经阁，募僧走江南，出瞿塘三峡，单舸往返万余里，奉藏经置其上。又前为长廊广庑，栖十方云水。单寮、丈室、斋厨、浴堂，清净庄严，为兹山所未有，真大欢喜休歇地也。然师之所以殚力于斯者，有三义焉：一曰天启其缘，二曰人弘其愿，三曰地致其灵。非此三者之相需而应，则四十余年之经营规画，岂易观厥成哉？事之兴废各有其机，卒然相值，若或使之。非人力所与，则因缘之自致也。

峨眉梵刹之盛，经千年陵谷变迁，荡为灰烬，独此旃檀片地犹然。薙草开林，法云垂荫，从棘榛荒翳中望如兜率天宫。自此拈花聚石，大振狮音，莫不由茎草以倡之。此因缘响应，岂非天

---

[1] 按，此文见乾隆志卷九。据蒋超《峨眉山志》卷二"附山道"及卷一一《可闻源禅师塔铭》，伏虎寺重建在顺治庚子（1660），彼时江皋尚未任职四川。又据本卷前《峨山伏虎寺藏经楼碑记》，提及藏经楼建成在1684年，而江皋此文也提到了"辟寺左为藏经阁"，可知此文显非作于伏虎寺重建刚完成时。联系蒋超《峨眉山志》卷九江皋《游峨眉山记》，此文亦当作于1685年。

哉！世传普贤愿王以三千眷属示现兹山，直欲遍大千世界，游愿海①，超彼岸。白毫光中，弥漫普照，其愿力勇猛，固如是也。当师之一念坚忍，不怵于利害，亦既有成。揆其所愿不尽，峨眉之祇林精舍同归清净化城不止。且山川灵气因时而发，震峰雄，奠坤维，其灵奇清寂多为仙真禅逸之所钟，近则精灵亦稍间矣。于此有人焉，栖身岩壑，其精神气魄日与山林相符合。安知非英华萃结，藉斯人以泄其奇哉？不然，以渺焉杖笠之身，际兵戈震荡之会，虽坐冰岸、啮霜雪，谁为招给园、林鹫岭耶？固知非缘不立，非愿不成，非灵不效也。予感兹三者，因寺之成而重念师之劳也，为之铭：

瞻彼峨眉，乃号佛窟。祇树丛生，香满山谷。
伏虎始登，千峰在抱。双溪潺潺，尘迹如扫。
劫火凭陵，琳宫寂灭。金粟再来，津梁重设。
发愿王心，具勇猛力。茎草插天，香云变色。
楼阁凌虚，钟磬振响。夕露朝霞，盘旋沃荡。
爰栖云水，十方云集。龙象威仪，萧然杖笠。
瑞相光明，普遍银海。香像行空，慈容俨在。
因缘自天，应时则合。维山萃灵，注兹老衲。
方石渌池，宝埀相教。磨岩不刊，过溪长啸。

---

① 愿海：佛教语，喻佛菩萨普度众生之愿似海而无涯。

◎ 寺观

# 华严寺

## 华严寺①
【宋】范成大

众峰攒壁立,中有路一线。
攀援白云梯,食顷已天半。
我本紫芝曲②,误落青刍栈③。
向来脱新羁,恍已还旧观。
花烟辞少城,暑雪对大面。
来从太白西,更走三峨遍。
风生两腋轻,泉吼四山眩。
今晨第一程,莫叹舆仆倦。

## 华严寺④
【明】方孝孺

栖身丹壑总忘归,水阁频登趣不稀。
雨脚斜侵耕叟笠,苔花青匝定僧衣。

---

① 按,此诗以嘉庆志为底本,见嘉庆志卷九,又见《范石湖集》卷一八,文字皆同。
② 紫芝曲:隐逸避世之歌。相传秦末东园公、绮里季、夏黄公、角里先生避乱隐居,称商山四皓,作歌曰:"漠漠商洛,深谷威夷。晔晔紫芝,可以疗饥。皇农邈远,余将安归?驷马高盖,其忧甚大。富贵而畏人,不若贫贱而轻世。"题作《采芝操》,唐人作《紫芝曲》,亦称《紫芝歌》《紫芝谣》。《杜诗详注》卷六《题李尊师松树障子歌》:"松下丈人巾屦同,偶坐似是商山翁。怅望聊歌《紫芝曲》,时危惨淡来悲风。"
③ 青刍:新鲜的草料。《杜诗详注》卷一九《甘林》:"青刍适马性,好鸟知人归。"
④ 按,此诗见乾隆志卷一〇,亦载《逊志斋集》卷二四,以之参校。

山余积雪寒犹壮,岩随流星晓更飞。
卜筑吾将依此地,玉堂清梦任教违①。

## 华严寺②
**【明】简霄③**

岩前香雨落松花,云里飞来洗涧沙④。
我亦乘风欲相访,道人心事隔烟霞⑤。

六月阴风还作雪,半山晴雨自行云。
老僧高卧无余事,钟鼓楼头又夕曛⑥。

## 华严寺⑦
**【明】安磐**

华严精舍翠微连,人道登峨小洞天。
狂客振衣层劫外,山僧出定午钟前。

---

① 此联,《逊志斋集》作"卜筑何当依此地,玉堂金马任相违。"◎玉堂:玉堂殿。《汉书·李寻传》:"食太官,衣御府,久污玉堂之署。"颜师古注:"玉堂殿在未央宫。"
② 按,此诗以宣统志为底本,见宣统志卷九,亦载《译峨籁·诗歌纪》,以之参校。
③ 简霄:雍正《江西通志》卷七四《人物志九·临江府二》下列其小传云:"简霄,字腾芳,新喻人。正德进士,授石首令。历官大理丞,平反有声,擢金都御史,巡抚河南。进南京副都,提督操江,升兵部右侍郎。奉命护慈孝皇后南衬显陵,寻乞归,卒。所著有《蓉溪集》。"此处所引二诗乃据《译峨籁》抄录。
④ "来",《译峨籁》作"泉"。
⑤ "人心",《译峨籁》互倒。
⑥ 夕曛:黄昏。《王令集》卷一〇《晚晴寄满子权》:"常恐朝阴至夕曛,好风吹去信多勤。"
⑦ 按,此诗见宣统志卷九。

◎ 寺观

一瓯茗止相如渴①,半壁诗看米子篇②。
此去不妨扳涉苦,却愁缭绕薜萝烟。

# 中峰寺

### 中峰寺③
【明】胡世安

茫茫傀儡场,杳杳云林梦。
为问荷锄翁,会否遇韩众④。
云岫竞来宾,岿然开净域。
说向采芝人,兹山或可得。

### 中峰寺⑤
【明】安磐

十里扪萝小径通,华严才过又中峰。
半林斜日眠孤鹤,一涧荒烟落远鸿。
峨石常留兜率外,凤歌时间梵音中。
客来坐拥阶前树,漫向山僧说苦空。

---

① 相如渴:汉司马相如患有消渴疾。后即用"相如渴"作患消渴病的典故。《史记·司马相如列传》:"相如口吃而善著书,常有消渴疾。"
② 米子:应指米芾,此处形容石壁刻诗的书法精妙。
③ 按,此诗见嘉庆志卷九。
④ 韩众:《神仙传》卷八"刘根"条:"请问根学仙时本末,根曰:'吾昔入山,精思无所不到,后如华阳山,见一人乘白鹿车……载拜稽首,求乞一言。神人乃告余曰:"尔闻有韩众否?"答曰:"实闻有之。"神人曰:"我是也。"'"
⑤ 按,此诗见宣统志卷九。

# 黑水寺

## 黑水永明华藏寺七笑[①]

高悬石磴引藤萝,四壁晴云雨后多。
三笑虎溪今七笑[②],一声惊破楚狂歌。

【明】张凤翀 <sub>山西按察副使</sub>[③]

庐山一笑破禅机,今日诸公更笑谁。
白首老僧成绝倒,浮名真被白云欺。

---

① 按,本诗以乾隆志为底本,见乾隆志卷一〇、宣统志卷九,宣统志七首录二,仅录"高悬石磴引藤萝"与"遥径天门峰",并标明"高悬石磴引藤萝"乃张凤翀诗。嘉庆《四川通志》卷四一"黑水寺"条,标明:"庐山一笑破禅机"乃章寓之诗;"遥径天门峰"为王宣诗;"高悬石磴引藤萝"为张凤翀(当作"张凤翀")诗;"虎跳溪盘折"为安磐诗;"旻公滞我宿招提"为徐文华诗;"步入黑龙溪"为程启充诗;"偶人生云处"为彭汝实诗;不收"清溪遗虎迹"之诗。此组诗称"七笑",当是七人各有一诗,不应有八首。刘君泽《峨眉伽蓝记·黑水寺》亦云:"七贤诗碑,更难仿佛也。"可知七人所作诗原刻石立于黑水寺中,惜已毁弃,亦暂未见更早文献有记载,莫可详考。
② "溪",宣统志作"兮"。◎"七",宣统志作"复"。
③ 张凤翀:据正德《大同府志》卷七,张凤翀字来仪,四川夹江人,弘治丙辰(1496)进士,正德五年(1510)任大同知府,后升山西副使。又据《明武宗实录》卷四一,正德三年(1508)八月癸巳,"命户部署员外郎张凤翀覆勘为永业者",知其先为户部员外郎。据同书卷九五,正德七年(1512)十二月己酉,"升大同知府张凤翀为山西按察司副使"。据同书卷一一五,正德九年(1514)八月时,张凤翀在兵备副使任上。据同书卷一四五,正德十二年(1517)正月,张凤翀与章寓之同时闲住,其后仕履不详。

◎ 寺观

【明】章寓之 济南太守①

清溪遗虎迹，行乐谢樊笼。
鹤氅登悬壁②，虹桥倚半空。
三生云水外，一笑古今同。
坐久忘归去，芒鞋正恼公。

【明】王宣 河东运使③

遥径天门峰，造化别教铸。
岩峣当西南，磅礴碍若素④。
阴风相荡潏，阳云日交互。
一溪隔尘寰，两岩剖觉路。
梵放斗石伏，杖锡神僧度⑤。
朋从登招提，衣裳湿烟雾。
藤梢鸟唤人，笑声落何处。

【明】安磐 兵科给事中

虎跳溪盘折，缘岩一径通。

---

① 章寓之：万历《嘉定州志》卷三小传云："章寓之，字道充，安谷乡人。（弘治）乙卯（1495）乡试，壬戌（1502）进士。任南户部主事，历员外郎中、济南知府。"据嘉靖《山东通志》卷一六，正德七年时，知府章寓之修建了济南府讲堂，则其时已在济南知府任上。
② "氅"，上部原误刻作"敬"，字书不载，据文义臆改。
③ 王宣：嘉定州人，雍正《四川通志》卷三四称其为弘治丙辰（1496）进士。同治《嘉定府志》卷四一《游毗卢寺》作者小传云："字承德，嘉定州人，弘治中进士。任南京工部主事，擢郎中，累官南阳知府、河东副使。"据《明武宗实录》卷一〇〇，正德八年（1513）五月戊寅，升南阳知府王宣为陕西都转运盐使司运使。复据同书卷一四五，正德十二年正月，运使王宣与张凤翧、章寓之同时闲住。
④ "磅"，原作"磬"，据宣统志改。
⑤ "僧"，宣统志作"圣"。

青猿啼绝壁，黄鹄下遥空。
翠辇惭陶令，禅参有远公。
偶来非结社，长啸过桥东。

【明】徐文华 监察御史

旻公滞我宿招提，竹里昙花去路迷。
梦入虚无空劫外，神游缥缈觉天低。
半山云黑龙归洞，十里风寒虎跳溪。
共笑石梁悲世味，临流团坐惜分携。

【明】程启充 监察御史[①]

步入黑龙溪，乱流怒如叫。
剑山列重闉，午日落遗照。
伏石绕虎蹲，断桥登野烧。
昔豪连袂时，倏忽惊成吊。
雁塔隐慧公，欲问苦僧诮。
未攒陶令眉[②]，长发孙登啸[③]。

---

[①] 程启充：字以道，嘉定州人。正德三年（1508）进士，除三原知县，入为御史。卒于隆庆初，赠光禄少卿。《明史》本传称，程启充在正德十一年（1516）后丁忧归家。

[②] 未攒陶令眉：《古今事文类聚·前集》卷三五"招入白莲社"条引《庐阜杂记》云："远师结白莲社，以书招渊明，陶曰：'弟子性嗜酒，若许饮即往矣。'远许之，遂造焉。因勉令入社，陶攒眉而去。"

[③] 孙登啸：孙登善啸，见《晋书·阮籍传》。

◎ 寺观

【明】彭汝实<sub>南吏科给事中</sub>①

偶入生云处，曲随流承通。
桥名七啸旧，景静万缘空。
梦断惠连子②，可称苏长公。
我来无限意，廊月自西东。

## 绘图纪胜杂诗三十六首<sub>并序录四</sub>③
【清】谭钟岳

一样宫商鼓吹忙，泠泠天籁出池塘④。
仙姬何事官私辨，弹罢灵妃靓晓妆。

---

① 彭汝实：字子充，嘉定州人。正德十六年（1521）进士，授南京吏科给事中。屡次上谏，斥责奸臣，针砭时弊，后因议大礼夺职还乡。《明史》有传。从以上数人履历来看，七人同游峨眉山应在正德十二年（1517）之后不久。
② 梦断惠连子：《南史·谢方明传》："子惠连，年十岁能属文，族兄灵运嘉赏之，云：'每有篇章，对惠连辄得佳语。'尝于永嘉西堂思诗时，竟日不就，忽梦见惠连，即得'池塘生春草'，大以为工。尝云：'此语有神功，非吾语也。'"
③ 按，此诗见宣统庆志卷九，又见《峨山图说》卷二，以之参校。
④ "泠泠"，《峨山图说》作"泠泠"。

## 大峨山永明华藏寺新建铜殿记①

【明】王毓宗 翰林检讨②

太上在宥六合③，诞育蒸人，嘉与斯世，共臻极乐。遣沙门福登，赍圣母所颁《龙藏》至鸡足山。登公既竣事，还礼峨眉铁瓦殿。猛风倏作，栋宇若撼。因自念尘世功德，土石木铁，若胜，若劣④，若非胜，若非劣；外饰炫耀，内体弗坚，有摧剥相，未表殊利。惟金三品，铜为重宝。瞻彼玉毫，敞以金地，中坐大士，天人瞻仰，眷属围绕。楼阁台观，水树花鸟，七宝严饰，罔不具足。不越咫尺，便见西方。以此功德，回施一切众生。从现在身，尽未来际，皆得亲近供养一切诸佛菩萨，共证无上菩提。既历十年所，愿力有加。沈王殿下，文章河间之瑰

---

① "永明华藏寺"，原脱，据拓片补。按，此碑今存峨眉山金顶，刻于万历癸卯（1603）。其时王毓宗文集当未问世，即后世亦未见其有文集流传。《峨眉山志》亦收此碑，与乾隆《峨眉县志》卷九所收碑文相同，二书所载与拓片文字略异。据《峨眉伽蓝记》，伏虎寺有此记之翻刻石碑，则此所据应是伏虎寺重刻之碑，故有文字出入。今此文全据拓片校勘。
② 王毓宗：乐山人，民国《乐山县志》卷八称其为万历戊戌（1598）进士。康熙《南平县志》卷二二载孙慎行《覆从祀议》，称此人任左春坊左赞善。又据万历《嘉定州志》署款，此人曾与修其书。同治《嘉定府志》卷一七载此人墓在今乐山市竹公溪附近。嘉庆《峨眉县志》卷一〇"铜碑"条，则称此记文原碑在峨眉山绝顶，正面乃王毓宗集王羲之字之《大峨山新建铜殿记》，背面则傅光宅集褚遂良字之《峨眉山普贤金殿碑》。
③ "太"，原作"今"，据拓片改。
④ "若胜，若劣"，原脱，据拓片补。

奇①，猷宪东平之乐善②。闻登公之愿，以四方多事，痌瘝有恤，久之，乃捐数千金③，拮据经始，为国祝釐。会大司马王公节镇来蜀④，念蜀当兵祲之后⑤，谓宜洒以法润，洗涤阴氛。乃与税监丘公各捐禄以助其经费⑥。已中使衔命，宣慈旨⑦，赐尚方金钱，置葺焚修、常住若干⑧，命方僧端洁者主之。庀工于万历壬寅春，成于癸卯秋。还报，王颜其寺曰"永明华藏"云⑨。遐迩之人来游来瞻，叹未曾有。登公谒于九峰山中，俾为之记。

　　惟我如来，弘开度门，法华会中，广施方便。檀相薝云遍周

---

① "文章河间之瑰奇"，原作"文雅如河间"，据拓片改。按，河间指前汉河间献王刘德，"好儒学，被服造次必于儒者，山东诸儒多从之游"，详《史记·五宗世家》。
② "猷宪东平之乐善"，原作"乐善如东平"，据拓片改。按，东平指后汉东平宪王刘苍，《后汉书》本传云："日者问东平王：'处家何等最乐？'王言：'为善最乐。'"
③ "闻登公之愿，以四方多事，痌瘝有恤，久之，乃捐数千金"，原作"以四方多事，痌瘝有恤，久之，闻登公是愿，乃捐数千金"，文义显颠，据拓片改。
④ 王公：据《明神宗实录》卷三五五，万历二十九年（1601）正月壬戌，"升巡抚宣府右副都御史王象乾为兵部右侍郎兼右佥都御史，总督川、湖、贵州军务，巡抚四川"，应即此人。雍正《四川通志》卷六小传云："王象乾，字霁宇，山东新城人，隆庆辛未（1571）进士。万历辛丑（1601），以兵部左侍郎巡抚四川，总督川、湖、贵州军务，代李化龙经理播州善后事宜。时杨应龙初平，议改土设流，创立郡县，缮城立学，抚流移，宽徭赋。屡疏上闻，区画详明。又画图为式，得旨如议。后以忧归。"按，此传中之"区画"原误作"区尽"，据文义改。小传中称王象乾字霁宇，亦误，当为号霁宇也。道光《济南府志》卷五一有详传，称其字子廓。同时还收其二弟、三弟之传，二弟王象泰，字子循；三弟王象晋，字子进，三兄弟字之相类，故作字子廓、号霁宇为是。
⑤ "祲"，原作"侵"，据拓片改。
⑥ "禄"，原作"资"，据拓片改。◎丘公：丘乘云，本为御马监太监，据《明神宗实录》卷三三一，万历二十七年（1599）二月甲戌"遣内监丘乘云督原奏千户翟应泰等征税开矿于四川"。《明史》之《周嘉谟传》《宦官传二·梁永》及《酌中志》卷一四《客魏始末纪略》皆有此人事迹。
⑦ "宣"前，原衍"奉"字，据拓片删。
⑧ "置葺"，原互倒，据拓片乙正。
⑨ "颜"，原作"命额"；"云"，原作"寺"，据拓片改。

沙界，竹林布地上等色天，所以使人见像起信，而为功德之母，万善所由生也。法界有情，种种颠倒，执妄为真，随因成果①，堕入诸趣。当知空为本性，性中本空，真常不灭。六尘缘影，互相磨荡，如金在镕，炉冶煎灼，非金之性。舍彼镕金，求金之性，了不可得。十方刹土，皆吾法身。一切种智，或净或染，有情无情，皆吾法性。大觉圣人起哀怜心，广说三乘，惟寂智用，浑之为一。然非因像生信，因信生悟，欲求解脱，若济河无筏，无有是处。故密义内熏，庄严外度，爰辟庙塔以为瞻礼，馨洁香花以为供养，财法并施以破贪执，皆以使人革妄归真、了达本体而已②。正遍知觉，善思念之③。登公号妙峰，力修梵行，智用高爽，法中之龙象，山西蒲州万固寺僧也。乃系以赞曰④：

世尊大慈父，利益于众生。功德所建立，种种诸方便。
后代踵遝轨，严饰日益胜。如来说诸相⑤，皆是虚妄作。
云何大兰若，福遍一切处。微尘刹土中，尘尘皆是佛。
众生正昏迷，深夜行大泽。觌面不见佛，冥冥罔所睹。
忽遇红日轮，赫赫出东方。三千与大千，万象俱悉照。
亦如阳春至，百昌尽发生⑥。本自含萌芽，因法而溉润。
亦如母忆子，形神两相通。瞻彼慈悯相，酌我甘露乳。
唯知佛愿弘，圣凡尽融摄。荧荧白毫相，出现光明山。

---

① "成"，原作"感"，据拓片改。
② "体"，原作"性"，据拓片改。
③ "正遍知觉，善思念之"，原脱，据拓片补。
④ "乃系以"，原脱，据拓片补。
⑤ "诸"，原作"法"，据拓片改。
⑥ 百昌：各种生物。《庄子·在宥》："今夫百昌，皆生于土而反于土。"

帝网日缤纷①,宝珠仍绚烂。栏楯互周匝②,扃户各洞启。
天龙诸金刚,拥护于后先。既非图绘力,亦非土木功。
于一弹指间,楼阁耸霄汉。星斗为珠络,日月成户牖。
即遇阿僧劫,此殿当不坏③。愿我大地人,稽首咸三依。
一览心目了,见殿因见性。若加精进力,了无能见者。
佛法难度量,赞叹亦成妄。诸妙楼观间,各有无量光。
各备普贤行,慎勿作轻弃。我今稽首礼,纪此铜殿碑。
佛佛为证盟,同归智净海。
万历癸卯九月之吉④。

# 牛心寺

## 牛心寺⑤

**【宋】冯时行**

蜀公爱山水⑥,无不到牛心。
岁久无从问,诗亡不可寻。

---

① 帝网:帝释天所居忉利天宫中所悬珠网,有宝珠无数。《华严五教止观》卷一云:"然帝释天珠网者,即号因陀罗网也。然此帝网皆以宝成,以宝明彻递相影现涉入重重。于一珠中同时顿现,随一即尔,竟无去来也。"
② "楯",拓片作"盾",当是因"盾"作盾牌讲时亦可写作"楯"而误,此从《峨眉山志》原文。◎"匝",原作"遮",据拓片改。
③ "当不坏",原作"常不毁",据拓片改。
④ "之吉",原脱,据拓片补。此句之后,拓片还有署款,备注于此:"赐进士第、翰林院检讨、汉嘉龙鹤居士王毓宗顿首撰。晋右军将军王羲之书。云中朱廷维镌,吴郡吴士端集。峨眉山铜殿法派:普行澄清海,智镜常照明;闲思修心德,觉遍性圆融。"
⑤ 按,此诗见乾隆志卷一〇、嘉庆志卷九。
⑥ 蜀公:范镇,益州华阳人,故称范蜀公。《宋史》三三七有传,《司马光全集》卷六七亦有《范景仁传》。

云堂环碧嶂①,溪路擘青岑。
纵僻须回杖,穷探不厌深。

## 牛心寺②

【明】魏瀚 嘉定知州③

翠转峨眉第一尖,恍然疑是大罗天④。
青禽啼老无春夏,白象呈形几岁年。
一道镜光辉日月,半空金刹锁云烟。
山僧扫雪供茶鼎,再取闲云作伴眠。

---

① "堂",嘉庆志作"壶"。
② 按,此诗见康熙志卷七。
③ 魏瀚:浙江余姚人,景泰五年(1454)进士。据《明英宗实录》卷二七九,天顺元年(1457)六月甲辰,此人在监察御史任上;据同书卷三一七,天顺四年(1460)七月戊子,在云南巡按御史任上。据《明宪宗实录》卷九,天顺八年(1464)九月己巳,此人在巡按福建监察御史任上;据同书卷二五,成化二年(1466)正月,此人在十三道监察御史任上;据同书卷三五,成化二年十月,又在巡按辽东监察御史任上;据同书卷四五,成化三年(1467)八月,被以"浮浅奸贪、难居重职"之罪弹劾,命降一级官四川潼川州。后任嘉定州知州。嘉庆《四川通志》卷七七称嘉定府儒学乃成化十三年(1477)知州魏瀚重修。万历《雷州府志》卷八称"善政善教"碑为成化二十年(1484)知府魏瀚立,同书卷一五称其"居任六年",则应是在成化十四年至二十年间知雷州。据《明孝宗实录》卷三五,弘治三年(1490)二月,升魏瀚为福建右参政;同书卷八七,弘治七年(1494)四月丙寅,调魏瀚为江西右参政;据同书卷九一,同年八月癸亥,升为江西右布政使;同书卷一〇八,于弘治九年(1496)正月致仕。
④ 大罗天:道教所称三十六天中最高一重天。《云笈七签》卷二一:"《玉京山经》曰:'玉京山冠于八方诸大罗天……'《元始经》云:'大罗之境,无复真宰,惟大梵之气,包罗诸天太空之上。'"

◎ 寺观

# 万年寺(白水寺)

## 白水寺①

【明】方孝孺

寺幽名白水,金碧绚中天。
池面临三四,峰头对百千。
断碑文字缺,重译贝多全。
老衲忘尘事,栖云日晏眠。

## 又

【明】方孝孺

一琴随处住,半榻为僧分。
林放到池月,风驱入户云。
鹿眠行去见,鹤唳坐来闻。
底事吟诗苦,翻令思纠纷。

---

① 按,此诗见乾隆志卷一〇,不见于《逊志斋集》。

## 六月访峨顶憩白水寺易春衣[①]
【明】俞志虞

行行白水对斜晖,天汉飞泉冷入帏。
人在冰壶无暑月,阁迎丹洞尽花扉。
昙云绕霭枝头媚[②],祇树深重旭影微。
炎夏别开青帝阙,潄流溪岸试春衣。

## 宿白水寺[③]
【明】安磐

紫烟花雨湿晴山,已宿招提第四关。
横笛夜深龙睡起,断岩悬石水潺潺。

---

① 按,此诗见康熙志卷七。
② 昙云:昙,密布的云气。《说文·新附·日部》:"昙,云布也。"《升庵集》卷三二《雨后见月》:"雨气敛青霭,月华扬彩昙。"
③ 按,此诗见嘉庆志卷九。又载《译峨籁·诗歌纪》,文字全同。

◎ 寺观

## 白水寺①

【明】赵贞吉

草路王孙游,瑶京十二楼②。
春风山鬼寂,落日海云秋。
埃壒飞金虎③,烟霞下玉虬④。
空闻孙子啸⑤,飘散最高头。

---

① 按,此诗见嘉庆志卷九,亦见于《译峨籁·诗歌纪》,但不见于《赵文肃公文集》。
② 十二楼:《史记·封禅书》:"方士有言'黄帝时为五城十二楼,以候神人于执期,命曰迎年'。上许作之如方,命曰明年。"
③ 埃壒(ài):犹尘土。《后汉书·班固传上》:"抗仙掌以承露,擢双立之金茎;轶埃壒之混浊,鲜颢气之清英。"
④ 按,《易·乾》云:"云从龙,风从虎。"故此二句形容龙、虎来临时带来烟霞与尘埃的景象。
⑤ 孙子:具体所指未详。旧传善啸且姓孙者,有晋人孙登。《太平御览》卷五七九云:"《晋纪》曰:'孙登字公和,不知何许人。散发宛地,行吟乐天。居白鹿、苏门二山,弹一弦琴,善啸,每感风雷。嵇康师事之,三年不言。'"但此人未到过峨眉山,此处所指,或许是杨慎与余承勋笔下之"孙龙",亦即孙思邈也。

## 白水寺①

【明】江西按察使司 舒其志 广济人②

宝刹千年寺，深山四月花③。
客来凭短竹，僧共出胡麻④。
白水澄空界，青莲问《法华》⑤。
夜深寒月上，钟磬落恒沙⑥。

## 白水寺⑦

【明】安磐

岷峨健笔耸丹霄，万里登临不惮劳。
白水山深僧舍隐，碧萝风细客衣飘。
峰悬晓日明巴蜀，树绾烟云锁牧樵。

---

① 按，此诗见嘉庆志卷九，亦载《湖北诗征传略》卷二〇，以之参校。
② 舒其志：康熙《广济县志》卷九称其号玄渚，乾隆五十八年《广济县志》卷九称字玄渚。广济人，万历辛卯（1591）举人，乙未（1595）进士，迁工部郎，擢四川参政。万历《嘉定州志》卷二称其分守上川南道，驻节嘉定州。康熙、乾隆《广济县志》卷九及康熙《江西通志》卷二七等有详传。
③ 按，《湖北诗征传略》作"古寺春来晚，山深未见华"。
④ "共"，《译峨籁·诗歌纪》作"供"，《湖北诗征传略》作"饭"。
⑤ "问"，《湖北诗征传略》作"雨"。
⑥ "落"，《湖北诗征传略》作"出"。
⑦ 按，此诗见宣统志卷九。按，诗前注："县南五里圣积寺现有石刻碑三，诗共九首，系嘉靖甲寅年（1554）兵科右给事中作，书法诗句，迥异寻常。惜俗僧不知珍重，碑题名处及字句间，半被残缺，亦一憾事。顾愚按，明嘉靖间来游峨眉者不一，其人而官兵科给事中者，厥惟嘉定州安磐，兹碑得毋即其写作欤？姑摘录之以备考察。"故知《白水寺（岷峨健笔）》《华严寺（华严精舍）》《中峰寺（十里扪萝）》《歌凤台（览胜白云隈）》《双飞桥（双飞桥合）》《解脱坡（解脱古名坡）》此六诗作者皆应为安磐。

欲访长生何处觅，紫霞玄鹤静翛翛。

## 峨眉山万年寺送费此度往荥经省亲①
【明】范文光 内江人②

敝衣犹剩老莱斑③，负米虽归不是还。
世到乱时都作客，途当险处更间关。
几年草檄伸孤愤，累月移家近百蛮。
瓦屋峨眉俱历遍，满头风雪当游山。

## 访太白听蜀僧濬弹琴处④
【清】四川按察使司 顾光旭 金匮人⑤

太白游峨眉，遂有登峨作。
蜀僧弹绿绮，松风响岩壑。
岩壑今来变⑥，我行访青莲。

---

① 按，此诗见嘉庆志卷九。◎费此度：明末清初新繁人费密，字此度，长于古学，晚年闭门著书。传见嘉庆《新繁县志》卷三〇及民国《新繁县志》卷八《费舍人别传》及《清史列传》卷六六。
② 范文光：明末内江人，天启初举人，历官南京户部员外郎。《小腆纪传》卷三四有传记。
③ 老莱斑：《孟子·万章上》赵岐注："大孝之人终身慕父母，若老莱子七十而慕，衣五彩之衣，为婴儿匍匐于父母前也。"
④ 按，此诗见嘉庆志卷九。亦载《响泉集》卷一一，以之参校。又，诗题下注："《山志》云：'白水寺，即唐广濬禅师弹琴处。按太白诗，蜀僧抱绿绮西下峨眉峰，今寺在峨山下，疑即此也。'"
⑤ 顾光旭：清江苏无锡人，字华阳，一字晴沙。乾隆十七年（1752）进士。官至甘肃甘凉道、署四川按察司使。有《响泉集》《梁溪诗钞》。《清史列传》卷七五有传。
⑥ "来"，《响泉集》作"已"。

独立山苍苍,礀水鸣溅溅。
疑是瀎师琴,不识弹琴处。
晓月寺门前,空林满衣露。

## 白水寺访琼目和尚①

【清】实如 邑人

密树垂阴霁色遥,绿萝野寺望山腰。
重门曲径花飞槛,细雨斜阳客过桥。
四壁苍烟如太古,一池白水远尘嚣。
楚狂不为求仙诀,来傍吾师共寂寥。

## 峨山十景 白水秋风②

【清】谭钟岳

曾闻白水出真人,此水依然不染尘。
何处西风吹木落③,万山深处悟前因。

## 白水寺④

【清】信丰 释德果 昙见

烟楼树杪出,阶级到琼台。
千嶂排青立,孤云飞白来。

---

① 按,此诗见嘉庆志卷九。
② 按,此诗见宣统志卷九。亦载《峨山图志》卷二,以之参校。◎白水秋风:即万年寺,有白水池。
③ "处",《峨山图志》作"遽"。
④ 按,此诗见乾隆志卷一一。

◎ 寺观

天花檐际落,山月槛边开。
广濬弹琴处①,松风满绿苔。
玉柱峰磷磷②,宝掌擎拳祝③。
千佛圣还山,神君施营屋。
冒雪登巉岩,宽广量地轴。
钟鼓仍长鸣,炉烟重馥郁。
苾刍群捧檄④,再造恩宇覆。

## 万年寺⑤

【清】中州 窦容恂

路转藤萝一线宽,崚嶒崖嶂郁巉屼。
欲临绝顶穷奇幻,更历中峰几折盘。
蜡屐客稀青霭合⑥,石床僧定白云寒。
鹤声清越听何似,碧落仙童弄紫鸾。

---

① 广濬:广濬禅师,李白于白水寺听广濬禅师弹琴。《李太白全集》卷二四《听蜀僧濬弹琴》:"蜀僧抱绿绮,西下峨眉峰。为我一挥手,如听万壑松。客心洗流水,遗响入霜钟。不觉碧山暮,秋云暗几重。"
② 磷磷:形容物体有棱角。《西隐集》卷一《松岩樵隐赋》:"怪石列兮磷磷,绝壁倚兮巉巉。"
③ 宝掌:此指宝掌峰,在大峨石后。
④ 苾刍:即比丘。本西域草名,梵语以喻出家的佛弟子,为受具足戒者之通称。《大唐西域记》卷三:"大者谓苾刍,小者称沙弥。"
⑤ 按,此诗见乾隆志一一。
⑥ 蜡屐:以蜡涂木屐。《世说新语·雅量》:"或有诣阮(阮孚),见自吹火蜡屐,因叹曰:'未知一生当着几量屐!'神色闲畅。"此处之蜡屐客,比喻有闲适心情游山的人。

## 万年寺①

**【清】**中州 窦絅

风回萝磴散幽芬,几处勾留已夕曛。
出岭暮钟邀客屐,洗关花雨静尘棼。
四围烟绕山腰寺,一面窗收谷口云。
白夜试寻明月畔,此中清景许谁分。

## 万年寺②

**【清】**中州 窦绘

林缺露禅扃,山光绕院青。
苔深屐齿滑,寺古野云停。
风入松涛涌,泉随花雨零。
夜来池水碧,寒浸半天星。

## 万年寺③

**【清】** 窦玉奎

迷离景色远林端,独坐高楼尽日看。
三面山光萧寺冷④,一帘诗思老僧寒。
黄昏烟锁溪头绿,碧落风吹鹤顶丹。

---

① 按,此诗见乾隆志卷一一。
② 按,此诗见乾隆志卷一一。
③ 按,此诗见乾隆志卷一一。
④ 萧寺:《唐国史补》卷中:"梁武帝造寺,令萧子云飞白大书'萧'字,至今一'萧'字存焉。"后因称佛寺为萧寺。

夜静空庭清若水,竹稍斜月上蒲团。

## 万年寺①

【清】四川按察使司 顾光旭 金匮人

空山花发万年新,宝盖珠幡又隔尘。
十二金人犹有泪,三千铁佛本无身。旧有三千铁佛殿。
钟声撼起峨眉月,幢影翻开白水春②。
记否东坡老居士③,岩前题句坐华茵。东坡有白水寺绝句。

## 壬戌六月望日同王云浦观察、雷静夫明经游峨眉山,至万年寺返道,欲登绝顶不果,归途云浦有作,依韵和之 其四

【清】嘉定府知府 宋鸣琦 奉新人

千夫求法象,一指竖天龙。
砥柱万年寺,闻声亭午钟。
布砖消梵劫,绕佛画虬松。
莫笑回头早,山山似此峰。万年寺。

---

① 按,此诗见嘉庆志卷九。亦载《响泉集》卷一一,以之参校。原诗题下注:"即古白水寺,宋明间敕修建,皆毁于火,今惟万历间砖殿尚存。旧观普贤丈六,金身骑铜象,宋仁宗时置也。"
② "幢",《响泉集》作"幡"。
③ "否",《响泉集》作"得"。

## 重修万年寺碑记①

**【清】张德地**

今上龙飞四叶，岁在乙巳。九秋，余因阅嘉阳城垣之役，适望峨山处在道左，遂一登眺。所历诸刹名胜不一，多由新构。独光相、万年二寺，一为普贤大士现光之所，一为中道止宿，前代敕建梵宫，实峨山首善之地。奈何倾圮有年，卒无修葺者，无殊乎养一指而失肩背耳。余遂捐俸，及诸有司共襄约八百余两。半给光相寺，委峨眉尉彭昌德董之；半给万年寺，委洪雅尉陈国斌董之②。阅数月告成，光相寺已书数言志之矣。兹万年寺僧亦以记事请，余因而有感焉。

海内名山如五岳视三公，主以五帝，盖以其吐纳雨云、施德广大，有功于民也。峨眉山或为仙域，或为佛都，敷云涣雨，不在五岳下。予独怪登览者徒撼其林壑阴森、冈峦岻邃以藻绘游圃，而梵刹成毁，漠不关情。山灵有知，亦应所不许。况万年寺适处峨眉之中，上而插天奇峻，历八十四盘，阅七十二洞，登天门石、太子坪、谒铜、锡诸殿，由此拾级，实为瞻礼阶梯；下而乱山屏簇，两峰相对，黑、白二水缠绵如带，猪肝洞、牛心寺于此分途，又为风气所团聚。是以创自唐慧通禅师，至宋敕赐白水普贤寺，明万历又改为圣寿万年寺。原建有藏经阁、旋螺砖殿，坚致绝伦，巍峨壮丽，甲于天下。内有铜铸骑像一尊，高二丈。其前为毗卢殿，适当阖寺之主，实为普贤下院。安可任其颓废而不修葺耶？况普贤大士以法王子守护如来教，现身于此，以密引

---

① 按，此文见乾隆志卷九。
② 陈国斌：乾隆《铜陵县志》卷七云："康熙四年（1665）任四川洪雅县尉，署峨眉、洪雅两县事，升马湖府经历。"

世人入光明藏海，证菩提觉性，其为德于山甚大！兹山屹然，镇巨蟹坤维①，文章、滋味之府②。又为历代敕建，非淫祠佞佛者比。顾名思义，将以祝圣寿于无疆，奠盘石于永固。岂同怡情山水、藻绘纪游者为哉？遂以是为记。

## 灵岩寺

### 灵岩寺③

【明】济南府知府 章寓之 嘉定州人

灵岩一径入青苍，雨后昙花隔水香。
方外欲偷闲半日，绕廊翻觉觅诗忙。

### 游灵岩寺④

【明】王宣

远游三月不知还，路入沙溪劫外山。
衲子忽惊双鸟至，木鱼声散落花班。

---

① 巨蟹：古代以黄道十二宫配天下诸州，雍州适当巨蟹宫。《春秋分记》卷二九《秦地总说》云："《周礼·职方》，正西曰雍州，在天文鹑首之次，东井、舆鬼之分，辰居未，宫曰巨蟹。其封域，东阻崤函之险，桃林之塞，表以大河；西有陇坻之隘，岐、梁之地，绕以汧、渭；南则终南、太一，连冈乎蟠冢；北则高陵平原，踞倚乎泾、洛。"
② 文章、滋味之府：蒋超《峨眉山志》卷一《星野》云："值坤，故多文章；值未，故尚滋味；德在少昊，又尚辛香也。"
③ 按，此诗见嘉庆志卷九。
④ 按，此诗见嘉庆志卷九。

## 游灵岩寺①
【明】进士 张凤翩 夹江人

翠屏天敞玉龙盘，十里松阴六月寒。
是画不知还是梦，卷帘时得醉中看。

## 游灵岩寺②
【明】安磐

落日西风入化城，万山回合一溪横。
谁知今夜峨眉月，共坐灵岩听鹤声。

## 游灵岩寺③
【明】彭汝实

来时毒热入秋还，月色钟声客下山。
佳约重来僧舍冷，新诗留别马头删。
清溪磐石容垂钓，圣主深恩许乞闲。
近水青田谋养鹤，草堂结去白云间。

---

① 按，此诗见嘉庆志卷九。"游灵岩寺"，《译峨籁·诗歌纪》题作"望峨"。
② "游灵岩寺"，《译峨籁》作"灵岩寺"。按，此诗见嘉庆志卷九，亦载《译峨籁·诗歌纪》，以之参校。
③ 按，此诗见嘉庆志卷九。

◎ 寺观

## 灵岩寺①
【明】徐文华

杉外疏钟断续闻,灵岩清晓渡溪云。
苍茫还有看山兴,独立无言到夕曛。

## 峨山十景<sub>灵岩叠翠</sub>②
【清】谭钟岳

危岩果是夙钟灵,几历风飘复雨零。
仿翠墓青情不尽,心香一瓣荐芬馨。

---

① 按,此诗见宣统志卷九。原诗题注云:"王宣、安磐、章寓之、张凤羾、程启充、彭汝实、徐文华同游此寺,诗各一首,均刊碑,竖庙中,书法遒劲,现存。"
② 按,此诗见宣统志卷九。亦载《峨山图志》卷二,以之参校。◎灵岩叠翠:即灵岩寺。

# 古化城寺（木皮殿）

## 古化城寺[①]

【清】刘光第[②]

杖底香獐窜似飞[③]，旃檀蕾卜认依稀[④]。
到来云树生竽籁，上去烟萝挂石扉。
雕眼射人风力劲，木皮衣屋雹声微。
寒僧自道三溪产[⑤]，迎笑乡谈羡息机[⑥]。

---

[①] 按，此诗以宣统志为底本，见宣统志卷九。亦载《衷圣斋诗集》卷上，以之参校。原诗序云："亦名木皮殿，即今大乘寺。寺僧演华，为吾里虎头城人，姓郑。自言伊出家时，寺僧零落，庙宇倾颓，接家后，甚赖自流、贡井两厂乡亲来朝山者甚多，因此募化培修，迥与昔殊矣。"

[②] 刘光第：字裴村，四川富顺人。光绪九年（1883）进士，授刑部主事。在官十余年，人罕知者，因藏狱忤长官，遂退而绝迹不至署。戊戌（1898）夏，以陈宝箴荐，加四品卿衔参与新政，政变被杀，为"戊戌六君子"之一。有《介白堂诗文集》。《衷圣斋文集》内有梁启超作《刘光第传》。原诗题注："刘光第，字裴村，富顺县人，壬午（1882）举人，癸未进士。官刑部主政。"

[③] "杖"，原作"树"，据《衷圣斋诗集》改。

[④] 蕾卜：梵语 Campaka 音译，又译作瞻卜伽、旃波迦、瞻波等，义译为郁金花。《全唐诗》卷二七六《送静居法师》："蕾卜名花飘不断，醍醐法味洒何浓。"

[⑤] "道"，《衷圣斋诗集》作"说"。◎"三"，《衷圣斋诗集》作"之"。◎寒僧：《衷圣斋诗集》后注："僧为吾里虎头城人，姓郑。"◎三溪：据乾隆《富顺县志》卷二，有东溪、西溪、桃源溪，三溪至沱井合流，名三江口。此处代指富顺。

[⑥] 息机：息灭机心。《杜诗详注》卷一三《将赴成都草堂途中有作先寄严郑公五首》："侧身天地更怀古，回首风尘甘息机。"

◎ 寺观

# 飞来寺（花洋山馆）

## 暮春偕友人游飞来寺花洋山馆①

【清】张熙宇 邑进士②

幽寻何处足逍遥，结伴来过北郭桥。
三月绿杨莺语滑，半天晴日野花娇。
路随流水都通屐，节过清明尚听箫。
遥指隔村缥缈影，白云迟客在山腰。

白袷珊珊自在行③，一村才过一村迎。
麦风正软红樱熟，谷雨初来早稻萌。
到处野田皆入画，未经胜地倍多情。
神仙漫说留题去，笔势飞腾骇老生。

轩然地势迥凌空，信是飞来好梵宫。
楼阁欲随黄鹄举，林峦时待紫霞烘。
遗枋难补嗟神力，异境谁开识鬼工。
坐向僧寮成漫语，茶烟如缕飓春风。

宋元旧迹杳难论，尚有残碑立寺门。

---

① 按，此诗见宣统志卷九。
② 张熙宇：字玉田，号晓沧，东路夏荷塘人。性孝友，光明磊落，颖悟过人。癸巳（1833）始登第，以知县分发广东，后迁广西南宁知府。咸丰帝即位后到厦门查夷船通事。后简放甘肃按察，又改调安徽。赴皖任未几，殁于王事，时年七十一岁，所官之地为其立祠。详见宣统志卷七小传。
③ 袷（jiá）：夹衣。《汉书·匈奴传上》："服绣袷绮衣。"颜师古注："袷者，衣无絮也，绣袷绮衣，以绣为表，以绮为里也。"

文字未随尘世改,莓苔都借雨烟存。
狂谈何处逢春梦,作达游人斗酒尊。
柳暗桑浓斜照好,归来城郭欲黄昏。

## 花洋山馆题词花洋山馆①

【清】朱庆镛②

平羌江水炳灵长,鸑鷟争看万里翔③。
采掘眉山分轼辙,眼空江海小齐梁。
情怀一任飘蓬转④,姓字常留澹墨香。
回首京华骑马日⑤,云龙角逐几沧桑。

彩笔传看著等身,斑烂古色自犹新。
翔鸾舞凤皆为瑞,戛玉敲金不算贫⑥。
回首真堪师后辈,仙心亦自裕来因。

---

① 按,此诗见宣统志卷九。
② 朱庆镛:原诗题注云:"嘉定府知府,同治丙寅(1866)题于署。"光绪《永川县志》卷七云:"号晓霞,广西博白县进士,道光二十九年(1849)署(永川知县)。"据《明清进士题名碑录索引》,此人为道光十三年(1833)进士。据同治《嘉定府志》卷二三,此人咸丰十一年(1861)任嘉定知府。
③ "鸑",原误作"鹜",无此词,据文献用例改。鸑鷟:凤属。《国语·周语上》:"周之兴也,鸑鷟鸣于岐山。"韦昭注:"三君云:鸑鷟,凤之别名也。《诗》云:'凤皇鸣矣,于彼高冈。'其在岐山之脊乎?"
④ 蓬转:蓬草随风飞转。喻人流离转徙,四处飘零。《玉溪生诗集笺注》卷一《无题(昨夜星辰)》:"嗟余听鼓应官去,走马兰台类转蓬。"
⑤ 按,此处化用《剑南诗稿》卷一七《临安春雨初霁》:"世味年来薄似纱,谁令骑马客京华。"
⑥ 戛玉:敲击玉片,形容声音清脆悦耳。《唐大诏令集》卷五二《萧构罢判度支制》:"上柱国萧构,功高作砺,业茂秉钧,韵同戛玉之清,应作铿钟之响。九流百氏,供笔下之波澜;五色六彩,集人间之光彩。"

◎ 寺观

循声久播枌榆社①,把卷临风一怆神。

# 归云寺

## 幼年梦句未有所属,今举似归云寺②

【明】胡世安

担头担云来,目送归云去。
云归何所之,意在临江树。
松阴野鹤鸣,影落潭深处。

# 报恩寺

## 报恩寺③

【明】尹东郊④

鼓彻禅房一曲琴,谁知城市有山林⑤。
纤尘不到心如洗,万古乾坤入浩吟。

---

① 枌榆社:汉高祖故乡的里社名。《史记·封禅书》:"高祖初起,祷丰枌榆社。"裴骃集解引张晏曰:"社在丰东北十五里。或曰:枌榆,乡名,高祖里社也。"
② 按,此诗见嘉庆志卷九。
③ 按,此诗见康熙志卷七、宣统志卷九,以康熙志为底本。
④ 尹东郊:万历《嘉定州志》为其列传,云:"尹东郊,字敬夫,觉之父。博学,工诗文,凡名胜之迹,多所题咏。襟期潇洒,兴况超脱,魏守瀚雅爱重之。吾乡者旧贤者固多而逸,而能文则罕有其比。"《本朝分省人物考》卷一〇九小传云:"尹东郊,字敬孚。始为滇人,父任荣县令,爱蜀中山水,遂占籍嘉州。东郊博学,善为诗。郡守魏瀚甚礼重之,列其状于朝,将官之,弗受,人称尹聘君云。"
⑤ "城市",宣统志作"尘世"。

## 大峨寺

### 大峨寺①
【清】窦絟

长松围野寺，僧老白云间。
楼压千峰绿，苔侵一径斑。
声敲夜雨竹，影落夕阳山。
仙侣勾留地，泉清野鹤闲。

### 壬戌六月望日同王云浦观察、雷静夫明经游峨眉山，至万年寺返道，欲登绝顶不果，归途云浦有作，依韵和之 其三

【清】嘉定府知府 宋鸣琦 奉新人

空翠杳然滴，飞泉何处悬。
登峰留后约，挂锡亦前缘。
频汲源头水，难寻梦里天。
谁将双福寿，吉语遍流传②。大峨寺。

---

① 按，此诗见乾隆志卷一一。
② 按，此联言陈抟仙于神水池书"福寿"之事。蒋超《峨眉山志》卷八："'大峨石'三字，吕纯阳笔。神水池'福寿'二字，陈抟仙笔。相传'福'字取义白鹤踏芝田，'寿'字取义青龙蟠玉柱。其形相似，取义或然。先生号希夷。"

◎ 寺观

# 古今寺

## 宿古今寺楼①
【清】文曙

峻岭如钟镇,地因此得名。
泉飞千丈雪,石劈万重城。
古寺荒萝薜②,僧房半俗尘。
偶来寻所寓,高卧一楼清。

# 净土庵

## 峨山十景 大坪霁雪③
【清】谭钟岳

禅院清凉别有天,偶来净土喜参禅。
晴光况映雪光朗,世界空明俯大千。

---

① 按,此诗见乾隆志卷一一。
② 萝薜:女萝和薜荔,蔓生植物。《楚辞补注》卷二《山鬼》:"若有人兮山之阿,被薜荔兮带女萝。"
③ 按,此诗见宣统志卷九。亦载《峨山图志》卷二,以之参校。

# 卧云庵

## 卧云庵[①]
### 【明】杨慎

青蔼红尘此地分，飞岩削壁迥人群。
穆王马迹何曾至[②]，望帝鹃声绝不闻[③]。
春夏未消千古雪，阴晴常见一溪云。
支筇石上宁辞倦，采药名山喜共君。

## 宿卧云庵[④]
### 【明】舒其志

岩下云飞岩上宿，傍岩处处云相续。
先生清梦不知疲，门外白云封板屋。

---

[①] "卧云庵"，康熙志作"峨山"，乾隆志作"峰顶卧云庵"，据《杨升庵丛书》改。按，此诗以康熙志为底本，见康熙志卷七、乾隆志卷一〇，又见《杨升庵丛书》第四册《升庵诗文补遗》卷三诗卷上。
[②] 穆王：周穆王驾八骏西巡天下，见西王母，其事载《穆天子传》。
[③] "不"，原作"未"，据乾隆志及《杨升庵丛书》改。◎望帝鹃声：此为蜀国望帝杜宇化鹃之典。《华阳国志》卷三："巴国称王，杜宇称帝，号曰望帝，更名蒲卑，自以功德高诸王。乃以褒斜为前门，熊耳、灵关为后户，玉垒、峨眉为城郭，江、潜、绵、洛为池泽。以汶山为畜牧，南中为园苑。会有水灾，其相开明，决玉垒山以除水害。帝遂委以政事，法尧舜禅授之义，禅位于开明。帝升西山隐焉。时适二月，子鹃鸟鸣，故蜀人悲子鹃鸟鸣也。巴亦化其教而力农务，迄今巴蜀民，农时先祀杜主君。"
[④] 按，此诗见嘉庆志卷九。

◎ 寺观

## 卧云庵①

【清】中州 窦絵

梵宫天外净,有客在云端。
日照千峰冷,雪消五月寒。
伴僧清落落,绕树碧团团。
逸兴闲中得,开窗仔细看。

## 卧云庵②

【清】通醉③

七重天末号峨眉,树里老僧下榻迟。

---

① 按,此诗见乾隆志卷一一。
② 按,此诗见嘉庆志卷九。
③ 通醉:丈雪通醉。《重修昭觉寺志》卷二有其小传,云:"内江李氏子,梦僧入室而生。五岁时,母携入寺,见金像,问曰:'此何人也?'母曰:'此佛也。'师曰:'他日我必效此。'于是恳求削染。母归,谓父曰:'此子有出尘志。'明辰送入古字山,礼清然落发,法名通醉。……劫运消灭,重辟昭觉,乃恢复焉。时康熙二年癸卯,师五十四岁。……晚年休息于佚老关。癸酉十月,沐浴趺坐,作《真归告》,示寂。有《语录》十卷,《里中行》一卷,《青松诗集》一卷,《杂著文》二卷行世。世寿八十四,坐腊七十八。"丈雪生于万历三十八年(1610)无疑议,但其卒年与享寿,此处称卒于癸酉(康熙三十二年,1693),享年八十四;同书卷七载梁显陛所作《塔铭》,则称"忽丙子冬,老人微疾,辞世时年八十有七"。丙子指康熙三十五年(1696),倒推生年亦为一六一〇年,但享年为八十七年。杨曾文先生《明末清初丈雪通醉禅师及其禅法略论》(载《西南民族大学学报》2010年第12期)据《昭觉丈雪醉禅师年录》等,亦定其生卒年为1610至1696,但《年录》所载内容实止于八十四岁时,则杨先生所据或亦是此《塔铭》也?另外,王路平先生《明末清初贵州禅宗大师丈雪和尚评传》(载《贵阳师范高等专科学校学报》2003年第1期)则言通醉卒于康熙三十四年,惜未提所据为何。笔者认为,当以卒于康熙三十五年为确。◎"通醉"后,原注"峨眉山僧",实误,故删。

八十四盘行欲尽①，青天涌出象王儿。

# 文殊庵

## 文殊院②
【清】翰林修撰 蒋超 金坛人③

紫云屏风敞佛筵，诸峰如笏上青天。
偶来山寺空无主，惊起白猿松际眠。

# 呼应庵

## 呼应庵④
【明】杨慎

中峰多积云，白岩嵌青壁。
谷音叩虚牝⑤，梵呗递寂历。

---

① "八十四"，原作"四十八"，误，今据峨眉山地名有八十四盘改。
② 按，此诗见嘉庆志卷九。
③ 蒋超：乾隆《大清一统志》卷六三小传云："蒋超，字虎臣，金坛人。顺治丁亥（1647）殿试第三，入官编修，刻苦读书，甚于诸生。视学畿甸，文教大振。事竣，力请解官，遍游名山，至蜀之峨眉，结庐于伏虎寺侧。复至成都，修通志，趺坐而终。超性廉静，于名利无所嗜。手录书至数百卷，所著有《绥庵集》。"
④ 按，此诗见乾隆志卷一〇、嘉庆志卷九，又见《杨升庵丛书》第四册《升庵诗文补遗》卷三诗卷上。
⑤ 虚牝：空谷。《能改斋漫录》卷七"虚牝"条云："韩退之赠崔立之诗云：'可怜无无补费精神，有似黄金掷虚牝。'洪庆善曰：'牝，溪谷也。'古诗云：'哀壑叩虚牝。'予按古诗之意，虚牝当是壑中之窟穴耳。"

龙法说千金，虎杖卓双锡①。
陈迹余空山，荒庵翳深篍②。

# 孙真人庵

## 孙真人庵③
**【宋】范成大**

何处仙翁旧隐居，青莲巉绝似蓬壶。
云深未到淘朱洞，雨小先寻炼药炉。
涧下草香疑可饵，林间虎伏试教呼。
闲身尽办供薪水，定肯分山一半无。

# 萝峰庵

## 访萝峰庵和韵④
**【清】顾光旭**

晞发还山认夙因，心空及第老词臣。

---

① 虎杖：《通志·昆虫草木略一》云："虎杖曰'枯杖'，曰'苦杖'，曰'大虫杖'，曰'酸杖'，曰'斑杖'，曰'蒤'，故《尔雅》曰'蒤虎杖'，茎叶斑赤似马蓼而无毛。"
② "篍"（tì），《杨升庵丛书》作"藋"形近而误。按，"藋"音diào，草名。又名灰藋，似藜。虽云于此文义可通，但不协韵。"篍"，竹子的一种。
③ 按，此诗以嘉庆志为底本，见嘉庆志卷九，又见《范石湖集》卷一八，文字皆同。
④ 按，此诗见嘉庆志卷九。亦载《响泉集》卷一一，以之参校。又，诗题下注："蒋虎臣太史游峨眉伏虎寺，乃筑萝峰庵。有终焉之志，老屋数椽，百年无恙。眉岩和尚曾为诗吊之，追和其韵。"

只看明月生萝壁,自有飞花上锦茵。
春到雪中时过鹿,夜来松际几归人。
何须更向闲云觅,门外孤峰是化身①。

## 学士堂(祖师殿)

### 学士堂即今祖师殿②

【宋】张商英③

薄宦区区可叹嗟,寂寥寒馆过村家。
神锥岂向囊中出④,宝剑聊凭醉后夸。
就禄勉持毛义檄⑤,读书空满惠生车⑥。
掩关不识青春好,一夜狂风已落花。

---

① 按,末两联,《响泉集》作"黄叶堆门闻过鹿,白云移榻送归人。虎溪留照残僧影,指点孤峰是化身。"
② 按,此诗见宣统志卷九。
③ 张商英:字天觉,号无尽居士,四川新津人,《宋史》卷三五一有传。
④ 此句,用毛遂自荐之典。《史记·平原君虞卿列传》:"门下有毛遂者,前,自赞于平原君曰:'遂闻君将合从于楚,约与食客门下二十人偕,不外索。今少一人,愿君即以遂备员而行矣。'平原君曰:'先生处胜之门下几年于此矣?'毛遂曰:'三年于此矣。'平原君曰:'夫贤士之处世也,譬若锥之处囊中,其末立见。今先生处胜之门下三年于此矣,左右未有所称诵,胜未有所闻,是先生无所有也。先生不能,先生留。'毛遂曰:'臣乃今日请处囊中耳。使遂早得处囊中,乃颖脱而出,非特其末见而已。'平原君竟与毛遂偕。"
⑤ 毛义檄:《后汉书·刘赵淳于江刘周赵列传》载毛义檄之事:"庐江毛义少节,家贫,以孝行称。南阳人张奉慕其名,往候之。坐定而府檄适至,以义守令,义奉檄而入,喜动颜色。奉者,志尚士也,心贱之,自恨来,固辞而去。及义母死,去官行服,数辟公府,为县令,进退必以礼,后举贤良,公车征,遂不至。张奉叹曰:'贤者固不可测。往日之喜,乃为亲屈也。斯盖所谓家贫亲老,不择官而仕者也。'"
⑥ 惠生:惠施。《庄子·天下》:"惠施多方,其书五车。"

◎ 寺观

# 会宗堂

## 创造会宗堂记①

【明】徐良彦 四川巡按②

万历四十三年甲寅岁,余行部至嘉州,慕峨眉之奇,欲一寓目焉。乃与邺城孙君③,结尘外之轸④,披林蹑石,幽寻周览,令人应接不暇。三日而陟其巅⑤,钦岑魄硙,矗云干霄,呼吸真可通帝座。已而玄晖朗彻⑥,白云崇霭弥漫山谷,顿成银色世界。俯视企扳之处,了不可得,殆非人间境矣。

俄顷,佛光涌现,郁成五色,玉镜金轮不足方其陆离变幻也⑦。是日,光凡四现,已是此山得未曾有之事。光现天门寺,尤耆衲所不经见者⑧,余何幸,值其盛耶!薄暮,宿开云寺。私

---

① 按,此文载乾隆《峨眉县志》卷九,亦载嘉庆《四川通志》卷四一,用以参校,省作《通志》。
② 徐良彦:字季良,新建人,万历进士。雍正《江西通志》卷七〇有其小传,详叙徐氏仕宦经历与政绩,可参看。据《明神宗实录》卷五〇九,万历四十一年(1613)六月壬寅"命御史耿鸣雷、马孟祯、李若星、翟凤翀、徐良彦各巡按,鸣雷真定,若星山西,凤翀辽东,良彦四川",可知徐氏任职四川始于此年。而据此文开篇,徐氏游峨眉及作此记,在万历四十三年(1615)。
③ 孙君:即文末提及之孙好古。雍正《河南通志》卷六三小传云:"孙好古,字太愚,汤阴人。万历戊戌(1598)进士。授蒲州守,累升川东参政,迁广西右布政。未行,适征发土司兵北援,当事者持之急,奢崇明遂与众为乱,劫杀抚道。而好古适在客馆,大骂诸叛贼,遂遇害。"
④ "轸",《通志》作"契"。按,作"结契"义为结交;作"结轸"义为停车,于文义皆可。
⑤ "三",《通志》作"二"。
⑥ "玄",原作"玹",避讳字也,今回改。《通志》作"晴",则系臆改。◎"彻",原作"微",形近而误,文义不通,据《通志》改。
⑦ "也",《通志》无。
⑧ "经",原作"径",据《通志》改。按,"径"虽可同"经",指经过,但作"经常"讲,则写成"经"字为宜,故改之。

念峨眉之奇，鹿苑鹤林，灯火相接，而广成、黄帝问道故处，亦灵仙窟宅。楚狂接舆一枝①，今为歌凤台。台甚寥落，意今三教鼎足其间，亦以广佛五门四道。考之《列仙传》，云楚狂好养性，在西域峨眉山往往见之②。又似广成之流，其说近奇诡，大约沮、溺、丈人之徒也③。

越日晨起后④，欲褰衣扪历，以从者众，不能复留。此念一寂，循故道归。有风道士逆于道傍，道士名明光，故儒生，逃于禅而汪洋者也。询其居，则一把茅盖乱石，差可容膝。曰："欲结庵，未能。"询庵所崇祀，曰："三教一宗，俗儒苦为割裂。要令遥源浚波，同汇大海。"⑤余曰："是未易拟议。"曰："但就峨山觅之耳。普贤休明于胜峰，广成标举于玉堂，楚狂亦吾儒，偏霸此土。若使同登一堂，虽有伯仲而无同异。"夫余夜来有心，而道士发之⑥，道士合我也，我合道士也。彼若求合，必有不合；我若待合，更无可合，是有机缘为之。

先是，道士欲栖藉于此，发愿三日不炊。将去，曰："来日不食且死，吾以卜机缘。倘无饷我者，机不待也。"旦日，县尉遗之食，道士遂不复萌去念。当其卜于食之时，已隐今日胚胎，余与道士共游机缘中耳。彼亦何能合我，而我亦安待其合也？因

---

① "一枝"，《通志》作"所栖"，殆以为"一枝"费解而妄改也。按，"一枝"用《庄子》之典。《逍遥游》云："鹪鹩巢于深林，不过一枝。"
② "域"，原作"城"，文义不通，据《通志》改。按，《列仙传》卷上"陆通"条，仅称"在蜀峨眉山上，世世见之"，蜀地在西南，称"西域"可矣。
③ 沮、溺、丈人之徒：《论语·宪问》云："子曰：'作者七人矣。'"注云："为之者凡七人，谓长沮、桀溺、丈人、石门、荷蒉、仪封人、楚狂接舆。"本文中所言长沮、桀溺、丈人之事，皆见《论语·微子》。
④ "日"，原作"自"，据《通志》改。按，若以"越"为发语词，亦能讲通；但作"日"文义更畅，故改之。
⑤ "汇"，《通志》作"会"。
⑥ "发"，《通志》作"证"。

为捐资，薙草开林①，而孙君亦欣然共成之。其址则余所卜，而峨眉令朱君布金所构②。堂后倚狮子山，右屏风山，左飞凤山，瑜伽河绕其前，涧水绕其后，与瑜伽合流而去，亦形象最胜处也。屋三楹，为门，为堂，前后为楼，左右为廊。祀普贤、广成、楚狂，其中立木主，不以塑像，道士之意也。亦深合乎道，遂名曰会宗堂。

道士注有《心经》《楞严解》《八识规矩注》《会心录》《禅林功课》《大乘百法注》《峨眉传》等书行于世③。孙君讳好古，汤阴人，时巡上南道。朱君讳万邦，安庄人，峨眉县令。

## 古柏堂

### 古柏堂④

【清】文曙

峨眉官廨好从容，古柏连枝结盖雄。
淇澳欲方君子竹⑤，泰封独薄大夫松⑥。
经冬孤直常留雪，偃草清高不易风⑦。

---

① "薙"，原作"雉"，据《通志》改。按，"薙"音 tì，除草之义。经典中"薙"常作"雉"，《周礼·秋官·序官》："薙氏。"陆德明《释文》云："薙，字或作雉。"今有本可据，故改为通行字。
② 朱君：即文末之朱万邦。据乾隆《贵州通志》卷二六，此人为万历庚子（1600）科举人，贵州安顺府安庄卫人，其余事迹不详。
③ 按，此后二句，《通志》已删去。
④ 按，此诗见乾隆志卷一一。
⑤ 淇澳：即淇奥。指淇水弯曲处。《诗·卫风·淇奥》："瞻彼淇奥，绿竹猗猗。"毛传："奥，隈也。"
⑥ 大夫松：即五大夫松。《史记·秦始皇本纪》："（始皇）乃遂上泰山，立石，封，祠祀。下，风雨暴至，休于树下，因封其树为五大夫。"
⑦ 偃草：风吹草倒。《晋书·索靖传》："举而察之，又似乎和风吹林，偃草扇树。"

几度胡床娱老兴,夜深清韵叶丝桐①。

# 揖山堂

## 揖山堂记②

【清】房星著

邑治逼眉山麓,远近登陟者必径焉。每宾至乏馆,为主人羞。谋之邑绅士,佥曰:"邑旧有分司别署,今为游镇公廨矣。治东偏旧学基一区,迁学后,圮废多年,可建一馆,为过宾驻节所,奈邑黎艰于力何?"余用是不克辞责,爰捐己俸,庀材鸠工,构一堂,后为退室③,门凡二进,两边结数草廨,周垣缭之,固俨然廨舍也。工竣,额其堂曰"揖山",以其与眉山相拱也。

客问余曰:"山可揖乎?"余曰:"山何不可揖之有?夫揖让相先,宾在则然,故有素所寤寐,忽焉邂逅则揖之;亦有日与周旋,偶一起敬则揖之;不必鞠躬磬折,即怡然对晤,高拱相向,皆谓之揖。彼眉镇坤维④,应井络,不诚域中具瞻乎?而且凝重不迁,有合于安敦之仁者;而且崚嶒孤削,有同于拔俗之高士;而且翠苍妍丽⑤,无殊于幽胜之雅人。世有见仁者、高士、雅

---

① 丝桐:琴。古人削桐为琴,练丝为弦,故称。《史记·田敬仲完世家》:"若夫治国家而弭人民,又何为乎丝桐之间?"《文选·王粲〈七哀诗〉》:"丝桐感人情,为我发悲音。"
② 按,此文见康熙志卷七、乾隆志卷九,以康熙志为底本。
③ 退室:学堂或讲堂背后设置的,供师生课余休息的房子。《敬轩文集》卷二一《韩城县重修学碑》:"自大成殿以及两庑、神门、神库、神厨有圮漏者,悉完理之。重作明伦堂、东西斋,俱增旧两间。扩明伦堂后地作退堂一所,生徒退室悉修葺焉。"
④ "眉",乾隆志作"峨"。
⑤ "翠苍",乾隆志互倒。

人,而不相揖者乎?然揖之而不我答,非谄,则足恭矣。而不然性情之合,不惟其形,唯其神①。我跻斯堂,而山忽入座,则我为主,而山为客。山常兀然,而我忽跻堂,则山为主,而我为客。我之向山为揖山耶?山之拱堂亦何尝不揖我耶?机若相投,颜若相欣,更若有神契之衷曲可相告语。方且拟抵掌恢谈②,飔言拜手,相看不厌而永为缔结者矣,山则何不可揖之有?"客笑而领之,因退而书诸石。

## 纯阳殿

**壬戌六月望日同王云浦观察、雷静夫明经游峨眉山,至万年寺返道,欲登绝顶不果,归途云浦有作,依韵和之**其二

【清】嘉定府知府 宋鸣琦 奉新人

忽放青天鹤,孤云澹欲流。
由来参羽化,大抵似浮沤。
梵吹三生愿,棋声几度秋。
好携瓢笠去,长啸倚层楼。纯阳殿。

---

① "唯",乾隆志作"惟"。
② "恢",乾隆志作"诙"。按,恢者,大也,义胜。诙者,戏谑也,义逊。

# 初殿

## 初殿①
### 【宋】范镇

前去峨眉上最峰，不知崖嶂几千重。
山僧笑说蒲公事，白鹿曾于此发踪②。

# 七宝殿

## 七宝殿③
### 【宋】范成大

天如碧玉瓯，下覆白玉盘。
晶光眩相射，我独居两间。
正视不胜瞬，却立聊少安。
但觉风浩浩，骨毛森以寒。
神仙杳无处，宁论有尘寰。
身轻一槁叶，两腋如飞翰④。
同行挽我衣，何往何当还。

---

① 按，此诗见乾隆志卷一〇、嘉庆志卷九。
② 按，此联乃叙峨眉山蒲公见鹿之事。蒋超《峨眉山志》卷一〇丈雪通眠《大峨山序》："山之得名于汉明帝癸亥岁，里人蒲公采药，见麋迹似莲华形。捕之，极顶，目送千里白银世界，喜不自胜。"
③ 按，此诗以嘉庆志为底本，见嘉庆志卷九，又见《范石湖集》卷一八。又，《范石湖集》"七宝殿"下注："大峨绝顶，白水寺已在山半，由白水陡上至岩，又六十里。"
④ 飞翰：飞鸟。《文选·陆机〈拟西北有高楼〉》："思驾归鸿羽，比翼双飞翰。"

◎ 寺观

少留作诗去，奇哉此凭阑。

# 峨山书院

## 峨山书院碑记<sub>今游府箭道是其旧址</sub>①
【明】范醇敬<sub>礼部侍郎</sub>

峨眉县治之东，有东岳行祠②，每春时辄祀，祀辄万余人集祠下，醉呼啸怒③，弓矢冲突，连日夜不休，其来久矣。正德己卯冬，侍御新喻黎公龙行部至县而祠④，又实迓行台⑤，乃语县令吴君廷壁曰："泰山在鲁封内，季氏以大夫旅之⑥，先圣犹讥其不合于礼。而况西土之民，越在万里，于泰山何与哉？可撤而为书院，以教邑人，俾人于道。"吴君受命唯谨。前为大门，扁"峨山书院"⑦，大门之内为二门，二门之内为礼殿，后为中正堂，两翼书室，扁题皆公所定⑧。而吴之才足承公委，不数月而

---

① "峨山书院碑记"，乾隆志作"峨山书院"，嘉庆志作"峨山书院记"。◎ "今游府箭道是其旧址"，底本、嘉庆志无，此据乾隆志补。按，此文见康熙志卷七、乾隆志卷九、嘉庆志卷九，以康熙志为底本。
② 行祠：临时的祠堂。《苏轼全集校注·文集》卷一七《昭灵侯庙碑》："元祐六年秋旱甚，郡守龙图阁学士左朝奉郎苏轼迎致其骨于西湖之行祠，与吏民祷焉。"
③ 醉：嘉庆志作"解"。
④ 黎公龙：即黎龙。《万姓统谱》卷一四："黎龙，字乾德，新喻人，正德戊辰（1508）进士。"
⑤ 实（zhì）：通"至"，到达。《礼记·杂记》："讣于士，亦曰：'吾子之外寡大夫某不禄，使某实。'"郑玄注："实，当为至。此读周秦之人声之误也。"
⑥ 季氏：春秋时鲁国季孙氏，旅祭泰山，不合礼法。《论语·八佾》："季氏旅于泰山，子谓冉有曰：'女弗能救与？'"注云："旅，祭名也。礼，诸侯祭山川在其封内者，今陪臣祭泰山，非礼也。"
⑦ 扁：乾隆志、嘉庆志作"额"。
⑧ 皆：嘉庆志误作"者"。

次第就绪，民不告劳。释奠之日，邑人士改观，窃叹焉。

吴君以黎公之命来请记，予谢弗获，则为之记曰：峨山蟠据西南，实肇南戒，为海内万山之宗。其气之磅礴扶舆①，钟于人，必有魁奇俊杰如申甫应岳②，乃于山灵庶几。今入国朝百五十年，未见其能以才德震耀于时者。虽以文学科第之末③，亦反出他邑下，岂其才性俱弗逮哉？盖上之人无以倡之也。夫振之而后起，道之而后行，于教自古然也。今侍御公之崇正黜邪，嘉惠后学，与有司之敦教敷理，诸生其无慨然动于中耶④？峨山蟠据西南，则坤方也。予尝读《易》，至《坤》而有得，夫两言焉曰："敬以直内，义以方外。"⑤《易》中言学固多，而此言者实内外交修之要，圣贤为学之方，程、朱二先生释之备矣。《云谷》之记⑥，朱先生所以自警者，又甚严且密，此则大中至正之道。侍御公名堂之意，亦或在此。诸生诚乡往焉，整齐严肃，无适不然，取予行藏，各当其可，所谓主敬之本⑦，集义之端⑧，尤加谨焉！则动静交养，内外夹持，去圣贤不远。而发兹山之灵秘

---

① 扶舆：犹扶摇。《韩昌黎文集校注》卷四《送廖道士序》："气之所穷，盛而不过，必蜿蟺扶舆，磅礴而郁积。"
② 申甫：周代名臣申伯和仲山甫的并称，传说乃山岳降灵而生此二人。《诗·大雅·崧高》："崧高维岳，骏极于天。维岳降神，生甫及申。"
③ "以"，嘉庆志脱。
④ "慨"，嘉庆志误作"概"。
⑤ 敬以直内，义以方外：《易·坤》："君子敬以直内，义以方外。"孔颖达疏："言君子用敬以直内，'内'谓心也，用此恭敬以直内理。'义以方外'者，用此义事，以方正外物。"
⑥ 《云谷》之记：《朱熹集》卷七八有《云谷记》，其文之末云："呜呼！是其绝灭伦类，虽不免得罪于先王之教，然其视世之贪利冒色、湛溺而不厌者，则既贤矣。因附记之，且以自警云。"
⑦ 主敬：以敬为主。《孟子·公孙丑下》："父子主恩，君臣主敬，丑见王之敬子也，未见所以敬王也。"
⑧ 集义：犹积善，谓行事合乎道义。《孟子·公孙丑上》："其为气也……是集义所生者，非义袭而取之也。"朱熹集注："集义，犹言积善，盖欲事事皆合于义也。"

者，固将有在。闾阎小民，亦将视的而趋，一归于正矣，顾不伟哉①！乃若溺情役志，习辞发科，徼声誉于一时，媒利而取荣，则非部使者、有司之意也，亦非予之所知也。

---

① 顾不：岂不。《汉书·季布传》："且仆与足下俱楚人，使仆游扬足下名于天下，顾不美乎？"

# 祠庙

# 文庙

## 谒文庙[①]
### 【清】冀霖

泮水漾轻舲[②],欣瞻夫子庭。
炉烟缥圣篆,烛影动文星。
桃李依然在,宫墙几执经。
山城荒草茂,何处慰师灵。

## 竖棂星门纪胜[③]
### 【清】冀霖

东来击鼓学渔阳[④],冷落棂星移过墙。
门傍月中攀桂色,峰从云里灿龙光[⑤]。
谁人题字千秋迥,借我征诗满壁煌。

---

① 按,此诗见康熙志卷七。
② 泮水:古代学宫前的水池,形状如半月。《诗·鲁颂·泮水》:"思乐泮水,薄采其芹。"毛传:"泮水,泮宫之水也。"郑笺:"泮之言半也。半水者,盖东西门以南通水,北无也。"
③ 按,此诗见康熙志卷七,因棂星门为文庙外门,隶属于文庙,故置于"文庙"之下。◎棂星门:旧时学宫孔庙的外门。原名灵星门。灵星即天田星。汉高祖命祭天先祀灵星,至宋仁宗天圣六年,筑郊台外垣,置灵星门,象天之体;旋又移用于孔庙,盖以尊天者尊圣。后人以汉祀灵星祈谷,与孔庙无涉,又见门形如窗棂,遂改为棂星门。参阅清袁枚《随园随笔·棂星门之讹》及清卢文弨《龙城杂记·棂星门》。
④ 渔阳:《渔阳掺挝》,鼓曲名。《世说新语·言语》:"祢衡被魏武谪为鼓吏,正月半试鼓,衡扬枹为《渔阳掺挝》,渊渊有金石声,四座为之改容。"
⑤ 龙光:龙身上的光,喻指不同寻常的光辉。《全唐诗》卷六九〇皮日休《吴中苦雨》:"龙光倏闪照,虬角挡狰触。"

槛外荧荧何处照，山高天半水流长。

## 棂星门碑记①
### 【清】冀霖

尝闻"观于海者难为水，游于圣人之门者难为言"②。旧有为圣人徙居而遗门者，待霖徙门而附居，因得游圣门而为言。非敢言也，缘其异以纪其事，不能不言。何也？余来锦官，家本清源，读书泗上，徘徊东山，谒阙里③，观《礼》问《乐》，俎豆蒸尝，宫室规度，至今缅怀，心焉如绘。

及奉命莅蜀，素闻峨眉山水佳天下，如子云、茂陵④、子瞻、表圣辈⑤，文章贵显炳耀，当泮壁钟灵，为古今奇观。今任兹土，谒圣宫，问棂星，曰："无门。"问戟门⑥，曰："不知。"

噫嘻，异哉！自古天子五门，诸侯三门，门为元首，岂有首不冠冕？而欲出斯门者峥嵘头角，岂可得乎？余故题其额曰"戟门"，而棂星不复得矣。询之绅士，金曰："自明季及我朝定鼎以来，乡举落选，历任诸公各为迁举。始迁于三台山而不第亦若，又迁于南城街而不第亦若，继迁于三台之前，终迁于分司之地，

---

① 按，此碑记见康熙志卷七。
② 按，此语出《孟子·尽心上》："孟子曰：'孔子登东山而小鲁，登太山而小天下。故观于海者难为水，游于圣人之门者难为言。'"
③ 泗上：春秋时孔子在泗上讲学授徒，后常以"泗上"指学术之乡。《南齐书·刘善明传》："令泗上归业，稷下还风，君欲谁让邪？"◎阙里：孔子故里，在今山东曲阜城内阙里街，因有两石阙，故名。孔子曾在此讲学，后建有孔庙，几占全城之半。
④ 茂陵：汉司马相如病免后家居茂陵，后因用以指代相如。《庚子山集》卷四《奉和永奉殿下言志》之七："茂陵体犹瘠，淮阳疾未祛。"
⑤ 表圣：即田锡。按，田锡，字表圣，嘉州洪雅人。《宋史》卷二九三有传。
⑥ 戟门：立戟为门，古代帝王外出，在止宿处插戟为门。《钱仲文集》卷一钱起《秋霖曲》："貂裘玉食张公子，臬炙熏天戟门里。"

而不第更若。前任凤翔李公①，斟酌再四，丁未始迁于四峨山下北关古坝，即今之圣基。于己卯、戊午、丁卯、戊辰间，联登捷报，山水之灵也乎哉！圣夫子神式凭之也。"虽然，庭枕峨麓，泮绕秦澜，山青水碧，灵毓固宜。若雄声廊庙，躬排朝端者终少，何也？

噫！霖知之矣，棂星门未竖之故耳！查棂星尚悬三台山畔，微服往观，仰首窃视，见"棂星门"三字遒健奇古，定出名手，惜莫考焉。但门成山骨，垒落玉立，非力不能撼，无怪乎臣人徒徙居而遗门也。余勉力捐俸，农隙募民喜，越月辛巳仲春朔日，告成。想东鲁夫子高处边末，亦或解颐欤。

邑之广文两公、绅士诸子揿藻云汉②，琳琅汇楮，其用意归劳于余。余不敢归，惟愿棂星既立，昂首云霄，冠冕一日。转眄间出斯门者③，皆瑶池独步，冠冕千秋。揆之三台山之作者，前后一致也，故为之记。

自此新设乐舞六十四人，讲习有效宫制，缺陷续构可观。与多士说《礼》言《乐》，并诸公绮句同登剞劂，勒之丰碑，以传亿万斯年。后之游于圣人之门者，不以余言为妄也，幸诸！

---

① 李公：据雍正《四川通志》卷三一，有顺治十四年任四川总督之李国英，当即此人。雍正《四川通志》卷七下有小传。
② 揿藻：铺张辞藻。《文苑英华》卷六七八萧颖士《赠韦司业书》："今朝野之际，文场至广，揿藻飞声，森然林植。"
③ 转眄：转眼。《杜诗详注》卷二二《晓发公安》："出门转眄已陈迹，药饵扶吾随所之。"

## 改建文庙碑记①

**【清】张弘昳** 邑举人②

邑之学校，原设城内西南隅，有宋庆历元年重修而仍其地。有明成化二十二年迁城西，弘治十三年迁城南，嘉靖四十二年迁南城外，万历二十九年迁南城内，天启二年复迁外，我本朝康熙四年迁北关河岸上。由宋及国朝，凡六迁，率皆古之良有司、邑之都人士有以董作于上，奔走于下，醵金合期③，妥神灵，整庙貌，崇先师，维斯道于不坠。

今雍正十年又五月朔三之晚，天水滂沱，澈夜不止。丑、寅时河水泛滥，高丈余，江干庐舍、田地灾伤甚众，居民陷溺者，百有余人。波涛汹涌，洋溢圣庙，从戟门至启圣殿浸淹半壁，司铎秦怆惶惊惧④，呼同门役，缘柱升高而后免。嗟乎！洪水为害之地，岂所以妥神灵、整庙貌、崇先师，维斯道于不坠也乎？斯况也，目击未免心伤力绵，率皆束手。

我侯文公起而任之，得庠士数人以为之佐。公明地理，不肯自用⑤，请参堪舆，遍阅四境，得吉西城之外，乃不禁欢然起舞曰："是诚足以居圣人也，是非圣人不足以居此也。"而迁移之计遂成。用是申请各宪买地平基，将旧所尚存，由启圣迄正殿，两庑、戟门、乡贤、名宦共计三十余间，次第搬运过江竖之。今所

---

① 按，此碑记见乾隆志卷九，嘉庆志卷九载有此文，乃本文之缩减之作，不作参校。
② 张弘昳：据嘉庆志卷六，其为康熙丁酉（1717）科举人，房县知县。
③ 醵金：集资，凑钱。《辍耕录》卷一一《暖屋》："今之入宅与迁居者，邻里醵金治具，过主人饮，谓之曰暖屋，或曰暖房。"
④ 司铎秦：即雍正十年（1732）峨眉县教谕秦玜。
⑤ 自用：自行其是，不接受别人的意见。《书·仲虺之诰》："能自得师者王，谓人莫己若者亡。好问则裕，自用则小。"

庀木版瓦块稍不可用，辄采补之。又创魁星楼于后，移棂星门于前，一草一木，不累里民，一分一文，不苛庠士。除卖旧学基二所，得价一百七十金外，余俱捐俸资。早夜勤憇①，初终无间。

甫半载而工告竣，盖妥神灵、整庙貌、崇先师，维斯道于不坠。其心与古良有司同，而其龙真穴正，规模弘远，四面朝拱，五行配合，堪与山河并其永固，与天地并其无疆，不更驾前人而上之也哉！至于地灵人杰，毓秀钟英，春秋两闱，蝉联雀起，虽操券可期，尚属余事矣。是为序。

# 关帝庙

## 谒关帝庙②
**【清】冀霖**

入邑拜高风，飘然致不同。
面凝锦水赤③，眉带峨山巃。
摛藻辉银铠④，追风跃玉骢。
君臣千古地，生气独充融⑤。

---

① "憇"，疑当作"恳"。
② 按，此诗见康熙志卷七。
③ 锦水：锦江。《杜诗详注》卷二一《短歌行赠王郎司直》："西得诸侯棹锦水，欲向何门跋珠履。"
④ 摛藻：铺陈辞藻，意谓施展文才。《太平御览》卷四六四班固《答宾戏》："虽驰辩如涛波，摛藻如春华，犹无益于殿最也。"
⑤ 充融：足够。《柳宗元集》卷一四《天对》："充融有余，泄漏复行。"

## 徐公报德祠

### 徐公报德祠记<sub>隆庆己丑，祠在治东文昌祠旁</sub>①

【明】兵部尚书 赵可怀<sub>巴县人</sub>②

里有医，尝为余言："医者，意也。世率以不执方为意③。嘻，此一说耳。盖意在活人者，医也。今夫伐病之味④，岂菽粟是同？吾挟术以游，或投竣剂，骇人耳目，至吐舌摇首。然吾意惟急人困厄，欲起呻吟于枕席，无市心，故投剂也，必熟所因，不得已而后加之。而吾亦卒能活人，人德我。"余闻之有感焉，是兵之谓矣。不佞曾役兵革间，既校索于敌，又校索于将士⑤，以为庶几当也⑥，而往往有未易逆睹者。昔人云："头须为白。"有味哉，其言之夫！人臣衔命而莅四方，峰燧不警，涂巷嘻嘻，岂非吉祥可愿之事？顾事有不能尽如愿者，假令赤子相残，已未可坐视⑦，矧禽兽噬赤子乎？故无事而喜事，事至而避，皆非也。为可为于可为之时，则应兵亦义兵已！

---

① 按，此文见康熙志卷七、乾隆志卷九、嘉庆志卷九，以康熙志为底本。
② 赵可怀：雍正《四川通志》卷一二有小传云："赵可怀，巴县人，嘉靖中进士，由知县。屡著异绩，历迁兵部右侍郎，巡抚应天。兴利除弊，吴人戴服焉。又以平倭，屡助兵给饷，劻勷居多。诏入为工部左侍郎，会横珰陈奉暴于楚，奉特简往抚，遂定楚乱，晋兵部尚书。楚悍宗聚乱，鼓噪军门，可怀开门出谕，申明祖训国法，且戒标兵，毋得人卫，欲以静镇释之。忽逆党狂逞拥入，遂遇害。事闻，加赐葬祭，荫一子中书舍人。"
③ "意"，嘉庆志作"章"。
④ "伐"，乾隆志、嘉庆志作"代"。
⑤ 二"索"字：乾隆志、嘉庆志皆作"橐"。
⑥ "庶几"，原误倒，据文义乙正。
⑦ "未"，嘉庆志作"宜"。

◎ 祠庙

宣城徐公以大中丞来抚蜀，鰓鰓问百姓疾苦①。适戎梗于垣，公谈笑鞭挞之，天子嘉焉。晋少司马，继建昌，以不靖告。建昌居西南隅，与腻夷地联，势若辅车。而酋有白禄者②，尤黠桀，数为峨眉患。法有之，扼吭拊背，师建昌而缀马湖，非策耶？将不率律，冒入箐凉山蛇豕薮林谷，窥我兵溃，而三将毙，蠢兹丑类，逋诛待矣。敢复干纪，戕大吏，罪滔天，无赦。公爂然请于上，问罪之师，分道竞进。阅三数月，而析荡其巢穴，获其渠魁及悍斗者。老弱胁从，辄释不杀，夷遂平。于是振旅、吊死、恤孤，群情翕然以和。而又择要害经略之，为长远计。直指使者核状以闻，天子申嘉焉。晋公服俸正二品，大升赉文武将吏，益眷倚公为股臣也③。

己丑春，距毕事之日已逾三时而久。内恬外谧，无复隐忧。峨眉父老集子弟语之曰："我等苦夷，如卧而傍虎。兹脱爪齿之祸，即襁褓之安，且还士民旧疆，而籍为藩篱，伊谁赐也？实惟徐公念我元元，矢除大憝④。知监司溧水武公才继之，督军肤公实活我⑤，何能报公？其俎豆世世勿谖乎？"⑥祠成，乃白知县宣君训，属生员王彦、张朝仕，走千里乞记于余。余谢不文，终不

---

① 鰓鰓（xǐ）：恐惧貌。《汉书·刑法志》："（秦）故虽地广兵强，鰓鰓常恐天下之一合而共轧己也。"颜师古注引苏林曰："鰓，音'慎而无礼则葸'之葸。鰓，惧貌也。"
② "白"，乾隆志、嘉庆志作"伯"。按，《蜀中广记》卷三五"峨眉"条有载："邛部长官岭柏已不能驭，及死，其妻马氏为政，腻乃、虐柏等叛出凉山，会同西河匪白禄出沙坪。"
③ "股"下：乾隆志、嘉庆志有"肱"字，义胜。
④ 大憝：极奸恶的人，首恶之人。《尚书·康诰》："元恶大憝，矧惟不孝不友。"孔传："大恶之人犹为人所大恶。"
⑤ 按，此处文义晦涩，疑有误。
⑥ 俎豆：祭祀，奉祀。《论语·卫灵公》："俎豆之事则尝闻之矣，军旅之事未之学也。"◎谖：通"萱"，忘记。《诗·卫风·淇奥》："有匪君子，终不可谖兮。"毛传："谖，忘也。"

可以径辞也。谓二生曰："在宋张忠定公靖蜀乱①,蜀人戴之,期不忘。然止留像净众寺,未闻专祠也。邑父老、子弟戴徐公也,深于张公,庶几乎明报矣。"

先是,公为大京兆,时时条民间利害,乞行罢,惟恐伤之,中外称公仁。其莅蜀而不能无事于干戈,则时与地殊耳。公为西人伐病,不容不然,而意实菽粟之,活人之心无已,上医也。峨山万仞哉,兹祠也并霄壤与!公名元太,嘉靖乙丑进士②,名位盖未艾云。

# 陆隐君祠

## 陆隐君祠堂记③
【明】彭汝实④

峨眉之北有庙,不度⑤,土人岁以祠岱,淫可知矣。先是,有司禁之,而益靡也。关中陈侯伯行左迁来嘉⑥,首崇教典,轨物正名,会行县,乃谋邑诸生、父老,谕曰:"川人食利兹山,

---

① 张忠定公:即王刚中。按,王刚中,字时亨,饶州乐平人。《宋史》卷三八六有传。雍正《四川通志》卷四一有《王刚中张忠定公祠堂记》。
② 按,据《明清进士题名碑录索引》,徐元太为嘉靖四十四年(1565)进士。
③ 按,此文以康熙志为底本,见康熙志卷七、乾隆志卷九、嘉庆志卷九。
④ 彭汝实:字子充,嘉定州人。正德十六年(1521)进士,授南京吏科给事中。屡次上谏,斥责奸臣,针砭时弊,后因议大礼夺职还乡。《明史》有传。
⑤ 不度:不合法度;不遵礼度。《左传·隐公元年》:"今京不度,非制也。"杜预注:"不合法度,非先王制。"
⑥ 陈伯行:即陈嘉言。雍正《江西通志》卷四七秩官志"已上俱左布政使"条有载:"陈嘉言,字伯行,西安人,进士。"同书卷六四有其小传。万历《嘉定州志》卷三载:"陈嘉言,陕西长安人,由进士,(嘉靖)八年(1529)任。"

◎ 祠庙

礼有祈报①，矧峨之麓乎？泰山尊岳，顾不林放耶②？周有楚狂③，旧隐兹山，峨之光也。千载以还，莫有踪迹，惜哉！昔往哲名寓间见载集者，尚多有之。而鹤山魏华父氏，有手笔大书④。我朝则天台逊志方先生，尤多寄寓，志可考矣。主名山川，饬正祀典，非吾与诸生、父老责乎？"乃撤象易主，即其祠岱处改题曰"峨山庙"，即魏氏所书"家庆楼"处，曰陆隐君祠，而以华父、逊志二先生附之，岁令有司二仲致祭焉。祠备，典史李平、教谕曹林、训导王致，并率诸生将奉主安焉，请予为记。

按，先生者陆姓，名通，朱子所谓"下圣人一等，此其最高者"也⑤。见诸《鲁论》，则曰"楚狂"云耳。岂其高尚自号，动称古昔，世特以名、以号目之耶？殷、周以降，昉有斯称，先是莫有闻焉。隐忍因奴，悲怛自放，箕子非真狂也。卑视一世，

---

① 祈报：古代祀社，春夏祈而秋冬报。《礼记·郊特牲》："祭有祈焉，有报焉。"郑玄注："祈，犹求也。谓祈福祥、求永贞也，谓若获禾报社。"
② 泰山尊岳，顾不林放：《论语·八佾》："季氏旅于泰山，子谓冉有，曰：'汝弗能救与？'对曰：'不能。'子曰：'呜呼！曾谓泰山不如林放乎？'"
③ 楚狂：《论语·微子》："楚狂接舆歌而过孔子曰：'凤兮凤兮，何德之衰！'"邢昺疏："接舆，楚人，姓陆名通，字接舆也。昭王时，政令无常，乃披发佯狂不仕，时人谓之楚狂也。"后常用为典，亦用为狂士的通称。
④ 鹤山魏华父氏，有手笔大书：蒋超《峨眉山志》卷三有载："（圣积）寺前有楼曰真境，一名老宝，乃慧宝禅师建。楼上有魏鹤山书'峨峰真境'四大字。"按，关于魏了翁书"峨峰真境"四字，目前所见暂无宋元时期之证据。明代有三处记载，其一为《补续全蜀艺文志》卷五五所载："大峨山有魏文靖'峨峰真境'四大字。"其二为同卷五六所载明人陈文烛《游峨山记》，云："登老宝楼，观魏鹤山'峨峰真境'四字。"其三为明人吴士奇《绿滋馆稿》卷三所载《游大峨山记》，云："初抵圣积寺，题曰'峨峰真境'，则宋魏鹤山书。"而《峨眉山志》卷九录王士性万历戊子（1588）登峨眉山作《游峨眉山记》，则云："再重廊翼然为老宝楼，置魏鹤山'峨山真境'四字。"同卷又录嘉定州知州袁子让《游大峨山记》，则云："五里许为圣积寺，寺前为老宝楼，有宋魏了翁书'峨眉真境'四字。"诸说不一，当以作"峨峰真境"为是。
⑤ 按，此言朱子所谓之语，实为谢良佐之注语，朱熹《论语集注》曾引谢氏语，作者或因此而误。

进取千古，曾晳、牧皮①、琴张之徒，所谓嘐嘐然者②。先生则又遐举高逝，削迹自沉，虽以仲尼之圣，犹在讽刺，且不得与言，其人品何如哉？然皆仲尼所悲，予而乐裁之者。《明夷》之《象》曰"内难正志"、语曰"斐然成章"是也，箕子莫追矣。仲尼闻歌下车之意，则在陈思归之心也。呜呼！仲尼之在当时，犀虎不容，鞞麛见诮③，累累丧家，则已甚矣。栖栖从事，凤德之拟先生者，盖知仲尼而悲之者也。不曰："凤鸟不至，吾已矣夫。"④ 西狩获麟⑤，反袂沾袍，吾仲尼所以自悲者，抑又切焉！惜仓卒过耳之音，未得与语也。然其歌辞视诸屈《骚》，殊亦古远。虽风气激切，自信若抗，而所以处人者，未尝不恕，故曰："往者不可谏，来者犹可追也。"

兹山，先生终隐处，是宜祠之兹山之麓。华父则邛人，近有书院及刻其诸集于邛祠者。逊志忠烈，国史不虚，当有专祀。姑举二先生登游之地，相艳而附焉。先生楚人，莫知其里。伯行大金楚臬，将别求诸文献而为之专祠云。

---

① "牧"，原误作"木"，据《孟子·尽心下》改。其文云："'敢问何如斯可谓狂矣？'曰：'如琴张、曾晳、牧皮者，孔子之所谓狂矣。'"
② 嘐嘐：形容志大而言夸。《孟子·尽心下》："何以谓之狂也？曰：其志嘐嘐然，曰'古之人、古之人。'夷考其行而不掩焉者也。"赵岐注："嘐嘐，志大言大者也。"
③ 鞞：同鞸。古代朝觐或祭祀时遮蔽在衣裳前的一种服饰。《吕氏春秋·乐成》："孔子始用于鲁，鲁人鷖诵之曰：'麛裘而鞸，投之无戾。'"毕沅校正："'鞸'字旧讹'鞞'。案当作'韠'，与'芾''韨''绂'字同。"
④ 按，此句本自《书·周书·君奭》："凤鸟不至，吾已矣夫。"孔子之意，谓天下有道，圣人在上，则凤鸟至河图出，以表国家之祯祥，伤己不逢太平之时。
⑤ 获麟：指春秋鲁哀公十四年猎获麒麟事。相传孔子作《春秋》至此而辍笔。《左传·哀公十四年》："春，西狩获麟。"杜预注："麟者仁兽，圣王之嘉瑞也。时无明王出而遇获，仲尼伤周道之不兴，感嘉瑞之无应，故因《鲁春秋》而修中兴之教。绝笔于'获麟'之一句，所感而作，固所以为终也。"

◎ 祠庙

# 许将军祠

## 过许将军宗祠<sub>将军即邑之许超其人者</sub>①
### 【清】秦象曾②

古刹山溪一角遮，浓阴生处几人家。
蒹葭绕屋溪多水，乔木成林树有花。
春雨结巢刚燕翼，秋风植桂又乌纱。
归来不羡封侯印，绿野堂中乐意赊③。

---

① 按，此诗见宣统志卷九。
② 秦象曾：宣统志卷五有小传云："秦象曾，字季贤。金陵世族，为秦涧泉殿撰之孙。以族荫，恩赐举人引见，加同知衔，以知县分发四川。禀到未几，委署直隶酉阳州。壮貌奇伟，心性仁慈，在州多惠政。去之日，士民有泣下者。到峨眉，仍尚廉平，不事操切。尝谓：'重刑之下，何求不获？少一失出，关系人命，否则亏体辱亲，为世所弃。风俗偷薄，实由于此。'故民间小有过失，必旁引曲证，如教家人子弟，务令即改。至情罪稍重，则必反复推敲，务使情真罪当，彼自折服，不轻动刑。其债账细故，察知两造，实系贫难者，每令账房发钱了结。平居谒见，善气迎人，素无疾言厉色。士民亦熏沐其德，而为善良，六七年无红衣案，囹圄常空，几于刑措。庚申春，蓝逆围城，公先事周密堤防，临时静镇守御，期以微躯报称，誓与孤城存亡。常用在城，昼夜筹画，目不交睫者。半月余，卒之。孤忠许国，众志成城，逆贼解围，全程安堵。回思蚁聚蜂屯之贼排山倒海而来，五坪之战，八公山草木皆兵，三台之援，十里桥鹅鸭能敌。非我公德可感神，诚能动物，安能拔斯民于水火，而登之衽席哉！"
③ 绿野堂：《旧唐书·裴度传》："东都立第，于集贤里筑山穿池，竹木丛萃，有风亭水榭，梯桥架，阁岛屿回环，极都城之胜概。又于午桥创别墅，花木万株中起凉台暑馆，名曰：绿野堂。引甘水贯其中，酾引脉分，映带左右，度视事之隙，与诗人白居易刘禹锡酣晏，终日高歌，放言以诗酒琴书自乐，当时名士皆从之游。每有人士自都还京，文宗必先问之曰：'卿见裴度否？'"

# 城隍祠

## 宿城隍庙[1]

【清】冀霖 邑令

古阁树苍苍,停车绿覆堂。
礼昭三拜节[2],心奉一炉香。
民隐通清梦,治功决暗商[3]。
莫嫌将小试[4],从此报君王。

## 重修城隍祠碑记[5]

【清】杨世珍

先王分茅建制,而社令之祀典先焉。借以襄保障之猷,酿安全之福,非碧鸡、金马比也[6]。忆昔隋开皇间,移治峨观东,而

---

[1] 按,此诗见康熙志卷七。
[2] 三拜:长跪后两手相拱至地,俯首至手为拜。重复三次,谓之三拜。
[3] "商",原作"商",形近而误,据文义改。按,"商"为古"适"字,于此不押韵,文义亦不通。此二句指自己借宿城隍庙时,城隍神托梦,告诉我民间的隐情疾苦,与我商讨如何治理县境。
[4] 小试:小试牛刀之义,这里比喻大材小用。《黄庭坚全集·正集》卷三〇《凤州团练推官乔君墓志铭》:"才于为吏,小试牛刀。"
[5] 按,本碑记以乾隆志为底本,见乾隆志卷九。此碑记亦载嘉庆志卷九,名"重建城隍庙碑",与底本内容相差甚大,故不作参校。
[6] 碧鸡、金马:皆为传说中的神物。《汉书·郊祀志下》:"或言益州有金马、碧鸡之神,可醮祭而致,于是遣谏大夫王褒使持节而求之。"《后汉书·西南夷传·邛都夷》:"青岭县禺同山有碧鸡、金马,光景时时出见。"

县遂名。则又不仅花封之屏翰①，实即象界之金汤矣。亡何，甲申兵燹，城廓荆榛，无恙者，惟双楠挺立耳。幸我本朝受命，圣圣相承，百年之生聚教养，政通人和，百废俱兴。惟斯社令之庙貌，规模虽具，皆非经久之谋。幸遘邑侯文公怙冒兹土②，崇兴善法，与士民之胞，与一视合三事，而施济同及。凡诸瓢衲萍踪，咸得丈老法喜之耕③，而鸡园鹿苑幸免苏子萧然之叹。念社令之效灵与邑侯之靖共相为须济④，皇皇圣谕，朔望宣扬于兹。凡雨旸不时，祈祷于兹；灾眚民瘼⑤，醮祀于兹；凡直枉可疑，公谳于兹。所赖以福国庇民，非浅鲜也。我侯下车伊始，体怀柔之盛德，重祀典之宏模。凡旧迹之凋蠹者，易以贞材；而阶砌之残缺者，布以坚础，益以供具。雕槛画栋，黝垩丹漆之备周；松茂竹苞，俎豆苹蘩之不阙。重门洞达，三径端严，台榭巍峨，环垣坚好。侯省试不倦，任使得人，于今三年工竣。一且传盛⑥，

---

① 花封：封建时代赐给贵妇人的封诰，于此处文义不合，疑有误。◎屏翰：《诗·大雅·板》："价人维藩，大师维垣。大邦维屏，大宗维翰。"后因以"屏翰"比喻国家重臣。
② 怙冒：勤勉治国之大功。《书·康诰》："越我一二邦，以修我西土，惟时怙冒，闻于上帝。"此处用为动词，治理。
③ 法喜：闻佛陀说法，因起信而心生喜悦。《长阿含经》卷三："佛告福贵：'我于一时游阿越村，在一草庐。时有异云暴起，雷电霹雳，杀四特牛、耕者兄弟二人，人众大聚。时，我出草庐，彷徉经行，彼大众中有一人来至我所，头面礼足，随我经行，我知而故问："彼大众何所为耶？"其人即问："佛向在何所？为觉寐耶？"答曰："在此！时，不寐也。"其人亦叹希闻得定如佛者也，雷电霹雳，声聒天地，而独寂定觉而不闻。乃白佛言："向有异云暴起，雷电霹雳，杀四特牛、耕者兄弟二人，彼大众聚，其正为此。"其人心悦即得法喜，礼佛而去。'"
④ 效灵：显灵。《唐大诏令集》卷七四《令嗣许王瓘祭东岳勅》："虑害农功，每祈孚祐，遂得百神降德，群望效灵，既不为灾，仍多岁熟。"◎靖共：恭谨地奉守。《诗·小雅·小明》："靖共尔位，正直是与。"
⑤ 灾眚：灾祸。《易·复》："上六，迷复，凶，有灾眚。"孔颖达疏："有'灾眚'者，暗于复道，必无福庆，唯有灾眚。"
⑥ "且"，疑当作"旦"。

跻于千秋，耸法乘于万祀，与四境之杠梁、诸山之梵刹，面目重开，光华远被矣。

古云：人神以和，百室享盈宁之庆，三边乐盘石之安。雨旸时若，水火无侵，赖以襄保障之猷，酿安全之福者，神之休庇，而实公之合德致之也。<sup>著</sup>等同庇宇下，感侯之佛心体恤，慧炬充周，颂乐只而难忘盛德①，率彝好以永志徽猷②。爰庙宇之落成，爇旃檀而顶祝③。口碑载道，奂俟赘颂于缁流；福曜章天，益切心盟于丹悃。不揣野语，共颂高山永□□□周行之远示，俾当前之伟迹，与眉山、羌水□□□著其高且长，谨序。

---

① 乐只：和美；快乐。只，语助词。《诗·小雅·南山有台》："乐只君子，邦家之基。乐只君子，万寿无期。"
② 徽猷：美善之道。猷，道。指修养、本事等。《诗·小雅·角弓》："君子有徽猷，小人与属。"毛传："徽，美也。"郑玄笺："猷，道也。君子有美道以得声誉，则小人亦乐与之而自连属焉。"
③ 旃檀：即檀香。《水经注·河水一》："以旃檀木为薪。"◎顶祝：顶礼祝祷。雍正《四川通志》卷一三下："皇上洪恩普被，远及万方。已无一夫不得其所，又仰荷圣慈轸。念蜀省极边小民，特颁恩诏，将四十三年应征地丁各项钱粮通着蠲免。如此皇仁浩荡，烺等无由报答，惟有朝夕焚香顶祝，愿我圣主万寿无疆。"

津梁

◎ 津梁

## 双飞桥

### 双飞桥①
【宋】冯时行

巨木架虹梁，横跨惊湍上②。
有如排世难，出力贵用壮。
行人知宝地，非此欲何向。
因怀济川功③，作诗镵绝嶂。

### 双飞桥二首④
【明】王敕 国朝提举⑤

双涧飞泉瀑，轰然动地雷。
策筇探绝壑，应至白云隈。

万壑深云谷，三峨度汉津。

---

① 按，此诗见乾隆志卷一〇、嘉庆志卷九。
② "上"，乾隆志误作"土"，据嘉庆志、《译峨籁·诗歌纪》改。
③ 济川：渡河。《书·说命上》："爰立作相，王置诸其左右。命之曰：'朝夕纳诲，以辅台德。若金，用汝作砺；若济巨川，用汝作舟楫。'"后多以"济川"比喻辅佐帝王。
④ "二首"，乾隆志无，据宣统志补。按，此诗以乾隆志为底本，见乾隆志卷一〇、宣统志卷九。
⑤ 王敕：嘉靖《山东通志》卷二九小传云："王敕，字嘉谕，历城人。成化甲辰（1484）进士及第，授翰林编修。谪判夷陵，升四川佥事、河南提学副使，终南京国子监祭酒。博极群书，尤善风角，习堪舆，推验多中。所著有《五经通旨》《漫游云芝》诸稿、《大成乐谱》。"

寻源见老叟，疑是避秦人①。

## 留别双飞②
**【明】安磐**

倒雨青霜透葛衣，鸟啼山暝坐忘归。
城南一枕松堂月，还借涛声入梦飞。

## 代双飞赠别③
**【明】安磐**

两度相过落笑声，此山应与尔平分。
挂冠若肯归来早，预泻寒涛扫石云。

## 双飞桥④
**【明】安磐**

双飞桥合双龙湫，龙去千载空余楼。
两峰云作四时雨，一壑风生万木秋。
九老何年开石窦，楚狂曾此度虚舟。

---

① 避秦人：乃借用《陶渊明集校笺》卷六《桃花源记》："自云先世避秦时乱，率妻子邑人来此绝境，不复出焉，遂与外人间隔。"其意为赞美此地胜景似世外桃源。
② 按，此诗见嘉庆志卷九，亦载《译峨籁·诗歌纪》，文字皆同。
③ 按，此诗见嘉庆志卷九，亦载《译峨籁·诗歌纪》，文字皆同。
④ 按，此诗见宣统志卷九。

我来亦有沧洲兴①,愿借龙泉汗漫游②。

## 双飞桥③

【明】川南道 富好礼 华阴人 ④

天柱峰头水,惊飞树杪来。
山中奔日月,地底激风雷。
岚气千岩暝⑤,秋声万壑隘。
泠然心独赏,何处有尘埃。

## 无痕吟 其三

【明】来知德

白龙吐银冰,黑龙喷铁汁。
黑白争雌雄,波涛腾千尺。
王诩驾孤舟⑥,飘飘临空碧。
孙仙约我游⑦,银汉桥头立。

---

① 沧洲兴:沧州乃滨水的地方,古时常用以称隐士的居处,故沧州兴指隐居之乐。《谢宣城集》卷三《之宣城郡出新林浦向板桥》诗:"既欢怀禄情,复协沧洲趣。"
② 龙泉:泛指僧院、佛门。《长江集新校》卷八《送僧归太白山》:"夜禅临虎穴,寒漱撇龙泉。"
③ 按,此诗见嘉庆志卷九。
④ 富好礼:字子超,号春山,华亭人,嘉靖癸巳(1533)任重庆府知府,后任四川按察司副使,提兵建昌。《云间志略》卷一一有《富宪副春山公传》,可参看。
⑤ 岚气:山中雾气。《岑嘉州诗笺注》卷一《寄青城龙溪奂道人》:"绝顶小兰若,四时岚气凝。"
⑥ 王诩:即鬼谷先生。乾隆《大清一统志》卷一七四载:"周鬼谷子,姓王,名诩。楚人。尝入云梦山采药得道。"
⑦ 孙仙:即孙思邈。

不见弄舟人，只见舟成石①。

## 双飞桥②
【清】中州 窦峒

岸夹层峦苍霭沉，急湍飞雨溅芳茵。
隔溪横琐双虹冷③，倒影齐涵万象新。
两屐折旋青嶂客，一筇分渡白云津。
探奇何必庐山峡，得此清音便可人。

## 双飞桥④
【清】窦绖

巧开奇景惊心目，撼石飞涛振寂寥。
二水斜分青嶂足，双桥横琐碧山腰。
夹鸣萧寺连钟韵，争吼遥天碎月潮。
误入仙源迷去路，白云绝顶远相招。

---

① 此句描写峨眉山中一形似船之石。蒋超《峨眉山志》卷九胡世安《登峨山道里纪》："由（吕仙）祠左里许，望山下溪中一石，类艅艎，顺浮水中，名石船子，俗号普贤船。"
② 按，此诗见乾隆志卷一一。
③ "琐"，通"锁"，封锁之义，下一首之"横琐"亦同。
④ 按，此诗见乾隆志卷一一。

◎ 津梁

## 双飞桥①
【清】窦玉奎

森立峰峦秀，烟云欲染衣。
石含青霭润，桥压冷泉飞。
合势鸣空谷，分流散落晖。
化工留胜迹，倾听便忘归。

## 双飞桥②
【清】程仲愚

两涧奔流山势摇，石梁鼎峙镇中标。
若非昨夜钟声急，已化双虹亘九霄。

## 峨山十景 双桥清音③
【清】谭钟岳

杰然高阁出清音，仿佛神仙下抚琴。
试立双桥一倾耳④，分明两水漱牛心⑤。

---

① 按，此诗见乾隆志卷一一。
② 按，此诗见宣统志卷九。
③ 按，此诗见宣统志卷九，亦载《峨山图志》卷二，以之参校。◎双桥清音：即双飞桥，有清音阁、黑白二水、牛心石。
④ "立"，《峨山图志》作"向"。
⑤ "漱"，原误作"潋"，据《峨山图志》改。

## 解脱桥

### 解脱桥①
**【明】胡世安**

灵卉饰丹梯，雪淙流活活②。
到此利名心③，一回一解脱。

### 绘图纪胜杂诗三十六首并序录四
**【清】谭钟岳**

解脱桥边路右分，盘空步步入青云。
野人道是新开寺，松外尖峰挂夕曛。

## 龙门桥

### 龙门桥老虎尾道中口占④
**【清】文曙**

险峻入云里，驰驱不惮劳。
魂飞山径仄，步竦石梯高。
鸟唤声声苦，猿哀处处号。

---

① 按，此诗以乾隆志为底本，见乾隆志卷一〇、嘉庆志卷九。
② "雪"，嘉庆志作"云"，误。◎活活：水流声。《诗·卫风·硕人》："河水洋洋，北流活活。"
③ "利名"，嘉庆志互倒。
④ 按，此诗见乾隆志卷一一。

为民心独切,藉此亦游遨。

## 其二

虎尾山何险,龙门桥更巍。
两边石壁合,一径野云飞。
林木分青霭,泉源挂翠微。
相逢多老叟,处处款柴扉。

# 平远桥

## 新建平远桥纪事[①]

**【清】杨世珍**

邑北近郭有溪,禹檝未周[②],郦经靡注[③],而俗亦以河名,盖原于峨峰、瓦屋后,要众壑而来者。消涨无常,浅深遹亘,方舟莫容于夏,揭厉病涉于冬[④]。堑然周道间,每足为邑患。稽古贤令,如李公祯[⑤],则柱铁而杠之;宜公训[⑥],则桩石而版之;郑公良用[⑦],则架墩而屋之。率皆艰于致远,岂物之兴替有时哉?良亦虑未周,而工未致耳。矧昔之溪狭淳深,今则淘刷日辟。蛟行崩

---

① 按,此文见乾隆志卷九。
② 禹檝:大禹所乘之檝,此处比喻大禹治水时并未到峨眉。《史记·夏本纪》:"陆行乘车,水行乘船,泥行乘橇,山行乘檋。"
③ 郦经:郦道元所注之《水经注》。
④ 揭(qì)厉:过河的两种方式,水深则连着衣服过河;水浅就把衣服提起来过河。《诗·邶风·匏有苦叶》:"深则厉,浅则揭。"毛传:"以衣涉水为厉,谓由带以上也。揭,褰衣也。"
⑤ 李公祯:乾隆志卷六称其为明峨眉县令。
⑥ 宜公训:据嘉庆志卷五可知此为明朝峨眉县令宜训。
⑦ 郑公良用:据嘉庆志卷五可知此为明峨眉县令郑良用。

塌之余，滩雄力勇，为斯桥者压之非厚重，易漂；砥之非坚硈，易荡。垒墩搭板，能麚砅激乎？用是畏难而阙之久矣。但岁逢秋仲，里人篓筥贮碌①，聊乘木片以利往来。虽褰裳勿事而失足仍多②。至乘骑而涉，任重而过者，更每伤滑跌。迨雨集波腾之候，殒凭河而愆急厄者，遗憾何堪！且若岸隔黉宫③，望洋阙与；邮传羽檄，畏陷羁程。诸如此类，妨碍非鲜。是桥□□缓乎哉？

我□□□邑□三公，抚有兹土，□民□□□□心筹□□□□。无何，冰蘗清操，难乎经费，兼之鞅掌不遑。偶忆庠生冯骥，素能勇义，齿德兼优，曾赞前令培修圣庙者。爰属之谋，乃冯生预有同心，慷慨肯首，愿出金三百，领袖经营。公大喜，捐俸如之，即拣倩良工，劈石遥岑，联輓挽运。公虞其怠事，遴遣吏役，佐冯生以董之。仍不时躬亲省视，多所指挥。凡于利用所需，悉善术用全，而犒奖频加，群工皆踊跃趋事。

总之，公以王政为己任，以民溺为己忧，不觉其事之为难，而行之尽善也。宜同城诸当事，乐而襄之，绅士、军民、工商④、缁羽，咸欢心而量助之，俾廪粟常充，物材够用。公能知人善任，得冯叟之贤劳，期月乃已报竣。桥长二十一丈，宽六尺有奇，厚尺有二寸，高七尺，基入地三尺⑤，两岸布砌十寻。既坚既好，如矢如砥，可以跨长鲸而临结驷，不仅病涉无虞也。观成之日，林林总总，衔鼓来游，童叟欢呼。金曰："乐只君子，创前古未有之奇勋，溥后世无穷之渥泽。惠非乘舆可媲⑥，报岂

---

① 碌（cù）：本为石地不平貌，此处指石头，见《广韵·屋韵》。
② 褰裳：撩起下裳。《诗·郑风·褰裳》："子惠思我，褰裳涉溱。"
③ 黉宫：学宫。《华野疏稿》卷三《肃清学政疏》："务期拔取真材附入黉宫，以储异日之用。"
④ "商"，原误作"商"，据文义改。
⑤ "基"，原误作"昔"，据文义改。按，此处云入地三尺，肯定是指桥的地基。
⑥ 乘舆：车驾，言以车驾渡人，只能带来一时的好处。《高峰龙泉院因师集贤语录》卷一四《龙泉院前虹桥疏》云："乘舆济众，惠止一时；断木利人，功流万世。"

渡蚁可限哉！"① 因嘱□邑乘，为在位者风。

公讳芬露②，字丰在，号建斋，汀□□嘉定县世家，康熙己卯科举人。

# 高桥

## 重建高桥碑记③
**【清】张弘昳**

峨邑南灵岩寺前有桥，宽百尺，深二十尺，名高桥，不知何昉。及阅旧碑，颜曰"嘉靖二年重建"，乃知有明中叶，亦只踵事而增，而从前创始，无所考据。自嘉靖至今，虹影卧波，康衢稳步，咸传寺僧真参之力居多云。

乾隆戊午五月朔二日，烈风雷雨，自昼至夜，波涛汹涌，山排海立，而此桥遂坍。平明视之，桥亭、桥梁俱无存者，岸边石甃亦没。往来人丛集待渡，两岸相望。次日，邑侯文公检踏至此④，徘徊四顾，额为之蹙，而复修之念急焉。寺僧印稳，率其徒道纯，以大木数根横水面，暂为一时之计⑤，而培修之念亦

---

① 渡蚁：雍正《湖广通志》卷二〇引《二宋厚德录》云："宋庠、宋祁，应山人。少时有僧相曰：'小宋他日魁天下，大宋亦不失甲科。'后十年，僧惊问大宋曰：'子丰神顿异，如曾活数万命者。'庠曰：'贫儒何力及此。'僧曰：'不然，肖翘之物皆命也。'庠俯思良久，乃笑而言曰：'旬日前，所居堂下有蚁穴为暴雨所侵，吾编竹桥渡之耳。'僧曰：'是也，小宋固当首捷，子恐不出其下。'"
② 按，据此及乾隆《峨眉县志》卷六可得，此公为乾隆峨眉县令王芬露。
③ 按，本碑记以乾隆志为底本，见乾隆志卷九。此碑记亦载嘉庆志卷九，名"重建高桥碑"，与底本内容相差甚大，故不作参校。
④ 检踏：实地检查。《辍耕录》卷三〇《学宫讲说》："至元己卯（1279）冬，分宪老老公检踏灾伤，以复熟粮为急，陆宅之讲省刑罚、薄税敛一章，公变色而作。"
⑤ "暂"，原作"蜇"，或形近而误，据文义改。

萌。比明年，水落石出，文公下令重修，而寺僧师徒辄忻然唯之①。于是公董率捐资，先劳并至。僧持簿求缘，不惜磨顶。至己未八月而厥工告竣。是日也，文武官绅、士民商贾于于而来②，襄事而观成者，以千计。

因思圣天子御极于上，道路荡平；贤有司分符于下，兴废举坠。无川不梁，而千金之工，成于一旦。今就其制度方略而悉求之，咸由文公经营指授，师古而不泥于古，偕众而不用于众，而架梁之术与古稍殊。从前，桥梁两头搁于岸石，竖亭桥上，自为覆载。至桥下通水处，以石柱顶桥梁，以木架扶石柱。其意良，其法美矣。及遭大泓汛发，山石崩裂，而沿山木树，与水俱来，横塞石柱木架中。霎时，川壅而溃，故一坏至此也。今也视前而变通之，仍其址，仍其鏊，而桥梁两头用挑笋之法。以其笋鏊于两岸石台中，即以其梁寄于数层挑笋上，使其中通水处宽广空阔，无石柱木架之可壅。即起古人于今日，谅亦有起余互叹千古不磨之盛举也③。

桥成后，僧不忘所从来，商序于余④，以镌贞珉于永建，则古人官民、上下同此善也。嘉靖重建，则嘉靖官民、上下同此善也。今兹维风维草，相为感应，则今之官民、上下亦同此善也。

《商书》所载："阴骘下民，厥有恒性。"⑤ 于兹益信，乐并数言，登记姓名，使今昔两碑屹然并立，即何得以固陋辞也？是为序。

---

① 忻然：喜悦貌。《史记·周本纪》："姜原出野，见巨人迹，心忻然说，欲践之，践之而身动如孕者。"
② 于于：自得貌。《庄子·应帝王》："泰氏其卧徐徐，其觉于于。"成玄英疏："于于，自得之貌。"
③ 起余：同"起予"，启发之义。《论语·八佾》："子曰：'起予者，商也，始可与言《诗》已矣。'"何晏集解引包咸曰："孔子言子夏能发明我意，可与共言《诗》。"
④ "商"，原作"商"，形近而误。按，商序，秋季。《篁墩文集》卷七三《送冯宪副佩之提学江西》："孔门化泽春分雨，商序文光夜瞩星。"
⑤ 按，此处以为出《商书》，当系误记。《书·周书·洪范》云："箕子惟天，阴骘下民。"然《万寿盛典初集》卷八所引亦有""《书》曰：'惟天阴隲下民，厥有恒性，克绥厥猷惟后'"之语，或其佚文也？

◎ 津梁

# 铁桥

## 重修铁桥记[①]

**【清】杨世珍**

桥以铁名，志坚也。邑比郭有溪，堑然周道，绕峨山来者，积众流而东注，势悬力猛，夏秋常为民舍患。在昔元代，识者谓西北飞来古迹虚，遗铁铸门限[②]。入庙者受其迷魅，宜亟撤之，镕作四牛，以镇四墩，驾板于上，为是溪杠梁，除怪祟而利涉川，遂有铁桥名。历久而沧桑变态，溪在而牛亡矣。

有明洪武后，邑侯宜公台训，良用倩工凿石，而复兴□废，利赖几百有余载。无何，明末甲子四月朔夜，蛟□□殃，洪涛泛滥。岸北则教场民舍尽向波臣；岸南则环城巷道崩塌，城垣伤溃而此桥乌有矣。百年来，炎寒皆足为病，既揭涉不能，抑苇航罔济[③]。每届冰凝裂胫之时，民之好义者，率众而篓石搭板，为苟且之谋已耳，而赢弱之灾坠仆者，亦复不少。

迨甲辰岁，幸邑侯王公台，讳芬露，率领邑庠生冯骥，捐布多金，募众而兴起，凿运巨石为梁，逾岁始竣，颇称坚好。俄于壬子又五朔日，□□蛟发，陵木倾颓，捣塞掀桥，沿河田舍冲涨，□□□□者，不可仆数。时怙冒斯土者，仁廉文公也。□□□□，救援不暇，步循河干，呼天吁地，涕泗交顾，不啻身受，非临□□。苟活者，发廪赈济；淹毙者，施木收埋。一

---

① 按，本碑记见乾隆志卷九。
② 门限：门槛。《山堂肆考》卷一四七《居阁临书》："户限为之穿穴，因以铁裹之，人谓之铁门限。"
③ 苇航：语出《诗·卫风·河广》："谁谓河广，一苇航之。"孔疏："言一苇者，谓一束也，可以浮之水上而渡，若桴筏然，非一根苇也。"

□□□恤灾之盛，真令存殁衔结难泯也。田倾屋堕之众，又为请命以赈其乏。兹时也，为之扛梁，皆成沙界洿池。

公又为捐篙人竹筏，以渡临池浩叹之众①。劳心焦思民瘼，无一息少解矣。冬首催工，斸造厚板，姑营石为桥以济往来。兹复忧其不可久也。为捐俸，倩石匠及木铁诸工，合力经营。又以学宫为水所灾，有迁建之举。适此之彼，循环不次，皆躬劳董率②。而此桥之修治更加怳瘁③，幸工善力勤，勒石层叠，出水面数尺，作洞十二。每宫将及二丈，为海漫以固其基④，造铁桩以贯其礅，复买钉刀以连其板，使水涨不致散逸。又募土工多人，砌石以培两岸，一切俱捐给，以如其意。并未派廛里一夫⑤，阅月而竣其事。

盖公以济川之才，而行惠民之政，宜其周详久善也。兹于新正念九日告成，合邑士民，荷公之爱，欲制碣，以传不朽。众口一词，以文公桥篆额为请于公。

公曰："不可。谓桥梁道路，守土分内事也。予任劳，尚恐

---

① "叹"，原作"汉"，或形近而误，据文义改。按，浩叹，长叹也。《王子安集注》卷一三《益州夫子庙碑》："命归齐去鲁，发浩叹于衰周。"
② 董率：统率；领导。《三国志·吴志·陆凯传》："祎体质方刚，器干疆固，董率之才，鲁肃不过。"
③ 怳瘁：同"怳瘁"，憔悴之意。怳，通"怳"。《诗·小雅·出车》："忧心悄悄，仆夫怳瘁。"陈奂传疏："《楚辞·九叹》云'顾仆夫之憔悴'，又云'仆夫慌悴'，并与《诗》'怳瘁'同。"
④ "漫"，原误从"石"旁，据文义及文献用例改。按，海漫为紧接在护坦下游防止河床被冲刷的设施。《河防一览》卷四："自金门起两面垒砌完，方铺海漫雁翅，金门长二丈七尺，两边转角至雁翅各长五丈，共享石三千一百丈，闸底海漫、拦水、跌水共用石九百丈，二项共享石四千丈，并铁锭、铁销、铁锔、天桥环、地钉桩、龙骨木、地平板、万年坊、闸板、绞关、闸耳、绞轴、托桥木、石灰、香油、苘麻柴炭等项，及各匠工食约共该银三千两有奇，其官夫廪粮工食临期酌给。"
⑤ 廛里：古代城市居民住宅的通称。亦泛指市肆区域。《周礼·地官·载师》："以廛里任国中之地。"孙诒让正义："通言之，廛、里皆居宅之称；析言之，则庶人、农、工、商等所居谓之廛……士大夫等所居谓之里。"

寡过未能，何庸可齿及哉！即谓少有捐损，皆圣天子养廉之赐。予但分所赐以济不时耳，是犹君之恩我元元也①，于予何有哉！第惟斯举督工者有人，赞力者有人，绅士军民乐善而喜助者有人。即一铢丹粟，皆其好善之美，所宜纪其姓氏，以劝来兹者。"

但思我仁侯上静无私，素不乐市美，遵谕仍其旧，以铁桥额其碣端。以前所未坚者，志将来之克坚也。体公厚道，仍存古记于碑阴，另刊众姓立石。若我公高□爱戴，永在群情口碑，应与峨山秦水同其悠久云。

# 猢狲梯

### 猢狲梯②

**【明】** 安磐

万壑千峰路转赊，碧杉红药有仙家。
明年二月春风暖，来看桫椤五色花。

龙蛇驱逐上猢狲，古木连阴白昼昏。
八十四盘寒水石，空蒙无处着人言。

---

① 元元：百姓。《战国策·秦策一》："今欲并天下，凌万乘，诎敌国，制海内，子元元，臣诸侯，非兵不可。"
② 按，此诗见嘉庆志卷九。

亭台

# 闲闲亭

## 闲闲亭记[①]

**【清】冀霖**

　　《诗》有之"桑者闲闲"[②]。余知峨眉事,夫何间,每见俗下吏鞅掌簿书,劳劳风尘,日无瑕晷,司谏所以拂衣归华山也。署左一草亭,额曰"闲闲",非云隐也。载酒于斯,裁诗于斯,玩月于斯。时灌园,时枕流,时观鱼,时听鸟,闲中寻忙,忙里爱闲,窗穿竹影,几拂炉烟,几不知刘穆之答客也[③],又何心郑庄之迎宾乎[④]?水云乡耶[⑤]?醉翁亭耶?辟疆园耶[⑥]?反笑多此一名矣。

　　噫!昔人云:放眼观天地,正吾闲闲中事也。或曰:隐容何伤?

---

① 按,此文见康熙志卷七。
② 按,《诗·魏风·十亩之间》云:"十亩之间兮,桑者闲闲兮。"毛传云:"闲闲然男女无别,往来之貌。"
③ 刘穆之答客:刘穆之文辞敏捷,自旦至日中,答客书百函。《宋书·刘穆之传》:"穆之与朱龄石并便尺牍,常于高祖坐与龄石答书,自旦至中,穆之得百函,龄石得八十函,而穆之应对无废也。"
④ 郑庄之迎宾:《史记·汲郑列传》:"郑当时,字庄。……孝文时,郑庄以任侠自喜,脱张羽于厄,声闻梁楚之间。孝景时为太子舍人,每五日洗沐,常置驿马长安诸郊,存诸故人,请谢宾客,夜以继日,至其明旦,常恐不遍。"
⑤ 水云乡:水云弥漫,风景清幽的地方。多指隐者游居之地。《苏轼全集校注·词集》卷一《南歌子·别润守许仲途》:"一时分散水云乡,惟有落花芳草断人肠。"注言龙笈本引傅干注:"江南地卑湿而多沮泽,故谓之水云乡,亦谓之水国。"
⑥ 辟疆园:晋顾辟疆的名园,唐时尚存。园址在今江苏省苏州市。《甫里先生文集》卷一《奉和袭美二游诗·任诗》:"吴之辟疆园,在昔胜概敌。前闻富修竹,后说纷怪石。"

# 思佛亭

### 思佛亭晓望[1]
【宋】范成大

栗冽刚风刮病眸[2],登临何啻缓千忧。
界天暑雪青城外,涌地晴云瓦屋头。
浩荡他年夸北客,苍茫何处认西州?
千岩万壑须寻遍,身是江湖不系舟[3]。

# 歌凤台

### 歌凤台[4]
【明】杨慎

楚狂千载士,悠悠避世情。
蜀山一片石,犹存歌凤名。
岂与熊鸟徒,导引学长生。
《列仙》谁所传[5],刘向徒闻声。

---

[1] 按,此诗以嘉庆志为底本,见嘉庆志卷九,又见《范石湖集》卷一八,以之参校。
[2] "冽",《范石湖集》作"烈"。
[3] 不系舟:比喻漂泊不定。《庄子·列御寇》:"饱食而遨游,泛若不系之舟。"《苏轼全集校注·诗集》卷四八《自题金山画像》:"心似已灰之木,身如不系之舟。"
[4] 按,此诗见乾隆志卷一〇、嘉庆志卷九,又见《杨升庵丛书》第四册《升庵诗文补遗》卷三诗卷上。
[5] 《列仙》谁所传:《列仙传校笺》卷上"陆通"条记楚狂陆通之事。

◎ 亭台

## 无痕吟其二
【明】来知德

黄鹤久不至,异人招不来。
缅想千载师,凤德不曾衰。
斯道日中天,长夜良可哀。
流水赴大壑,一去不复回。
坐久抱孤想,三叹石崔嵬。

## 歌凤台①
【明】尹伸②

逃名只合远人间,黄鹄高飞几岁还。
早识千秋传故事,西行应不到峨山。

## 歌凤台③
【明】安磐

览胜白云隈,遐踪人望来。
鸣蝉歌凤处,荒草接舆台。
孔道无今昔,周行悉草莱。
只缘音调古,千载更堪哀。

---

① 按,此诗见嘉庆志卷九。
② 尹伸:字子求,宜宾人,万历二十六年(1598)进士,授承天推官,屡迁南京兵部郎中、西安知府、陕西提学副使、苏松兵备参政等职,事迹详《明史·忠义传七》本传。
③ 按,此诗见宣统志卷九。

## 歌凤台怀古①

**【清】袁维**②

天涯邂逅结知音，车畔遗歌说至今。
万古空留狂士迹，一生谁识圣人心。
高台日暮依荒径，余响风飘入远岑。
萧瑟罗浮山下路，不胜怀想动清吟。

## 楚狂旧隐③

**【清】黄云鹄**④

迷阳歌罢去匆匆⑤，天许三峨隐陆通。
凤德从衰终是瑞，穷山歌啸有谁同。

---

① 按，此诗见宣统志卷九。
② 袁维：原诗题注："字心斋，邑孝廉。"宣统志卷一〇有传记云："邑人袁维，字心斋，咸丰己未（1859）会试落第归，过黄州偕友游赤壁于月夜，不觉更深，城门闭矣。逡巡欲呼，巡丁以为貌生可疑，执白县令。公曰：'下第举子出游归晚，无他也。'令不信，以犯夜命题试之。公举笔赋一诗云：'回首西山日落迟，故人邀我醉金卮。偶探赤壁重游处，不觉黄州四鼓时。城上将军原有令，蜀中士子奈无知。贤侯若问真消息，也有声名在凤池。'令阅之，喜曰：'蜀中才子也！'延之上座，言于郡守，并奖以路资。固奇遇也。"
③ 按，此诗见宣统志卷九。
④ 黄云鹄：原诗题注云："字翔云，改号祥人，湖北蕲州人。由进士官兵部郎中，出守四川雅州府，升建南兵备道署臬司，补下南道，以原秩归里，著《实其文斋诗文集》。"
⑤ 迷阳：无所用心；诈狂。《庄子·人间世》："迷阳迷阳，无伤吾行。"郭象注："迷阳，犹亡阳也。亡阳任独，不荡于外，则吾行全矣。"

◎ 亭台

## 隐君堂①
### 王　钧②

断涧疑闻哀凤曲③，千峰空对楚台阴。
独怜万古峨眉月，长照先生避世心。

# 金刚台

## 金刚台④
### 【清】刘光第

雪山气势瓦山岚，不敌峨眉秀骨寒⑤。
九叠屏风迥日月⑥，一螺苍翠见东南。

---

① 按，此诗见康熙志卷七。◎隐君：指传说中隐居峨眉山的楚狂陆通。蒋超《峨眉山志》卷九《游大峨山记》云："离庵一里，有响水桥，以桥下水自山涧飞瀑而下，奔激有声也。过桥履平，有石峙立，为歌凤台。台前一阁，春秋时楚狂陆通避名隐此。楚狂歌凤过孔子，盖在陈、蔡之间，因楚狂栖于此，台故借以歌凤名之也。"此诗虽名为"隐君堂"，实写歌凤台，故归于"歌凤台"之下。
② 该作者生平不详。
③ 哀凤曲：楚狂陆通所歌之曲。《论语·微子》："凤兮凤兮，何德之衰！"疏云："接舆佯狂感切孔子也，楚狂接舆歌而过孔子者。接舆，楚人，姓陆名通，字接舆也。昭王时政令无常，乃被发佯狂不仕，时人谓之楚狂也。时孔子适楚，与接舆相遇，而接舆行歌从孔子边过，欲感切孔子也。曰：'凤兮凤兮，何德之衰！往者不可谏，来者犹可追已！'"
④ 按，此诗以宣统志为底本，见宣统志卷九。亦载《衷圣斋诗集》卷上，以之参校。原诗序云："昔人言峨眉绝顶，天气晴明，时望见东南遥青，一亘即是庐山，纷纷相传，余未之能信也。闻罗壮勇公思举于岩头跳下十余丈，复跃起，靴底为穿。"
⑤ "寒"，《衷圣斋诗集》作"含"。
⑥ "迥"，《衷圣斋诗集》作"回"。

下方鸟泛红云海，上界龙分白石潭。
心折岩头风雨乱①，问谁虎跃兴能酣②。

## 巨钟

### 巨钟③
**【清】王曰曾**

万金镕铸自何年，长作龙吟散晓烟。
留镇山门开觉路④，声声高彻大峨巅。

---

① "风"，《衷圣斋诗集》作"晴"。
② 此句，《衷圣斋诗集》下注："闻罗壮勇公思举曾于崖头跳下十余丈，复决起，靴底为穿。"
③ 按，此诗见宣统志卷九。
④ 觉路：佛教语，谓成佛的道路。《李太白全集》卷一四《春日归山寄孟浩然》："金绳开觉路，宝筏渡迷川。"

# 楼阁

◎ 楼阁

# 瞻峨楼

## 瞻峨楼①
【明】张子仁

城上云进天外山，朱楼雄峙出云间。
峰头雨霁浮苍翠，石髓苔封驻古颜②。
灯火万家岩下宿，流流一色洞前环。
何缘到此看图画，月吐峨眉犹未还。

# 归云阁

## 归云阁二首③
【明】杨慎 翰林修撰

云从石上起，泉从石下落。
多少游山人，长啸倚山阁。

晓钟有云出，晚钟有云归。
游人应未惯，忽讶云生衣。

---

① 按，此诗见康熙志卷七。
② 石髓：即钟乳石。古人用于服食，也可入药。《晋书·嵇康传》："康又遇王烈，共入山，烈尝得石髓如饴，即自服半，余半与康，皆凝而为石。"
③ 按，此诗以乾隆志为底本，见乾隆志卷一〇、嘉庆志卷九，又见《杨升庵丛书》第四册《升庵诗文补遗》卷三。

## 归云阁[①]

【明】浙江佥事 朱子和 泸州人 [②]

桥纡凉飙回，松古石泉落。
地迥无纷嚣，归云满高阁。

## 黑龙溪山阁

### 宿黑龙溪山阁[③]

【清】文曙

黑龙溪水恶，威吼作雷声。
断壁飞秦栈[④]，危峰插蜀城。
地居缥缈极，人接翠微清。
向晚凭高阁，虚窗待月明。

---

① 按，此诗见嘉庆志卷九。
② 朱子和：正德辛巳（1521）进士，泸州人。万历九年《四川总志》卷一三小传云："朱子和，泸人，嘉靖进士。少博雅，有异才，主爵欲授以铨曹，固辞，补刑曹。大臣家奴犯法，论如律。典江西试事，多得名士。进仪制司员外、佥宪浙江，以能吏称著。著有《初溪集》，藏之家。兄子恭，官参议；侄藻，官辰沅副使，俱以治行闻。而朱氏斌斌，称多贤矣。"检《明清进士题名碑录索引》，传中称嘉靖进士，误。又据《明世宗实录》卷一五〇，朱子和任浙江按察司佥事在嘉靖十二年（1583）五月丁未。
③ 按，此诗见乾隆志卷一一。
④ 秦栈：秦时所筑自秦入蜀的栈道。

◎ 楼阁

## 请佛阁

**请佛阁晚望，雪山数十峰如烂银，晃耀暑光中**①
【宋】范成大

垒块苍然是九州②，大千起灭更悠悠。
雪光正照天西角，日影长浮雨上头。
峰顶何曾知六月，尘间想已别三秋。
佛毫似欲留人住，横野金桥晚未收。

## 尊经阁

**登尊经阁**③
【清】文曙

久抱楼居好，落成幸及今。
窗含天地大，檐接翠微深。
二水空浮白，三峨远送阴。
痴儿公事少④，独眺抚瑶琴。

---

① 按，此诗以嘉庆志为底本，见嘉庆志卷九，又见《范石湖集》卷一八，文字皆同。
② "垒"，原作"累"，据《范石湖集》改。按，垒块谓心中郁结的不平之气。《世说新语·任诞》："阮籍胸中垒块，故须酒浇之。"
③ 按，此诗见乾隆志卷一一。
④ 痴儿公事少：化用《黄庭坚全集·外集》卷一〇《登快阁》："痴儿了却公家事，快阁东西倚晚晴。"

## 新建尊经阁碑记①

**【清】杨世珍**

省见夫黄冠缁衣之林，咸庙貌我夫子矣。大都执化传鸾书神奇莫测之说②，仙之佛之，而中庸之为德遂隐。及读蕉窗诸训，见夫子之忠孝廉节，行仁履义之徽，学体之而为真儒，仕体之而为循吏。赖以广尼山之铎韵，公桂籍之文衡，宜前王诏：凡黉宫建阁，额以"尊经"，今上仍之，重申巽谕③，将教弘私淑，不仅典重怀柔也。怅邑灰劫后，付之乌有。岁逢丁祭④，远就他所，殊遗失制憾。

幸迈邑侯文公衔命牧兹土⑤，实心实政，有废皆兴。尔者孔庙水灾，竭心迁建之余，即卜吉垣西，善价购基经营，鸠庀晨夕⑥，董事五旬，而轮奂聿新。即有勇义多士，作圣像迎奉阁中。公制冠裳供具以肃威仪，更塑魁星楼上，以要钟毓。盛鼎俎声歌，享祀燕衎以落其成⑦。是日也，父老子弟环观如堵，胥啧

---

① 按，此碑记见乾隆志卷九。
② 鸾书：书信。《李东阳集·诗稿》卷三《山水图为日会中书题，送体斋先生》："鸾书驿骑随车轮，倏忽咫尺如有神。"
③ 巽谕：同巽令、巽命，皇帝的谕旨。《易·说卦》有"巽为风"之说，以诏令如风行之速，故称。
④ 丁祭：旧时于每年阴历二月、八月第一个丁日祭祀孔子，称丁祭。隋唐日制不一。隋文帝时一年有四祭，唐武德年间改用中丁日祭祀，唐开元年后专用春、秋二仲的上丁日举行祭祀。《山堂肆考》卷一五八"丘明配"下载："开元二十八年诏以春秋二仲上丁祭之。"
⑤ 文公：此指清峨眉县令文曙。
⑥ "庀"，原作"庇"，形近而误，据文义及文献用例改。按，鸠庀即"鸠工庀材"之省。雍正《四川通志》卷一六上："惟山有木，工则度之，所以备栋梁之用也。然斧斤以时，仲冬取阳木，仲夏取阴木，盖鸠庀之中，仍存搏节之意焉。"
⑦ 燕衎：宴饮行乐。燕，通"宴"。语本《诗·小雅·南有嘉鱼》："君子有酒，嘉宾式燕以衎。"毛传："衎，乐也。"

◎ 楼阁

啧称善，手额而请曰："百年旷废之典，重熙一旦，功诚伟矣。愿镌珉以志不朽。"公曰："不可，吾人服古入官，凡义所当为者，皆性分内事，况食君之禄，服君之劳，功皆君所有，即谓用度稍资，不过推养廉之赐，以广君之惠耳。而乃以善劳假我也，是贾我以过情之耻矣，乌乎可？"

□旋辔去时，在途之众，咸有唏嘘状，絮絮相谓曰："公善体夫子者也，心其心，行其行，以弘施济者，岂直建阁为仅事哉？"观其冰檗贞操，鬼神可□，诸务自备，烟徭汰行户捐矣。实帑价□□□保甲，稽店肆，捍御之防密矣。尝见其有争地者，详勘以直之；悔婚者，济困以成。半□而屡牍皆清，片言而两造咸服，以泣罪之心，行如火之惠，而恩威交济矣。勤劝课，戒游惰，□□新畲，山开老菁，乡廛民舍，昔茅居，而今皆瓦室矣。重祀典而敦礼教，崇学校以明人伦，□□其访攻苦之成童，隆赍予之奖劝，堂塾相连，弦歌相接，斌斌乎鹏云骥足之多英矣。月讲抡贤，遥边僻境，家谕户晓矣。民无不仁，物无不爱，凡此皆中庸之德，而夫子之教泽所及也。即我公之循分之忠，与我侪秉彝之好，皆夫子启翼使然。倘食其德而没其善，是忘公，并忘夫子矣，又乌乎可？

爰以珍长借一日，谬以记撰见役焉。及还塾，而私服其信，觉盛德之难名。兹但原其阁之所由建，证以载道之言，与都人士质夫子而寿诸石。

# 林木

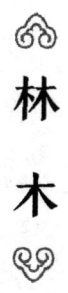

◎ 林木

# 老僧树

## 老僧树偈①
【明】楚竟陵 钟之绶

偶然物化同枯木,世人认作老僧屋。
饶他说幻与说空,总如春田来布谷。
咄!请看画栋并飞甍②,是树非树真面目。

## 老僧树③
【清】冀应熊 成都太守④

树以僧为心,僧将树作体。
树且借僧生,僧岂依树死?
僧树不相离,生死若相倚。
久经春复秋,饱历风和雨。
千年面目存,万古灵光起。

---

① 按,此诗见乾隆志卷一一。
② 飞甍:飞檐。《全唐诗》卷三三二羊士谔《息舟荆溪入阳羡南山游善权寺呈李功曹巨》:"层阁表精庐,飞甍切云翔。"
③ 按,此诗见乾隆志卷一一。
④ 冀应熊:康熙《汉阳府志》卷七小传称此人字渭公,河南辉县人,崇祯壬午(1642)举人,康熙八年(1669)时仍在成都府府任上。至于其任职成都知府之始,雍正《四川通志》卷三一、嘉庆《四川通志》卷一一六等皆称康熙六年(1667),显误。因为雍正《四川通志》卷二三《山川志·成都县》"洗墨池"条注文明言"康熙二年(1663)知府冀应熊建草亭、木桥"。同治《重修成都县志》卷二"重修昭觉寺碑记"条注文更称"康熙元年冀应熊书,布政使金儁撰记",但检同书卷一四《重建昭觉寺法堂碑记》,文中提及康熙己酉,则碑记作于康熙八年,所谓"康熙元年书"之说不可信。又据《蜀龟鉴》卷五,康熙九年,遵义武生刘管京控诉钦差勘问武举半官籍,巡抚张德地及成都府知府冀应熊等革职,可知此人离任在康熙九年。

不灭亦不生,老僧自知止。

# 古柏

## 峨署古柏①
【清】敬群 陶振 浙水②

溜雨凝霜数百年③,婆娑花署覆廉泉。
赤心直捧扶桑日,青黛横披万井烟。
影逼峨山筛碧月,风生琴室响冰弦。
公余自得吟哦趣,香沁诗筒绿满笺。

## 古柏④
【清】马人倬 灌县人⑤

童童车盖状多年,风入声听瀑布泉。
倚署蟠根栖鹤梦⑥,带城摇干拂峨烟。

---

① 按,此诗见乾隆志卷一一。
② 陶振:《槜李诗系》卷七:"(陶)振字子昌,嘉兴陶庄人,后徙嘉善,自号钓鳌生。元季徙金泽,学于杨廉夫,治《诗》《书》《春秋》三经,天才超逸,吐语豪俊,少有神童之名。洪武间荐授吴江训导,尝坐佃官房,逮至京,进《紫金山》《金水河》二赋,得释,改安化教谕,归隐九峰。"乾隆《江南通志》卷一六五云:"陶振,字子昌,吴江人。洪武末举明经,终安化教谕。少学于杨维贞,兼治《诗》《书》《春秋》三经。诗语豪俊,有名于时。"
③ 溜雨:此化用杜诗。《杜诗详注》卷一五《古柏行》:"霜皮溜雨四十围,黛色参天二千尺。"
④ 按,此诗见乾隆志卷一一。
⑤ 马人倬:乾隆志卷六云:"马人倬,字昭然,灌县人,拔贡。"嘉庆志卷五言其乾隆三年(1738)任峨眉县教谕。
⑥ 蟠根:盘曲的根。《叶适集》卷一二《石庵藏书目序》:"时庵傍有石,冒土而奋,如蟠根丛萌,欲发而尚郁者。"

◎ 林木

千门秀暖迎冬日，万户青垂荫碧天。
久踞朝阳终大用，春来鸾凤宿衔笺。

## 咏峨署古柏二首柬刘石渠明府①
### 【清】王用仪②

古柏何年植，离褷望不群③。
疏枝稳栖鹤，劲节欲干云。
苍翠宜秋色，孤高对夕曛。
羡他风雪好，依旧叶缤纷。

使君勤灌溉，无意斗芳菲。
风骨自千古，霜皮过十围④。
龙鳞方已合，石发影同依。
独立虚堂畔，相观是也非。

## 馆县署咏左庑古柏⑤
### 【清】张志远

黛色参天覆绿苔，百年梁栋是谁栽。
会当化作虬龙去，庑下何堪屈此材。

---

① 按，此诗见宣统志卷九。◎刘石渠：刘传经，同治《嘉定府志》卷四二称其号石渠，嘉庆《清溪县志》卷首题名称其为江西赣县人，乾隆癸卯（1783）举人，嘉庆《峨眉县志》卷五称其嘉庆九年（1804）署峨眉知县。
② "仪"，原误作"宜"，今改。
③ "离"，原作"禽"，据文义改。◎离褷：浓密貌。《宋濂全集·翰苑续集》卷一○《重荣桂记》："门埔之内，桂树一章，扶疏而离褷，昼日成阴，纵横可二亩，远望之，童童若车盖然。"
④ 霜皮：《杜诗详注》卷一五《古柏行》："霜皮溜雨四十围，黛色参天二千尺。"
⑤ 按，此诗见宣统志卷九。

## 古德林

### 古德林①
**【清】紫芝性藏**②

近日生涯兴渐阑，了无个事足追欢。
但将一柄竹笤帚，古德林中扫破烟。

## 木莲花

### 木莲花③
**【元】**蜀王府教授**顾禄**松江华亭人

东风吹雨入烟霞，暂憩中峰大士家。
客路青穿松柏杪，佛台红映木莲花。

---

① 按，此诗见乾隆志卷一一。
② 紫芝性藏：即紫芝藏禅师，清初巴县张氏子。"自髫披剃于大峨，参灵筏和尚。巾瓶有年，一日印可。后开法于竹林堂。"小传详《锦江禅灯》卷一一。此人乃破山海明之法孙，曾住峨眉山万年寺，故《破山禅师语录》卷五曾提到峨眉山万年寺紫芝法孙请升堂之事，卷九有《示紫芝禅者》，卷一六有《送别紫芝法孙》，卷一七有《紫芝法孙请赞》。
③ 按，此诗见嘉庆志卷九。

光灯

# 圣灯

## 峨眉圣灯①

【唐】刑部员外郎 薛能 汾州人②

莽莽空中稍稍灯,坐看迷浊变澄清。
须知火尽烟无益,一夜栏边说向僧③。

## 阅圣灯夕口占一律④

【明】袁子让⑤

熠耀如何物,传灯满碧峒。
到来非野烧⑥,飞去似流萤。
落叶天翻贝,当空夜聚星。
明珠如可借,长此学楞经。

---

① 按,此诗见嘉庆志卷九。
② 薛能:字太拙,汾州人。会昌六年(846)登第,咸通五年(864)摄嘉州刺史,详《唐才子传校笺》卷七。
③ "栏",原作"阑",与《蜀中广记》卷一一所引同,据《万首唐人绝句》卷四八、《全蜀艺文志》卷一四所引改。按,二字文义皆可,但曹学佺所编《石仓历代诗选》卷八五引此诗亦作"栏",可证作"栏"为是,作"阑"则为偶然所增之异文,不足为据。
④ 按,此诗见宣统志卷九。
⑤ 袁子让:嘉庆《湖南通志》卷一三八云:"袁子让,字仔肩,郴州人。万历辛丑(1601)进士,知嘉定州。爱民训士,擢兵部员外郎。入都,士民攀辕号泣。"宣统志卷九有小传云:"袁子让,郴州人,进士,万历中知嘉定州,凡九年,多惠政。比去,州士女数万人泣送百里外。以其清白,多将芋蔬以为饯。在官日,著有《嘉州志》《峨眉凌云二山志》《眉山课士录》诸书。"
⑥ 野烧:犹野火。《杨万里集笺校》卷一八《晨炊叱驭驿,观海边野烧》:"南海惊涛卷玉缸,北山野烧展红幢。"

## 观佛灯独尊台一律纪胜①
【明】袁子让

山灵描太极，五色锦氤氲。
天作龙图象，人疑蝃蝀文②。
幻形随赤日，彩气藉绵云。
悟入圆通妙，凭阑已夕曛。

## 圣灯③
【清】中州窦絅

烟琐高台望不分，流光冉冉破氤氲④。
萤飞乱点千岩火，星坠轻摇万壑云。
只合梵宫窥色相，未应人世照尘棼。
我来峰顶穷奇幻，故把灵膏夜夜焚⑤。

---

① 按，此诗见宣统志卷九。
② "蝃（dì）"，原误刻右边"带"作"帝"，据文献用例改。按，蝃蝀亦作"螮蝀"，虹的别名。《诗·鄘风·蝃蝀》："蝃蝀在东，莫之敢指。"毛传："蝃蝀，虹也。"《晋书·隐逸传·夏统》："昔淫乱之俗兴，卫文公为之悲惋；蝃蝀之气见，君子尚不敢指。"
③ 按，此诗见乾隆志卷一一。
④ 氤氲：湿热飘荡的云气。《旧唐书·李府传》："邃初冥昧，元气氤氲。"
⑤ 膏：特指灯油。《鲍参军集注》卷六《秋夜二首》其一："夜久膏既竭，启明旦未央。"

## 圣灯①
**【清】禅明福嵒**

飞自峭崖东,飘来点点红。
回翔分远近,掩映入空蒙。
焰冷千年火,光摇半壁风。
夜深人静后,挂满梵王宫。

## 圣灯②
**【清】窦玉奎**

绝壁风高冷绿苔,凭栏独立暂徘徊。
扫将万壑烟云散,飞下一天星斗来。
光照古今窥色相③,明分远近点崔嵬。
夜深寒气苍茫里,为爱灵膏去又回。

---

① 按,此诗见乾隆志卷一一。
② 按,此诗见乾隆志卷一一。
③ 色相:亦作"色象"。佛教语。指万物的形貌。《大般涅槃经》卷二二:"(菩萨)示现一色,一切众生各各皆见种种色相。"

## 佛灯[1]

### 【清】宋家蒸[2]

峨山朝佛灯，颇怪传者谬。夜坐井宿中，寂寂数更漏。
僧报佛灯现，急从岩前觑。始觉四五炬，俄且百十凑。
恍依帝座前，低头瞰列宿。明晦间彼此，出没时先后。
忽散若相违，忽聚若相就。多寡与远近，炫观无滞留。
一斛夜光珠[3]，散之落岩岫。渔灯忆彭蠡，萤火思隋囿[4]。
谷罕人宵行，又非炬夜狩。殷然异青燐[5]，断无山鬼遘。
其来从何生，其竟于何究。此事非亲见，难以常理叩。
久立且归卧，风露重裘透。

---

[1] 按，此诗见宣统志卷九。

[2] 宋家蒸：字云浦，江西奉新县人，以进士即用县，分发四川，任事勤敏，为上游赏鉴。历委夹江、监亭、蓬溪等邑，所至有政声。光绪十四年（1888）任峨眉知县，甫到任，即订讼规，置义冢，督修街道，百废具举。乃以调办庐山厂务解组去，两易星霜，始回本任，仅带二三家人，并无门丁。宣统志卷五有详传。按，原诗题注云："字云浦，江西奉节进士，著有《峨眉寓云诗集》。"

[3] 夜光珠：夜明珠，此指佛灯光亮。

[4] 隋囿：《隋书·炀帝纪》："壬午，上于景华宫征求萤火，得数斛，夜出游山，放之，光遍岩谷。"

[5] 青燐：亦作"青磷"。人和动物尸体腐烂时，会分解出磷化氢，常在夜间田野中自燃，发生青绿色的光焰，古称"青燐"。俗称鬼火。《佩韦斋集》卷一《甲戌游盱江六月二十一日发武林》："白骨秋野横，青燐阴房煜。"

# 佛光

## 佛光现①

**【明】范醇敬**

谓天难阶升,今且七重际。
彩虹亘太虚,白云覆尘世。
星斗疑可摘②,绝域归睥睨。
漫言五岳高,恐来兹山俪。
何当脱烦嚣,御风一展袂③。

## 峨山十景 金顶祥光④

**【清】谭钟岳**

一抹祥光画不成,三峨山势极纵横。
琳宫绀宇尘缘绝⑤,胜似蓬莱顶上行。

---

① 按,此诗见康熙志卷七。
② 星斗疑可摘:借李太白之诗作写山之高。《李太白集注》卷三〇《题峰顶寺》:"夜宿峰顶寺,举手扪星辰。不敢高声语,恐惊天上人。"
③ 御风:乘风飞行。《庄子·逍遥游》:"列子御风而行,泠然善也。"
④ 按,此诗见宣统志卷九,亦载《峨山图志》卷二,以之参校。◎金顶祥光:即绝顶,金殿、祖殿后为睹光台。
⑤ 琳宫:仙宫。《宗玄集》卷中《游仙》:"上元降玉囡,王母开琳宫。"◎绀宇:绀园,佛寺之别称。《王子安集注》卷一五《益州德阳县善寂寺碑》:"朱轩夕朗,似游明月之宫;绀宇晨融,若对流霞之阙。"

# 参考文献[①]

## A

（清）李暲修、郭指南纂：顺治《安塞县志》，乾隆九年钞本。

（清）张楷：康熙《安庆府志》，康熙六十年刻本。

## B

（晋）张华撰，范宁校证：《博物志校证》，北京：中华书局，1980。

（唐）白居易撰，朱金城校笺：《白居易集笺校》，上海：上海古籍出版社，1988。

（宋）曾慥：《类说》，《北京图书馆藏古籍珍本丛刊》第62册，北京：书目文献出版社，1988。

（宋）鲍照著，钱仲联注：《鲍参军集注》，上海：上海古籍出版社，1980。

（明）杜应芳、胡承诏辑：《补续全蜀艺文志》，《续修四库全书》第1677册。

（明）梁潜撰：《泊庵集》，文渊阁《四库全书》第1237册。

（明）过庭训：《本朝分省人物考》，《续修四库全书》第533—536册。

李朝正、李义清著：《巴蜀历代名媛著作考要》，成都：巴蜀书社，1997。

---

[①] 说明：本参考文献按书名首字字母音序排列，同字母下大致按时间顺序排列；源自以下大型丛书者，皆不详列出版信息，仅言作者、书名及所在丛书之册数。分别为：大正一切经刊行会，1934年《大正新修大藏经》；上海商务印书馆，1935年《丛书集成》系列；上海商务印书馆，1937年《四部丛刊》系列；台湾商务印书馆，1986年《景印文渊阁四库全书》；新文丰出版有限公司，1987年《嘉兴大藏经》；株式会社国书刊行会，1989年《卍新纂续藏经》；巴蜀书社，1992年《中国地方志集成·四川府县志辑》；齐鲁书社，1997年《四库全书存目丛书》；北京出版社，1997年《四库禁毁书丛刊》；北京出版社，1998年《四库未收书辑刊》；上海古籍出版社，2002年《续修四库全书》。所引单篇文章则随文附注，此处从略。

## C

（后秦）佛陀耶舍、竺佛念译：《长阿含经》，《大正新修大藏经》第1册。

（唐）陈子昂著，彭庆生校注：《陈子昂集校注》，合肥：黄山书社，2015。

（唐）岑参著，廖立笺注：《岑嘉州诗笺注》，北京：中华书局，2004。

（唐）贾岛著，李嘉言新校：《长江集新校》，上海：上海古籍出版社，1983。

（宋）洪兴祖：《楚辞补注》，北京：中华书局，1983。

（宋）程公说：《春秋分记》，文渊阁《四库全书》第154册。

（元）陶宗仪：《辍耕录》，文渊阁《四库全书》第1040册。

（清）刘诰修，徐锡麟纂：光绪《重修丹阳县志》，光绪十一年刻本。

（清）张问陶：《船山诗草》，北京：中华书局，2000。

（清）李玉宣等修：同治《重修成都县志》，同治十二年刻本。

（清）释中恂：《重修昭觉寺志》，《中国佛寺史志汇刊》第三辑第5-6册，台北：丹青图书公司，1985。

## D

（北凉）昙无谶译：《大般涅槃经》，《大正新修大藏经》第12册。

（唐）杜甫撰，（清）仇兆鳌注：《杜诗详注》，北京：中华书局，1979。

（唐）实叉难陀译：《大方广佛华严经》，《大正新修大藏经》第10册。

（唐）澄观：《大方广佛华严经疏》，《大正新修大藏经》第35册。

（唐）玄奘、辩机撰，季羡林等校注：《大唐西域记校注》，北京：中华书局，1985。

（明）张钦：正德《大同府志》，正德刻嘉靖增修本。

（明）刘文征：天启《滇志》，清抄本。

（清）和珅等修：乾隆《大清一统志》，文渊阁《四库全书》第474-483册。

## E

（清）谭钟岳：《峨山图志》，光绪十七年刻本。

（清）蒋超编，（清）宋肆樟等订补：《峨眉山志》，上海图书馆藏本。

## F

（唐）陆龟蒙著，宋景昌、王立群点校：《甫里先生文集》，开封：河南大学出版社，1996。

（唐）释道世著，周叔迦校注：《法苑珠林校注》，北京：中华书局，2003。

（宋）范成大：《范石湖集》，上海：上海古籍出版社，1981。

（宋）范成大撰，孔凡礼点校：《范成大笔记六种·吴船录》，北京：中华书局，2002。

胡梦琪：《方孝孺年谱》，西安：陕西人民出版社，1988。

（元）释念常：《佛祖历代通载》，文渊阁《四库全书》第1054册。

（清）曾秀翘修，杨德坤纂：光绪《奉节县志》，《中国地方志集成·四川府县志辑》第52册。

（清）郝玉麟等修：乾隆《福建通志》，文渊阁《四库全书》第527－530册。

（清）熊葵向修，周士诚纂：乾隆《富顺县志》，乾隆二十五年刻本。

## G

（南朝梁）慧皎：《高僧传》，北京：中华书局，1992。

（唐）道宣：《广弘明集》，《大正新修大藏经》第52册。

（唐）贯休著，胡大浚笺注：《贯休歌诗系年笺注》，北京：中华书局，2011。

（宋）谢维新：《古今合璧事类备要》，文渊阁《四库全书》第939－941册。

（宋）祝穆：《古今事文类聚》，文渊阁《四库全书》第925－927册。

《国语》，上海古籍出版社，1978。

（明）梅鼎祚编：《古乐苑》，文渊阁《四库全书》第1395册。

（清）俞学灏：乾隆《广济县志》，乾隆五十四年刻本。

（清）鄂尔泰等修：乾隆《贵州通志》，文渊阁《四库全书》第571－572册。

（民国）任可澄、杨恩元等修：民国《贵州通志》，民国三十七年铅印本。

## H

（汉）班固：《汉书》，北京：中华书局，1964。

（晋）常璩撰，任乃强校注：《华阳国志校补图注》，上海：上海古籍出版社，1987。

（南朝宋）范晔：《后汉书》，北京：中华书局，1973。

（隋）杜顺：《华严五教止观》，《大正新修大藏经》第45册。

（唐）韩愈撰，马其昶校注：《韩昌黎文集校注》，上海：上海古籍出版社，1986。

（宋）叶廷珪：《海录碎事》，文渊阁《四库全书》第921册。

（宋）张舜民：《画墁录》，文渊阁《四库全书》第1037册。

（宋）黄庭坚：《黄庭坚全集》，成都：四川大学出版社，2001。

（明）程敏政：《篁墩文集》，文渊阁《四库全书》第1252—1253册。

（明）潘季驯：《河防一览》，文渊阁《四库全书》第576册。

（清）丁宿章：《湖北诗征传略》，《续修四库全书》第1707册。

（清）田文镜等修：雍正《河南通志》，文渊阁《四库全书》第535—538册。

（清）郭琇：《华野疏稿》，文渊阁《四库全书》第430册。

（清）迈柱等修：雍正《湖广通志》，文渊阁《四库全书》第531—534册。

（清）陈国儒修，李宁仲纂：康熙《汉阳府志》，康熙八年刻本。

（清）翁元圻修，黄本骥纂：嘉庆《湖南通志》，清刻本。

（民国）朱锡恩：民国《海宁州志稿》，民国十一年铅印本。

## J

（唐）房玄龄等：《晋书》，北京：中华书局，1974。

（后晋）刘昫：《旧唐书》，北京：中华书局，1975。

（宋）冯时行：《缙云文集》，文渊阁《四库全书》第1138册。

（宋）陆游著，钱仲联校注：《剑南诗稿校注》，上海：上海古籍出版社，1985。

（宋）丁度等：《集韵》，上海：上海古籍出版社，1985。

（宋）陈彭年等：《钜宋广韵》，上海：上海古籍出版社，1983。

（明）林庭㭿修，周广纂：嘉靖《江西通志》，嘉靖刻本。

（明）薛瑄撰：《敬轩文集》，文渊阁《四库全书》第1243册。

（清）谢旻等修：雍正《江西通志》，文渊阁《四库全书》第513－518册。

（清）文良修，陈尧采纂：同治《嘉定府志》，《中国地方志集成·四川府县志辑》第37册。

（清）尹继善等修：乾隆《江南通志》，文渊阁《四库全书》第507－512册。

（清）曾燠：《江西诗征》，《续修四库全书》第1688－1690册。

（清）赵昕修，苏渊纂：康熙《嘉定县志》，康熙十二年刻本。

（明）李采等编：万历《嘉定州志》，万历三十九年修，民国间抄本。

（清）王赠芳等修，冷烜等纂：道光《济南府志》，道光二十四年刻本。

（清）丈雪通醉：《锦江禅灯》（与《黔南会灯录》合刊本），成都：四川大学出版社，1998。

## L

（南朝梁）萧统编，（唐）李善等注：《六臣注文选》，北京：中华书局，1987。

（唐）李白撰，（清）王琦注：《李太白全集》，北京：中华书局，1977。

（唐）姚思廉：《梁书》，北京：中华书局，1973。

（唐）李贺撰，（清）王琦等注：《李贺诗歌集注》，上海：上海古籍出版社，1977。

（唐）柳宗元：《柳宗元集》，北京：中华书局，1979。

（宋）释可度：《楞严经笺》，《卍新纂续藏经》第11册。

（宋）王安石撰：《临川先生文集》，北京：中华书局，1959。

（明）李东阳：《李东阳集》，长沙：岳麓书社，2008。

（明）释真鉴：《楞严经正脉疏悬示》，《卍新纂续藏经》第12册。

（明）来知德：《来瞿唐先生日录》，《四库全书存目丛书·子部》第86册。

（明）欧阳保：万历《雷州府志》，万历四十二年刻本。

（民国）唐受藩修，黄镕纂：民国《乐山县志》，民国二十三年铅印本。

王叔岷:《列仙传校笺》,北京:中华书局,2007。
朱谦之:《老子校释》,北京:中华书局,2000。
许维遹:《吕氏春秋集释》,北京:中华书局,2009。

M

(唐)孟郊著,韩泉欣校注:《孟郊集校注》,浙江:浙江古籍出版社,1995。

(宋)梅尧臣著,朱东润编年校注:《梅尧臣集编年校注》,上海:上海古籍出版社,1980。

(明)李贤等:《明一统志》,文渊阁《四库全书》第472—473册。

(明)朱纯臣等修:《明神宗实录》,台湾"中央研究院"历史语言研究所校印,1962。

(明)张溶等修:《明世宗实录》,台湾"中央研究院"历史语言研究所校印,1962。

(明)孙继宗等修:《明英宗实录》,台湾"中央研究院"历史语言研究所校印,1962。

(明)张懋等修:《明宪宗实录》,台湾"中央研究院"历史语言研究所校印,1962。

(明)张懋等修:《明孝宗实录》,台湾"中央研究院"历史语言研究所校印,1962。

(明)徐光祚等修:《明武宗实录》,台湾"中央研究院"历史语言研究所校印,1962。

(明)朱纯臣等修:《明熹宗实录》,台湾"中央研究院"历史语言研究所校印,1962。

(清)陈田:《明诗纪事》,《续修四库全书》第1710—1712册。

朱保炯、谢沛霖:《明清进士题名碑录索引》,上海:上海古籍出版社,1980。

(清)张廷玉等:《明史》,北京:中华书局,1974。

(清)葛振元修,杨巨纂:光绪《沔阳州志》,光绪二十年刻本。

(清)李稻塍、李集:《梅会诗选》,《四库禁毁书丛刊·集部》第100册。

## N

（梁）萧子显：《南齐书》，北京：中华书局，1972。

（唐）李延寿：《南史》，北京：中华书局，1975。

（宋）吴曾：《能改斋漫录》，文渊阁《四库全书》第850册。

（清）朱夔修，邹廷机纂：康熙《南平县志》，康熙五十八年刻本。

## P

（宋）俞德邻撰：《佩韦斋集》，文渊阁《四库全书》第1189册。

（清）海明说，印正等编：《破山禅师语录》，《嘉兴大藏经》第26册。

（清）张松孙修，谢泰宸纂：乾隆《蓬溪县志》，乾隆五十一年刻本。

## Q

（唐）钱起：《钱仲文集》，文渊阁《四库全书》第1072册。

（宋）周邦彦著，孙虹校注，薛瑞生订补：《清真集校注》，北京：中华书局，2002。

（明）杨慎等编：《全蜀艺文志》，北京：线装书局，2003。

（清）法式善等：《清秘述闻三种》，北京：中华书局，1982。

（清）彭定求等编：《全唐诗》，北京：中华书局，1960。

（清）吴巩修，王来遴纂：嘉庆《邛州直隶州志》，嘉庆二十三年刻本。

（清）黄虞稷撰，瞿凤起、潘景郑整理：《千顷堂书目》，上海：上海古籍出版社，2001。

## R

（宋）罗愿：《尔雅翼》，《丛书集成初编》第1145—1148册。

## S

（汉）司马迁：《史记》，北京：中华书局，1963。

（汉）许慎撰，（清）段玉裁注：《说文解字注》，上海：上海古籍出版社，1981。

（晋）陈寿撰，（南朝宋）裴松之注：《三国志》，北京：中华书局，1964。

（晋）葛洪撰，胡守为校释：《神仙传校释》，北京：中华书局，2010。

（北魏）郦道元著，陈桥驿校证：《水经注校证》，北京：中华书局，2007。

（南朝宋）刘义庆著，徐震堮校笺：《世说新语校笺》，北京：中华书局，1984。

（南朝梁）沈约：《宋书》，北京：中华书局，1974。

（南朝梁）任昉：《述异记》，《汉魏丛书》本。

（唐）魏征、令狐德棻撰：《隋书》，北京：中华书局，1973。

（宋）僧赞宁：《宋高僧传》，北京：中华书局，1987。

（宋）苏轼著，张志烈等校注：《苏轼全集校注》，石家庄：河北人民出版社，2010。

（宋）叶适著，刘公纯、王孝鱼、李哲夫点校：《叶适集》，北京：中华书局，1961。

（宋）宋祁：《景文集》，文渊阁《四库全书》第1088册。

（明）明成祖御制：《神僧传》，《大正藏》第50册。

（明）曹学佺：《蜀中广记》，文渊阁《四库全书》第591－592册。

（明）曹学佺编：《石仓历代诗选》，文渊阁《四库全书》第1387－1394册。

（明）曹学佺：《石仓诗稿》，《四库禁毁书丛刊·集部》第143册。

（明）彭大翼：《山堂肆考》，文渊阁《四库全书》第974－978册。

（明）陶宗仪等编：《说郛三种》，上海：上海古籍出版社，1988。

（明）陈威修、顾清纂：正德《松江府志》，正德七年刻本。

（明）虞怀忠、郭棐等修：万历九年《四川总志》，《四库全书存目丛书·史部》第199－200册。

（明）杨慎：《升庵集》，文渊阁《四库全书》第1270册。（同时参考《杨升庵丛书》，成都：天地出版社，2002。）

（清）阮元校刻：《十三经注疏》，北京：中华书局，1980。

（明）陆釴：嘉靖《山东通志》，嘉靖刻本。

（清）常明、杨芳灿：嘉庆《四川通志》，成都：巴蜀书社，1984。

（清）何源濬：康熙《四川叙州府志》，康熙刻本。

（清）黄廷桂等修：雍正《四川通志》，文渊阁《四库全书》第559－561册。

（清）蔡毓荣等修，钱受祺等纂：康熙《四川总志》，康熙刻本。

（清）刘景伯：《蜀龟鉴》，《四库未收书辑刊》第三辑第15册。

袁珂：《山海经校注》，成都：巴蜀书社，1992。

罗月霞主编：《宋濂全集》，杭州：浙江古籍出版社，1999。

T

（晋）陶潜著，龚斌校笺：《陶渊明集校笺》，上海：上海古籍出版社，1996。

（唐）李肇：《唐国史补》，上海：上海古籍出版社，1957。

（宋）李昉等编：《太平御览》，北京：中华书局，1960。

（宋）李昉等编：《太平广记》，北京：中华书局，1961。

（宋）乐史：《太平寰宇记》，北京：中华书局，2007。

（宋）宋敏求编：《唐大诏令集》，北京：商务印书馆，1959。

（宋）郑樵：《通志》，北京：中华书局，1987。

（元）辛文房撰，傅璇琮主编：《唐才子传校笺》，北京：中华书局，1995。

（明）冯任等修：《天启新修成都府志》，成都：巴蜀书社，1992。

（明）陶安撰：《陶学士集》，文渊阁《四库全书》第1225册。

（清）李志鲁：乾隆《柘城县志》，乾隆三十八年刻本。

（清）王培荀：《听雨楼随笔》，《续修四库全书》第1180册。

（清）朱成阿修，史应贵纂：乾隆《铜陵县志》，民国十九年铅印本。

W

（唐）王勃撰，（清）蒋翊注：《王子安集注》，上海：上海古籍出版社，1995。

（宋）李昉等编：《文苑英华》，北京：中华书局，1966。

（宋）释普济：《五灯会元》，北京：中华书局，1984。

（宋）王令著，沈文倬校点：《王令集》，上海：上海古籍出版社，1980。

（宋）李昂英：《文溪集》，文渊阁《四库全书》第1181册。

（宋）夏竦：《文庄集》，文渊阁《四库全书》第1087册。

（宋）洪迈编，霍松林主编：《万首唐人绝句校注集评》，太原：山西人民出版社，1991。

（明）解缙：《文毅集》，文渊阁《四库全书》第1236册。

（明）凌迪知：《万姓统谱》，文渊阁《四库全书》第956－957册。

（清）秦瀛：嘉庆《无锡金匮县志》，嘉庆十八年刻本。
（清）徐世昌：《晚晴簃诗汇》，《续修四库全书》第1629—1633册。
（清）王士禛：《王士禛全集》，济南：齐鲁书社，2007。

### X

（南朝齐）谢朓著，曹融南校注：《谢宣城集》，上海：上海古籍出版社，1991。

（宋）徐兢：《宣和奉使高丽图经》，文渊阁《四库全书》第593册。

（宋）欧阳修、宋祁：《新唐书》，北京：中华书局，1975。

（宋）王应麟：《小学绀珠》，《丛书集成初编》第176—178册。

（明）方孝孺：《逊志斋集》，《四部丛刊初编》本。

（明）宋讷：《西隐集》，文渊阁《四库全书》第1225册。

（清）阿麟修，王龙勋纂：光绪《新修潼川府志》，光绪二十三年刻本。

（清）曹煜：《绣虎轩尺牍》，《四库禁毁书丛刊·集部》第73册。

（清）王锡祺编：《小方壶斋舆地丛钞》，杭州：杭州古籍书店，1985。

（清）王先谦：《荀子集解》，北京：中华书局，1988。

（清）顾光旭：《响泉集》，清乾隆四十年天妙阁刻乾隆五十七年增刻本。

（清）赵兆麟：顺治《襄阳府志》，顺治九年刻本。

（民国）龙云、周钟岳：民国《新纂云南通志》，民国三十八年铅印本。

### Y

（北周）庾信撰，（清）倪璠注：《庾子山集注》，北京：中华书局，1980。

（唐）欧阳询：《艺文类聚》，上海：上海古籍出版社，1985。

（唐）李商隐著，（清）冯浩笺注：《玉溪生诗集笺注》，上海：上海古籍出版社，1979。

（宋）杨万里撰，辛更儒笺校：《杨万里集笺校》，北京：中华书局，2007。

（宋）张君房：《云笈七签》，北京：中华书局，2003。

（宋）李复：《潏水集》，文渊阁《四库全书》第1121册。

（清）胡世安撰，艾茂莉校注：《译峨籁校注》，成都：四川大学出版社，2017。

## Z

（南朝梁）萧统著，俞绍初校注：《昭明太子集校注》，郑州：中州古籍出版社，2001。

（唐）吴筠撰：《宗玄集》，文渊阁《四库全书》第1071册。

（宋）司马光：《资治通鉴》，北京：中华书局，1956。

（宋）郑刚中：《周易窥余》，文渊阁《四库全书》第11册。

（宋）朱熹：《朱熹集》，成都：四川教育出版社，1996。

（明）德清：《紫柏尊者全集》，《卍新纂续藏经》第73册。

（明）赵贞吉：《赵文肃公文集》，《四库全书存目丛书·集部》第100册。

（清）郭庆藩撰，王孝鱼点校：《庄子集释》，北京：中华书局，1985。

（清）高龙光修，朱霖纂：乾隆《镇江府志》，乾隆十五年增刻本。

（清）孙传武修，王景美纂：光绪《直隶赵州志》，光绪二十三年刻本。

（清）郑日奎：《郑静庵先生诗集》，《四库全书存目丛书·集部》第231册。

（清）嵇曾筠等修：雍正《浙江通志》，文渊阁《四库全书》第519－526册。

（清）高德贵、高龙光修，张九征纂：康熙《镇江府志》，康熙二十四年刻本。

（清）刘光第：《衷圣斋诗集》，民国三年成都昌福公司铅印刘杨合刊本。

（清）沈季友编：《檇李诗系》，文渊阁《四库全书》第1475册。

何建章注释：《战国策注释》，北京：中华书局，1990。

图书在版编目（CIP）数据

峨眉县志所载景点题咏汇编校注 / 王斌，李云凤著.
—成都：巴蜀书社，2023.8
　ISBN 978-7-5531-2066-9

Ⅰ．①峨… Ⅱ．①王…②李… Ⅲ．①古典诗歌—诗集—中国 Ⅳ．①I222

中国国家版本馆 CIP 数据核字（2023）第 145141 号

# 峨眉县志所载景点题咏汇编校注
EMEI XIANZHI SUOZAI JINGDIAN TIYONG HUIBIAN JIAOZHU

王斌　李云凤　著

| | |
|---|---|
| 责任编辑 | 康丽华 |
| 出　　版 | 巴蜀书社 |
| | 四川省成都市锦江区三色路238号新华之星A座36层 |
| | 邮编：610023 |
| | 总编室电话：(028)86361843 |
| 网　　址 | www.bsbook.com |
| 发　　行 | 巴蜀书社 |
| | 发行科电话：(028)86361852 |
| 经　　销 | 新华书店 |
| 照　　排 | 四川胜翔数码印务设计有限公司 |
| 印　　刷 | 成都蜀通印务有限责任公司 |
| 版　　次 | 2024年1月第1版 |
| 印　　次 | 2024年1月第1次印刷 |
| 成品尺寸 | 148mm×210mm |
| 印　　张 | 9 |
| 字　　数 | 220千 |
| 书　　号 | ISBN 978-7-5531-2066-9 |
| 定　　价 | 68.00元 |

本书若有印装质量问题，请与工厂调换